KB242658

비결인간

비결인간

김성달 연작소설

도화

비결인간

김성달 연작소설

| 작가의 말 |

이 소설집을 펴내려고 해설까지 준비하고도 5년을 미루다 이제야 세상에 내보낸다. 연작소설 『미결인간』은 애처로운 사람들의 애처로운 이야기이다. 이전에 펴낸 소설 『이사 간다』 역시 애처로운 사람들 이야기였다. 그래서 그런지 선뜻 이 소설을 펴내는 게 쉽지 않았다. 그사이 시간은 흘렀고, 출판사 책과 문예지 발행 일을 하는 틈틈이 장편소설 집필에 매달리면서, '미결인간'들에게 자꾸 미안했다. 봄이 가기 전에 꼭… 약속을 지키고 싶었다.

어느덧 한 갑자甲子의 세월을 살았다. 그런데도 세상살이의 문리文理나 궁리窮理가 여전히 어렵다. 소설은 더 어렵다. 그래서 그런지 머릿속에 떠오르는 질문이 많다. 카프카는 "작가는 인간의 진실을 찾기 위해 끝없이 질문한다"고 했고,

쿤데라는 "소설은 질문하는 예술"이라고 했으며, 박경리 선생은 "문학은 인간의 운명을 묻는 질문이다"라고 했다.

앞으로 "스스로에게 던지는 질문" 같은 소설을 쓰고 싶다.

오래전에 해설을 써주었던 유성호 문학평론가에게는 고맙고도 죄송하다. 발문을 보내준 방현석 작가와 이성준 작가에게도 고마운 마음을 전한다. 어제, 오늘, 내일, 인연을 맺고 살아가는 모두가 고맙다. 건강과 평안을 빈다.

2026년 봄날

차례

해설

미결인간 K

아침

　동이 트면서 교도관의 손에 들린 열쇠꾸러미 부딪치는 소리에 이어 구치소의 복도와 복도를 가로막은 철창문이 쇳소리를 내며 열렸다. 긴 복도의 끝에서 교도관이 부르고 죄수가 대답하는 목소리가 뒤엉키면서 구치소의 아침이 시작되었다.

　13방의 K는 오늘 선고공판이 있는 날이었다. 아침을 먹고 출정 준비를 서두르는 K를 보며 방장이 한마디 던졌다.

　"K, 드디어 선고일이네."

　K는 방장이 던진 '드디어'라는 말이 생각보다 긴 시간이었다고 자조하며 뱉었다.

　"그러게 말입니다."

의외로 심드렁한 K의 말투에 페트병으로 만든 아령을 양손에 들고 있던 방장이 미간을 구기며 운동을 시작했다. 런닝셔츠 밖으로 드러난 단단한 팔의 근육이 꿈틀꿈틀 살아났다. 방문을 나가려는 K의 손에 누군가가 사탕 몇 알을 쥐어주며 응원가 부르듯이 목소리를 높였다.

"잘 하고 와. 아니, 지금 나가서 돌아오지 마."

K는 이대로 돌아오지 않으면 어디로 갈까? 중얼거리며 오전 8시 15분 재판을 받기 위해 구치소 방을 나섰다. 선고라는 말이 상징하는 여러 가지 생각이 그의 머릿속을 맴돌았다. 방문 앞에서 기다리던 담당 교도관이 K를 보며 어색하게 웃었다. K는 교도관의 얼굴을 외면하며 그의 뒤를 따랐다. 복도 끝의 철창문을 열어주며 교도관이 바닥에 깔리는 낮은 음성으로 물었다.

"K, 좋은 꿈 꿨어?"

K가 대답 없이 반쯤 열린 철창문을 빠져나오는 순간 등 뒤에서 교도관이 재빨리 속삭였다.

"이봐 K. 오늘 1심 선고야. 시간이 많지 않아."

K는 고개를 돌려 교도관의 얼굴을 보려다가 그만두었다. 어딘가에서 감시카메라가 자신을 노려보고 있을 것 같았다. K는 여전히 감시카메라를 의식하는 자신의 모습에 가루약 같

이 쓴 웃음이 일었다. 선고 날 아침 등을 파고드는 교도관의 말이 예사롭지 않았지만 K는 어깨를 으쓱하며 허리를 폈다. 이젠 이 길을 걷는 것도 얼마 남지 않았구나 하는 시원섭섭한 안도감이 그의 허리를 곧추세웠다.

철창문 밖에 서있던 다른 교도관이 턱으로 승강기를 가리켰다. 승강기 앞에는 K처럼 재판에 나가는 미결수 두 명이 서 있었다. 교도관이 버튼을 누르자 잠시 후 승강기 문이 열렸다. K를 포함한 세 명의 미결수와 한 명의 교도관이 승강기에 올랐다. 그때 K의 등 뒤에서 침 한 가닥 섞이지 않은 건조한 목소리가 따라붙었다.

"이봐 K. 오늘 1심 선고야. 시간이 많지 않아."

K가 고개를 돌렸지만 이미 승강기 문이 닫힌 후였다. 조금 전에 13방 담당 교도관이 K에게 한 말과 토씨 하나 틀리지 않았다. K는 구치소를 배회하는 원형의 새카만 눈알이 갑자기 떠올라 입술을 잘근 깨물면서도 재판에 나갈 때마다 엄습하던 불안이 오늘은 느껴지지 않았다.

승강기 문이 열리자 제법 넓은 복도가 나타나고 또 다른 교도관이 K 일행을 기다리고 있었다. K는 구치소에 들어와서 혼자 걸어본 적이 없었다. 면회를 하고 재판을 받거나, 운동을 나갈 때도 인솔교사 뒤를 따르는 유치원생처럼 항상 누군

가의 뒤를 따랐다. 복도를 하나 지나고 두 번째 복도를 지나
자 낯익은 문이 나타났다. 앞서 가던 교도관이 문을 열자 따
뜻한 공기와, 재판을 받으러 가는 미결수들이 만들어내는 각
종 소음이 K의 앞을 가로막았다.

상의 앞을 열고 양말을 벗은 후 수색대를 통과한 K는 호송
차 번호가 적힌 사무실 안으로 들어갔다. 1호차였다. 똑같은
호송차인데도 2호차나 3호차를 타면 답답할 것 같은 염려가
재판정에 나갈 때마다 은근히 K를 압박했었지만 오늘은 그런
염려마저도 사라지고 없었다. 오랜만에 속박에서 벗어나 편
안했다. K는 구치소에 수감된 후부터 매사에 몸을 사렸다. 조
그맣고 사소한 일도 재판에 영향을 미친다고 생각하며 신경
을 곤두세웠던 나날이었지만, 막상 선고를 앞둔 오늘 아침에
는 그런 예민한 정신줄이 칼로 싹둑 잘려나간 듯 둔감했다.

포승줄을 묶기 위해 잠시 기다리는 사이 K는 교도관들의
얼굴을 천천히 훑어보았다. 짙은 남색제복을 입은 교도관들
이 오늘따라 하나같이 후줄근하고 힘이 없어 보였다. 그들의
손이 습관처럼 미결수들을 결박하고 있었다. 교도관들의 어
깨 위에는 매일 똑같은 일을 반복해야 하는 지독한 권태 같은
것이 먼지처럼 떠돌았다. 재판정에 나갈 때마다 매번 이런 짓
을 당하는 K의 몸 역시 같은 권태로 반응했다.

K에게 가까이 오라고 턱을 끄덕인 교도관은 얼굴에 종기와 여드름 자국이 남아있는 앳된 얼굴이었다. 하품을 하며 K를 묶는 그의 입에서 술 냄새가 흘러나왔다. 생각보다도 능숙한 솜씨로 K가 아픔을 느끼지 않으면서도 지나치게 느슨하지 않도록 요령껏 잘 묶었다. K는 문득 이런 앳된 얼굴로 구치소 문을 들어서던 자신의 모습이 눈앞에서 어른거렸다. 구치소 미결방을 떠도는 동안 K는 마흔 중반처럼 늙어버렸다.

큰 목소리로 떠들며 오랜만에 만나는 공범이나 아는 얼굴을 찾느라 쉴 새 없이 고개를 기웃거리면서도 아프게 묶지 말라고 엉너리를 치던 미결수들은 포승줄에 묶이면 약속이라도 한 듯이 금방 활기를 잃었다. 묶이는 게 내키지 않은 몇몇은 가장자리를 빙빙 돌다가 교도관이 서너 번 부르고서야 마지못해 포승줄 앞에 손목을 내밀었다.

2월의 찬 기운은 촉수 낮은 형광등 빛이 뿌옇게 떨어지는 회색빛 실내를 더욱 을씨년스럽게 했다. 새벽부터 약한 눈발이 흩날리다가 그친 하늘은 어두웠다. 포승줄에 묶인 후 다시 세 사람씩 한 조로 연결된 연승줄에 결박당한 일행은 싸늘한 바람이 목덜미에 와 닿는 복도에 길게 늘어선 채로 출발을 기다렸다. 사흘 전부터 급강한 기온은 좀처럼 회복될 기미를 보이지 않았다. 4평의 방안에서 8명의 미결수가 부대낄 때는 견딜만했지만 방을 나오니 여간 추운 게 아니었다. K는 새삼 방의 온기가 그리웠다.

"어, 춥네. 오늘은 누가 최고형을 받아 추위를 화끈하게 녹일까?"

추위를 뚫고 들려오는 그 목소리는 미결수들 사이에서 이빨을 날카롭게 드러낸 개가 짖는 것처럼 기분 나쁘게 들리다가, 가을밤에 들리는 쓸쓸한 울음소리처럼 애잔하게 퍼져나갔다. K는 자신도 모르게 어금니를 꽉 깨물었다. K는 14개월 동안 복도에서 이런 아침을 몇 번이나 겪었을까 손꼽아 보았지만 숫자가 앞으로 나아가기도 전에 주위가 온통 회색빛으로 바뀌며 시간의 흐름이 지워졌다. 지난 시간의 복원은 깨진 거울 속을 들여다보는 것처럼 도저히 요령부득이었다. 단색 펀린의 흐릿한 빛이 흘러드는 창문과 거뭇거뭇한 그림자가 번들거리는 복도 바닥만 떠올랐다. K는 어둠이 단단하게 박혀있는 구치소의 벽모서리마다 떠돌던 원형의 새카만 눈알이 기억났다. 그것이 구치소 곳곳에 거미줄처럼 얽혀 있는 감시카메라의 깊고 검은 눈인지 명확하지는 않지만 한순간도 K의 머리를 떠나지 않았다. K는 포승줄에 묶인 아침이면 복도에서 매번 그 형상을 만났다. 납빛의 유령처럼 동그란 눈알이 좀처럼 곁을 벗어나지 않았다.

그 눈알은 오늘도 여전히 포승줄에 묶인 K를 노려보고 있
었다. 고개를 돌리거나 눈을 감아도 사라지지 않았다. 미결
수들이 내뱉은 단순한 말이나 짧은 한숨 사이를 배회하며 소
름끼치도록 짙고 까만 눈알을 굴리고 다녔다. 그 속에서 불
현듯 푸르른 빛을 발견한 K는 그 빛을 쫓다가 소스라치게 놀
라서 깨어났다. 아주 짧은 순간이었다. 허공에서 덜렁거리던
교도관의 손이 어느새 묵직한 실체감으로 K의 어깨를 누르고
있었다.

수갑과 포승줄, 연승줄에 결박당한 미결수들의 대열이 천
천히 움직이기 시작했다. 높은 천장에 달려있는 전등 불빛이
발밑을 희미하게 밝혔다. 복도의 끝은 하늘이 온전히 보이는
구치소 마당이었다. 구치소의 촉수 낮은 불빛과 어둠에 익숙
해진 K의 눈이 곧 하늘빛을 마주할 준비를 하듯이 바르르 떨
렸다. K는 세 명이 한 조로 묶인 연승줄 가운데에서 끌리듯
이 복도를 빠져나갔다. 복도를 나오는 순간 K의 눈은 빨아들
이듯이 하늘을 쳐다보았다. 잿빛 비둘기 몇 마리가 낮게 날고
있는 하늘은 지나치게 우중충했다. 무엇 때문인지 K는 급히
고개를 숙이고 말았다.

시동을 걸고 대기 중인 호송버스 앞에 도착한 미결수들은
또 기다렸다. 버스 문 앞을 지키고 있던 교도관 둘이 호송버

스에 오르는 한 사람 한 사람의 어깨를 짚으며 숫자를 확인했다. 그들은 하루 종일 숫자와 싸우는 전사였다. 미결수들이 모두 버스에 오르자 그들을 법원까지 호송할 교도관들이 허리에 권총을 차고 올라왔다. 호송차량은 지저분하고 여기저기 찢어진 곳이 많았다. 창문은 더럽고 그나마 눈높이 아래까지는 밖을 보이지 않게 막아놓아서 하늘만 간신히 보일 정도였다. 다행히 K는 앞자리에 앉아있어 고개를 내밀고 운전대 옆의 창문을 통해 바깥세상의 풍경을 조금이나마 들여다볼 여유는 있었다.

호송버스는 한참 후에 출발했다. 천천히 앞으로 나아가던 호송버스는 곧 구치소 정문 앞에서 멈추었다. 미결수의 시간은 기다림의 시간이었다. 평생 열리지 않을 것 같이 완강하게 닫혔던 구치소 철문이 순식간에 열리며 호송버스가 빠져나갔다. K는 이 순간이 늘 비현실처럼 다가왔다. 철문을 벗어나자 바로 바깥, 곧 자유 세상이었다. 자유란 마치 쉬지 않고 움직이는 것에 집중하는 것처럼 철문 바깥세상은 쉼 없이 움직였다. 수백 대의 차가 꼬리에 꼬리를 물었고, 다양한 옷차림의 사람들이 분주하게 걸었다. K는 성에가 부옇게 낀 창문에 볼을 바싹 붙였다. 호송버스는 자주 멈추었다. 시간에 쫓기는 자동차들이 신경질적으로 경적을 울리고, 보도 위를 바쁘게 걷는 사람들의 얼굴은 며칠 째 계속되는 추위로 딱딱하게 굳어 있었다. 속력을 내어 달리는가 싶던 호송버스는 '법과 질서 확립'이라는 구호를 이마에 크게 붙이고 있는 법원 정문 앞에서 잠시 정지했다가 곧 법원 안으로 들어갔다. 주차를 한 후에도 호송버스의 문은 금방 열리지 않았다.

한참 후에 호송버스에서 내린 일행은 좁고 어두운 지하로 연결된 통로를 따라 걸었다. 통로 입구에서 빨갛게 타오르는 난로를 발밑에 둔 전경이 무표정한 얼굴로 일행을 지켜보았다. 일행은 어둡고 물이 질척거리는 바닥을 따라 걸었다. 음산한 날씨만큼이나 음산한 통로였다. K는 이곳을 지날 때마다 기분이 좋지 않아 서둘러 빠져나가고 싶었다. 미결수들만 드나드는 전용 통로를 지나 왼쪽으로 꺾자 곧 방이 나타났는데 언제 봐도 방치된 느낌이 역력했다.

사무실에 들어서자 교도관들은 일행을 벽 앞에 세워놓고 연승줄과 포승줄을 풀기 시작했다. 그들은 여전히 무뚝뚝하고 무성의했다. 일행은 법정에 들어가기 전에 수갑을 찬 채로 양변기 앞에 나란히 서서 소변을 봤다. 교도관들은 재판 전에 미결수들을 한꺼번에 화장실로 몰아넣었다. K는 그때마다 부자연스러운 팔 때문에 힘들게 바지를 내리고 볼일을 보았다. 법원 화장실에서는 시원하게 배설한 적이 없어 늘 찌꺼기 같은 게 무지근하게 남았다. 법원은 구치소만큼은 아니지만 추웠다. 구치소와는 다른 느낌의 한기가 K의 목덜미를 파고들었다. 일행은 차가운 의자에 앉아서 잠시 기다리다가 재판정으로 향했다.

K가 선고받을 재판정은 108호였다. 대기실에 도착한 것은 오전 9시 30분이었고 재판은 10시부터였다. 또 기다려야 했다. K는 나이가 든 교도관이 기계적으로 읊조리는 재판정에서 지켜야 할 주의사항을 건성으로 들었다. 설명을 끝낸 교도관이 피곤한 얼굴로 재판정 문 앞에 놓인 자주색 소파에 주저앉았다. 오래된 법원 건물과 어울리지 않는 자주색 소파는 지나치게 남루했다. 의자 탓인지 교도관의 모습도 남루해보였다. 무료하고 지루한 시간이 혼자서 흘러갔다.

K는 상의 윗주머니에서 사탕을 꺼내 껍질을 벗기고 입에 넣은 후 옆 사람에게도 하나 건넸다. 시선을 한 곳에 두지 못하고 계속 주위를 두리번거리던 사내는 사탕을 받아 입속에 넣으며 중얼거렸다.

"난, 이번에 나갈 겁니다. 꼭 나갈 겁니다. 정말입니다. 확신해요. 암요 확신합니다. 지난 밤 꿈자리가 얼마나 좋았다고요. 고맙습니다. 정말 고맙습니다."

K는 사내의 중얼거림이 쉽게 잦아들지 않을 것 같아서 슬

그머니 고개를 돌렸다. 사내는 항소 중인 모양이었다. 대다수의 미결수들은 항소심에 큰 기대를 가지며 근거라고 내세우는 게 기껏해야 꿈자리 따위였다. 구치소라는 절망에 갇힌 숱한 사람들은 종종 머리카락만으로도 수갑을 끊을 수 있다고 믿었다. K는 사내에게 사탕 하나를 더 건넸다. 법원으로 출정 나가는 미결수에게 동료들이 사탕을 챙겨주는 것은 초조한 심정을 사탕의 달달한 맛으로 위로하라는 일종의 배려였지만 K는 오래전부터 사탕의 단맛을 느끼지 못했다. 동료들이 쥐여 준 수많은 사탕을 먹었지만 형이 확정되거나 무죄로 풀려나지도 못한 채 구치소에서 14개월 미결수의 시간을 보냈다. 그사이 혀는 사탕의 단맛에 무감각해졌다. 시간은 앞으로 나아갔지만 K의 시간은 언제나 제자리였다.

소파에 앉아있던 나이 든 교도관이 꾸벅꾸벅 졸기 시작했다. 다른 교도관들과 달리 모자도 쓰지 않은 그는 약하게 코를 골았다. 그것을 본 K는 갑자기 몸의 세포들이 전동기에 밀착된 듯이 바르르 떨리며 심한 모욕감이 엄습했다. K는 수갑을 찬 손을 들어 느닷없이 자신의 왼쪽 뺨을 짝 소리가 나도록 때렸다. 그 순간 대기실의 눈길이 일제히 K에게로 향했다. 코를 골던 교도관이 소파에서 벌떡 일어나 주위를 훑어보았고 다른 교도관들도 엉거주춤 엉덩이를 들썩였다. 졸다 일어난 교도관은 당장 달려들 기세로 K를 노려보았다. 사탕을 씹고 있던 사내가 슬그머니 궁둥이를 들어 K와 틈을 벌렸다. 잔뜩 긴장하던 교도관들은 K가 별다른 행동을 보이지 않자 수궁해졌지만 좋다 일어난 교도관은 기어이 K 앞으로 다가왔다.

"왜 그래?

K는 대답을 못하면서도 교도관의 눈을 똑바로 바라보았다. 두꺼운 눈두덩이 속에 졸음 찌꺼기의 잔영이 바르르 떨렸다. 그런 교도관에게 모욕감 이야기를 할 수 없었다.

"왜? 자해소동을 벌이냐고 묻잖아."

교도관의 음성은 두꺼운 눈두덩과는 달리 사뭇 날카로웠다. 제 뺨을 한 대 때린 것이 금방 자해소동으로 둔갑했다. K는 순식간에 주변의 모든 것이 단조롭게 바뀐 것만 같아서 씁쓸했다. 모욕감은 씻은 듯이 사라지고 평탄하고 조용하게 이 순간을 비껴가고 싶은 열망이 얼굴에 비굴한 웃음을 만들었다. K를 노려보던 교도관이 입술을 깨물며 돌아섰다. 소파에 엉덩이를 걸치고 앉은 교도관은 구두끈이 풀린 것을 발견하고 배가 나온 상반신을 힘겹게 숙이고 고쳐 맸다. 옆에 앉은 사내가 그 모습을 보며 희죽 웃자 K도 따라 웃었다. 그때 재판정 문이 열리며 손에 서류를 움켜 쥔 교도관이 나타나 목소리를 높였다.

"개정되었습니다."

K의 재판 순서는 비교적 이른 순서인 세 번째였다. 재판정에 들어가기 전에 교도관이 K의 손목을 묶고 있던 수갑을 풀어주었다. 죄수들은 모두 약속이나 한 듯이 손목을 문질렀다. 손목을 쓰다듬으며 재판정으로 들어서면서 K는 방청석을 둘러보았다. 거의 비어있었다. 구속되어 재판을 시작하던 초반과는 사뭇 다른 방청석 모습이었다.

인애원 원생들을 24시간 불법 감시하고 감금하여 인권을 유린하였다는 언론의 일방적인 보도에 금방 끝날 것 같던 K의 사건은 의외로 재판이 길어지면서 사람들의 관심에서 점점 멀어졌다. K의 죄질이 워낙 불량해 굳이 재판이 길어질 이유가 없다는 게 중론이었지만 어느 덧 1년을 넘기고 있었다. 언론이나 방송에서는 K를 전례 없는 파렴치범으로 낙인찍고 그에 대한 관심이 우리 사회 구성원 모두를 욕보이는 것이라고 여론몰이를 했다. 그 덕분에 K는 차츰 사람들의 기억에서 사라져 이제는 그런 사건이 언제 있었나 싶을 정도였다. 집단의 기억이란 알다가도 모를 일이라고 생각하며 자리에 앉으려던 K는 갑자기 표정이 굳어졌다.

방청석 뒤쪽, 검정색 코트 깃에 얼굴을 파묻고 혼자 앉아 있는 K의 양아버지 모습이 눈에 들어왔다. 손바닥에 맺힌 식은땀을 바지에 문지르는 K의 눈빛이 잠깐 흔들렸다. 양아버지와 눈길이 마주치자 서둘러 고개를 돌리는 K의 눈에 법정 출입문 위에 붙어 있는 감시카메라가 들어왔다. 양아버지의 눈이 어느새 감시카메라 렌즈에 붙어 K를 노려보는 것 같았다. K가 구치소 복도에서 만났던 납빛의 유령처럼 동그란 바로 그 눈알이었다.

K는 구형의 정당성을 장황하게 늘어놓은 검사의 말이 귀에 들어오지 않았다. 모든 신경이 방청석에 앉아 이쪽을 노려보고 있는 양아버지에게로 향했다. 그는 K가 구속된 이후에 면회는커녕 재판정에도 모습을 드러내지 않았다. 지난 1년 4개월 동안 줄곧 그래왔던 양아버지가 재판정에 나타난 것을 본 K는 기습을 당한 것처럼 당황스러웠다. 그는 공개적인 장소에 좀처럼 모습을 드러내지 않았다.

복지재단 인애원을 운영하는 K의 양아버지는 한때 교도관이었다. 양아버지의 넓적하고 두툼한 손은 마치 교도소 담장의 벽돌처럼 단단하고 튼튼해 죄수들을 길들이는데 안성맞춤이었다. 사각의 턱을 가진 얼굴과는 어울리지 않은 온화한 미소와 다정한 말투는 죄수들을 교화시키는데 적당했다. 또한 매처럼 날카로운 눈매는 죄수들의 일탈이나 탈옥과 같은 범법 행위를 파악하는데 뛰어난 능력을 보였다. 양아버지는 둘레의 어떤 것도 순식간에 감시체계가 엄격한 교도소로 바꾸어버리는 기막힌 재주를 가진 사람이었다. K는 어려서부터 양아버지를 둘러싸고 일어나는 일들이나 모습에서 항상 감시의 냄새를 맡고 자랐다. 흠없고 완전무결한 교도관을 열망하던 그의 모습에서 K는 인간의 모습을 한 교도소를 보았다. 양아버지는 살과 뼈로 이루어진 인간 교도소였다.

무표정한 얼굴로 K를 바라보던 양아버지는 곧 두툼한 외투 깃 속에 사각턱을 깊이 묻었다. K는 어디서든 매섭게 자신을 감시하는 양아버지의 눈을 온몸으로 느꼈다. 그의 눈은 수십, 수백 개의 레이더처럼 사방에서 K를 감시했다. 이렇게 원치 않은 모습으로 불쑥불쑥 나타나는 그의 시선 때문에 K는 살아오면서 얼마나 두려웠는지 모른다. 지금도 마치 귓속에 양아버지의 눈이 들어가 있는 것처럼 낮게 헐떡이는 숨소리가 보일 지경이었지만, 이상하게도 K가 26년 동안 아버지라고 부르며 살아온 그의 얼굴은 온전히 기억나지 않았다.

K는 양아버지가 면회를 오지 않는 것보다 오는 것이 더 불안했다. 핏발이 곤두서고 늘 지나치게 진지하던 그의 눈알이 기억의 심층부에 또렷하게 남아 관자놀이를 팽팽하게 잡아당겼다. 막상 그가 눈앞에 보이자 K는 재판에 집중하기 힘들

었다. K에게 징역 10년을 구형한 검사는 형량의 정당성을 입증하기 위해 전에 없이 열변을 토하고 자리에 앉았다. 검사가 언급한 K의 나쁜 죄질은 인애원의 운영에 필요한 기술적인 장치에 관여한 것이었다. 양아버지는 인애원이 항상 최상의 감시시스템을 유지하기 원했다.

그는 교도관이었을 때 죄수들이 교도관을 보지 못하게 하면서도 교도관들은 죄수들의 일거수일투족을 감시할 수 있는 교도소를 만드는 사명감으로 똘똘 뭉쳐있었다. 행정고시에 합격한 양아버지는 주변의 예상을 깨고 교도소 교정직에 지원해서 초고속 승진을 했고, 서른셋에 교도소 교화부장의 자리에 올라 머지않아 소장 자리를 꿰찰 것이라는 소문이 돌았다. 그런 자신감 때문인지 K의 양아버지는 당시 최고 권력자가 자주 언급하던 '투명사회'라는 말을 자주 입에 올렸다. 하루는 술에 취해 들어와 K를 앞에 앉혀 놓고 최고 권력자가 텔레비전에 나와 입만 열면 내뱉던 투명사회를 언급해 당시 초등학생이었던 K를 곤혹스럽게 했다.

"K야. 투명사회가 어떤 사회인지 아느냐?"

K가 대답을 못하고 머뭇거리자 양아버지는 이마를 가로지르는 굵고 선명한 두 가닥 주름살로 특유의 짜증을 나타내긴 했지만 그날따라 기분이 좋은지 평소와 다르게 목소리를 차

분하게 깔고 사람은 모르면 배워야 한다며 느릿느릿 입을 열었다.

"K야. 사람들이 세상과 타인을 속속들이 볼 수 있도록 투명한 사회가 건설되어야 한다. 우리나라는 각하께서 그렇게 만들 것이고, 나는 감옥을 그렇게 만들 것이다. 유리알 같이 투명한 세상과 감옥이라니 생각만 해도 짜릿하지 않으냐? 그런 날이 머지않았다. 오늘 그런 언질을 받았다. 각하는 투명사회를 만들고, 난 투명감옥을 만들 것이야. 그것이 우리 사회에 만연한 부정부패와 불온사상을 가진 자들을 말소시킬 수 있는 유일한 방법이다. 그 방법에서는 각하와 나는 한 몸이다. 알겠니 K야?"

K는 양아버지의 말을 이해할 수 없었지만 그런 사회와 교도소를 꿈꾸는 두 사람이 투명인간 같다고 생각하면서 어서 그 앞을 벗어나고 싶었다. 투명사회와 투명감옥에 남다른 집착을 보이던 양아버지는 하지만 며칠 후 일어난 죄수 탈옥 사건으로 그 남다른 결기를 접을 수밖에 없었다. 허망한 끝이었다. 2년이 넘은 탈옥 기간으로 전설이 된 희대의 탈주범이 하필이면 K의 양아버지가 있던 교도소에서 탈옥을 했다. 자신과 재소자들을 괴롭히고 인권을 유린하는 교도관들의 행패에 앙심을 품고 탈출한 그 탈옥수 때문에 K의 양아버지는 결국

교도관 옷을 벗었다. 그는 교도소 안에서 종교의 자유를 들먹이며 교회 신축공사를 시작한 교도소 소장의 판단이 탈옥의 빌미가 되었다고 끝까지 항변했지만 엄중하고도 심각한 당시의 분위기를 돌리기에는 역부족이었다.

2년 3개월 뒤에야 탈주범이 검거되던 날 인애원 원장실 소파에 앉아 텔레비전을 통해 그 모습을 지켜보면서도 양아버지는 별다른 감정의 변화를 보이지 않았다. 교도소에서 불명예 퇴직한 그는 다른 사람들과는 달리 일찌감치 재기했다. 교도소에 있으며 만들어놓았던 지방 도시의 인맥을 동원해 거리의 무연고 아이들이나 노인들을 보호하는 인애원이라는 위탁기관을 만들어 원장으로 취임했다. 탈주범이 잡힐 무렵 K의 양아버지는 교도소에서 못다 이룬 완벽한 감시시스템의 이상을 인애원에서 실현하기 위해 진력하고 있었다. 장소가 교도소에서 인애원으로 바뀌었을 뿐 양아버지의 투명감옥을 만들기 위한 투명한 꿈은 온전히 진행 중이었다.

양아버지의 뜻대로 공대에 진학해 시스템 기술 공부를 한 K는 1,000여 명의 원생을 위탁하는 사단법인 인애원의 관리개발팀장으로 근무하면서 아버지가 원하는 원생 감시 프로그램을 개발해서 다양하게 현장에 접목시키는 일을 했다. 어려서부터 늘 외톨이였던 K는 혼자 앉아서 무엇이든 읽고 만드는 것이 좋았다. 양아버지는 K의 그런 성격에 맞는 공부를 시켰다. K는 자신이 만든 것이 무엇에 쓰이는 것을 따지는 것보다도 만드는 과정을 즐기는 공학도였다. 대학을 졸업하고 양아버지의 지시에 따라 인애원에 필요한 감시시스템과 관련된 업무를 담당하며 평범하게 살던 K가 느닷없이 구속된 것은 인애원을 둘러싼 각종 비리 의혹이 불거질 무렵이었다. 구속되기 전 양아버지의 언질이 있었지만 K는 이렇게까지 올 줄은 전혀 예상하지 못했다. 그건 양아버지도 마찬가지였을 것이다. K는 지금 사생활 침해에 관한 인권유린, 불법 기술 이전, 업무상 횡령 등의 혐의로 1심 선고를 받기 직전이었다.

"피고인 마지막 변론하세요."

판사의 마지막이라는 말을 곱씹으며 자리에서 일어나긴 했지만 K는 막상 할 말이 생각나지 않았다. 그동안 지루하게 이어져오는 공판 동안 거의 말을 한 기억이 없었다. 애초에 죄명조차 명확히 모른 채 피고석에 앉은 K는 수차례의 심리 과정을 거쳐 여기까지 왔다. K는 더 이상 바라는 것이 없었다. 그래서 편안했다. 그동안 희망을 가져서 두려웠다. 다행히 지금은 무엇도 바라지 않았다. 그렇지만 판사의 마지막이라는 말에 시야가 흐려지고 식은땀이 흐르는 것조차 막을 수는 없었다.

K는 고개를 들어 판사를 바라보았다. 판사는 마치 허공에 걸린 듯이 멀리 보였다. 희끗희끗한 머리카락이 넓은 이마를 가린 판사가 짜증이 묻어나는 얼굴로 K를 내려다보았다. 우두커니 서있던 K가 또렷이 들리도록 분명하게 말했다.

"준비가 되었습니다."

K는 자리에 앉으면서 이 장소와 시간에는 어울리지 않는 말이구나 싶어 아쉬웠지만 더 나은 말이 생각나지 않았다. 판사는 퇴근 시간에 쫓겨 급히 용무를 처리하는 직장인처럼 서둘러 선고 사유를 읽어 내려갔다. 흰 머리카락이 형광등 불빛에 가끔 반짝이는 판사는 얼버무리듯이 부정확하게 선고 사유를 웅얼거리면서도 선고 형량은 제법 잘 들리게 힘을 주어 말했다.

"K에게 징역 10년을 선고한다."

K는 단조롭게 떨어지는 선고를 조용히 들었다. 14개월 동안 구치소를 전전한 기간에 비해 선고는 짧고 간결했다. K는 징역 10년의 실형이 색다른 현실감으로 몸을 압박했지만 비교적 온전한 정신을 유지한 채 덤덤했다. K는 양아버지가 앉아있는 쪽을 돌아보았다. 비어있었다. K는 그가 갑작스럽게 나타난 이유를 짐작할 수 있었다. K에게 부담감을 주기 위한 노림수였다. K는 양아버지의 등장으로 부담감을 느낀 것은

사실이었지만 그렇다고 그의 제안에 따를 생각은 추호도 없었다. 이미 불이익 따위는 안중에 없었다. 선고를 앞둔 어젯밤에 K는 뜬눈으로 밤을 새우며 결심을 굳혔다. 결심에 따른 책임이나 결과도 역시 그의 몫이었다.

K는 재판정을 빠져나오며 혹시나 싶어 주위를 몇 번이나 살폈지만 양아버지는 보이지 않았다. 잘못 본 착시현상이었던가 싶을 정도로 잠깐 사이에 모습을 감추었다. K는 양아버지가 법정 어디선가에서 자신에게 떨어진 선고를 들었을 것이라는 확신이 들면서 짧은 순간 여러 상념들이 머릿속을 헤집었지만 어떤 것도 명료하지 않았다. 대신 어떤 생각 하나가 선명하게 모습을 드러냈다. 생각은 시간이 지날수록 또렷해지더니 거대한 그림자로 그의 머리와 몸을 덮었다. 그 순간 이상하게 번들거리는 빛이 K의 눈에서 잠깐 보이다가 사라졌지만 그 잔영은 오래도록 남았다.

비교적 일찍 선고가 끝난 K는 대기실에 앉아 함께 호송차를 타고 왔던 일행을 기다렸다. K가 껌을 건네준 사내가 항소심에서 원심인 징역 5년을 선고 받고 대기실 뒷자리에 앉아 어린아이처럼 소리 내어 울었다. 일행은 못 본 척 외면했다. 집행유예를 선고받은 청년이 재판장을 나오면서 두 손을 번쩍 쳐들며 환호의 몸짓을 했다. 자유의 몸이 된 그는 소리 내어 우는 사내 앞쪽에 앉아 상기된 얼굴로 자꾸 뒤를 돌아보았다. 천장에 달린 스피커를 통해 재판장의 선고내용이 또렷하게 들려오는가 싶더니 어느 덧 대기실에 앉아있던 사람들의 운명이 모두 결정되었다.

재판이 끝난 일행은 한 줄로 서서 포승줄을 풀었던 곳을 향해 걸어갔다. 그곳에서 일행은 다시 포승줄에 결박되었다. 잠깐의 자유가 무거운 형량으로 바뀐 일행은 호송버스에 올라 구치소로 향했다. 호송버스에 앉아 창밖을 바라보는 K의 눈빛은 덤덤했다. 그동안 재판을 위해 수없이 오간 거리였다. K는 창밖에 관심을 가지는 것도, 일부러 피하는 것도 아닌 애매한 표정으로 앉아 있었다. 옆에 앉은 이가 오늘도 점심을 먹긴 글렀다며 바닥에 침을 뱉었다. 그이는 절도 누범으로 2년을 선고 받고 항소했으나 기각을 당한 터라 극도로 기분이 나빠 있었다. 사내가 뱉은 허연 침을 물끄러미 바라보던 K는 그 침이 제 얼굴에 떨어진 것 같은 불쾌감이 들어 자신의 왼쪽 뺨을 찰싹 때렸다. 하지만 법원 대기실에서와는 달리 아무도 관심을 보이지 않았다. K는 다시 한 번 왼쪽 뺨을 때렸지만 아무도 눈길을 주지 않았다. K가 뺨을 때리든 목을 꺾든 상관없는 분위기였다. K는 쓸쓸하게 웃으며 하늘을 쳐다보며 그곳에만 집중하려고 애썼다. 하늘에서 쏟아지는 어두

운 빛이 선고를 받은 일행의 얼굴 위에서 어른거리는 억울함
과 비통함, 낙심과 두려움을 고스란히 보여주었다. 포승줄이
두 팔과 허리를 두껍게 감고 차가운 은빛 수갑이 손목을 옥죄
는 시간은 그렇게 길지 않았다. 법원과 구치소의 거리는 차로
10분 정도였다.

점심

　구치소에 돌아온 K가 포승줄과 수갑을 풀고 감방으로 올
라가는 승강기를 탔을 때는 점심시간이 지나있었다. 아침에
이곳을 나갈 때 미결수였던 K는 기결수가 되어 돌아왔다. K
는 교도관이 문을 따주기를 기다리며 쇠창살이 촘촘히 박힌
문을 통해 자신이 통과해야 할 복도를 들여다보았다. 복도에
는 냉기를 머금은 형광등이 희뿌옇게 빛났다. K는 밖에서 안
을 들여다보는 자신이 어쩐지 익숙하지 않고 어색했다. 감방
은 안에서 바깥을 바라보는 공간이었다. K는 지금처럼 밖에
서 안을 보는 순간이 두려웠다. 인애원에서 밖에서 안을 감시
하던 K를 이렇게 변하게 만든 것은 끊이지 않은 감시의 눈이
었다. 천여 명을 감시하다가 밤에도 불이 꺼지지 않는 감방에
서, 움직일 때마다 따라다니는 감시의 눈을 쉼 없이 의식하는

것은 K에게 천형이었다. 감시의 눈에서 벗어날 수 있다면 어떤 체벌이라도 감수하겠다는 생각도 했었다.

구치소에 갇혀 있는 시간이 점점 길어지면서 K는 몸에 익은 감시의 습관을 망각하지 않으면 견딜 수 없어 스스로 목을 매는 지경에 이를 것 같은 위기를 느꼈다. 감시를 하는 자와 감시를 당하는 자의 극악한 모순에 대응하는 것은 망각 밖에 없었다. 망각 말고는 구치소의 현실을 극복해 낼 어떤 가치가 공학도 K에게는 존재하지 않았다. 그동안 감시인으로 살아오면서 자연스럽게 밴 지각과 식별을 머리와 몸에서 털어내는 것이 우선이었지만, 남들이 모두 잠든 밤에 혼자 일어나 앉아 그들을 지켜보고 있는 자신의 모습에 경악하기가 여러 번이었다. 이러한 현상은 K가 우연히 한 권의 책을 집어들 때까지 지속적으로 되풀이되었다. K가 보기에 교도소는 육체적인 처벌을 더욱 필연적으로 실행하기 위해 만들어진 곳이었다. 감시의 시선은 육체에 대한 규율의 고통을 영혼에 대한 규율의 고통으로 변모시키기에 그만큼 안성맞춤이었다.

K는 양아버지가 완전한 감시체계를 인애원에 구축하기 위해 매달린 이유를 역설적이게도 구치소에 들어와서야 깨달았다. K는 인애원을 세상에서 가장 완벽한 감시체계를 갖춘 곳으로 만들려는 양아버지의 뜻에 충실했다. 양아버지가 설

계한 인애원의 바깥쪽에는 원생들의 방이 있고 중앙에 그들을 감시하기 위한 감시시스템 본부가 있었다. 원생들의 방에는 햇빛을 들이기 위해 밖으로 난 창 외에도 건물 내부를 향한 또 다른 창이 있어 그들의 일거수일투족을 감시자가 포착할 수 있었다. 원생들이 있는 곳은 불을 환하게 밝혀두어 늘 밝게 유지했다. 반면 중앙 감시시스템본부의 내부는 항상 어두워 감시인을 볼 수 있기는커녕 원생들은 자신을 감시하고 있다는 사실조차 알지 못했다. 원생들은 감시인을 볼 수 없이 항상 보이기만 할 뿐이었고, 감시인은 드러내지 않고 원생을 감시할 수 있었다. 이 시선의 비대칭성이 인애원의 핵심 구조였다. 수용된 원생들은 보이지 않은 곳에서 항상 자신을 감시하고 있을 감시의 시선 때문에 규율에서 벗어나는 행동을 못하다가 점차 이 규율 권력을 내면화하여 스스로 자신을 감시하게 만드는 원리였다.

양아버지는 궁극적으로 인애원 안에서는 누구나 감시자의 역할을 수행하기를 원했다. 그의 이런 집착이 불법, 비법 가리지 않고 인애원의 감시시스템을 무조건 강화하는 무리수로 나타났다. K의 양아버지는 표면적으로는 과학이나 건축학적인 구조의 힘을 빌리지만 결국에는 정신에 의한 정신에 대한 권력을 행사하고 싶어 했다. 사회 곳곳에 이런 구조를 적용하는 감시 사회를 만들어야 한다는 신념에 중독되어 있었다. 완벽한 감시체계를 통해 원생들이 늘 감시를 받고 있다는 감시의 환영을 극대화할 수 있다고 굳게 믿었다.

그는 사람들을 수용하고 감시할 수만 있으면 어떤 기관에도 예외 없이 이 시스템을 적용할 수 있다고 믿었다. 그곳이 죄수를 가두는 교도소이건, 정신병자를 격리 수용하는 정신병원이건, 의지할 데 없는 사람들을 부양하는 복지원이건, 병자를 간호하는 병원이건, 학생들을 교육시키는 학교이건 목적에 관계없이 모두 적용하겠다는 생각이었다. 양아버지는 정부나 지자체와 연계해 이런 시설을 만들기 위해 동분서주했지만 의욕만큼 진척되지 않았다. 세상이 인권을 내새워 원대한 계획을 가로막을수록 양아버지는 자신의 뜻을 이해해주던 과거의 최고 권력자가 그리웠고, 그런 무소불위 권력자의 출현을 목말라했다. 현실의 높은 벽을 절감할수록 그는 인애원을 자신의 신념이 완벽하게 수용된 공간으로 만들기 위해 온갖 편법을 서슴지 않았다.

K는 양아버지가 시키는 대로 인애원 사람들이 잠자고 있거나 깨어 있거나, 일하고 있거나 쉬고 있거나, 화장실에 있거나 침대에 있거나 상관없이 밀착 감시하는 시스템을 만들어 24시간 감시했다. K는 양아버지가 지시하는 방식이 지나

치게 구태의연하고 시대에 뒤떨어진 발상이라는 것을 알면서도 무시할 수 없었다. 중앙 감시시스템의 모습을 뚜렷하게 드러내지 않은 채 숫자와 코드로 통제하는 현대와는 어울리지 않은 방법이지만, 양아버지는 그것만을 최고의 선으로 알고 있었다.

24시간 인애원 원생들을 감시하던 K는 자신이 구치소에 갇혀 감시 당한다는 사실을 납득하기 힘들었다. 구치소 쇠창살의 차갑고 날선 촉감이 낯설었다. 힘든 시기였다. 주변의 모든 것이 순식간에 바뀌었지만 한 달이 지나도 자신이 갇혀서 감시를 당하고 있다는 사실을 인정하지 못했다. 단지 모래알 정도의 깨달음만 있었어도 K는 현실을 그토록 오랫동안 거부하지 않고 순순히 받아들였을 것이지만, 양아버지의 신념으로 박제된 의식 속에서 그런 깨달음이 생겨날 여지가 없었다. 그의 몸안에는 어떤 흔적이, 그리고 원시적인 어떤 것이 숨 쉬고 있었지만 쇠창살이라는 현실이 잔인하게도 잠재워버렸다. 양아버지가 부르면 금방 구치소 밖으로 나갈 수 있다는 믿음에 사로잡혀 그 순간만을 기다렸다. 시간이 흐를수록 양아버지의 약속은 허공을 맴돌며 그가 자행한 온갖 구리고 악취 나는 일이 지독한 냄새를 풍기며 K에게 스며들었다. 그것은 K의 상상력을 훨씬 넘어서는 일들이었고, 그를 잡아

먹는 괴물이었다.

K는 인기척 없이 서서 복도를 뚫어지게 바라보았다. 점심 식사를 끝내고 설거지를 하는 소리가 흐린 불빛이 낮게 깔린 복도에 개숫물처럼 흘러다녔다. K는 저 복도 안의 이 방 저 방을 옮겨 다니던 지난 시간이 선고를 받고 온 이 순간 유난히 절절하게 다가왔다. 복도에서 마주치는 얼굴들은 계절에 따라 자주 바뀌었지만 K의 시간은 계절 없이 흘렀고 마침내 그에게도 철커덩 형량이 떨어졌다. 교도관이 열어준 철창문을 통해 복도로 들어선 K는 일직선으로 뻗은 복도의 끝을 바라보며 선뜻 걸음을 옮기지 못했다.

인애원의 일직선으로 길게 뻗은 복도에서 양아버지의 말을 들었을 때 K는 이렇게 긴 시간을 구치소에서 보내리라고는 짐작조차 못했다. 양아버지의 말투는 가벼운 안부를 묻듯이 일상적이었다.

"아무래도 네가 한번 다녀와야겠다."

햇빛이 거의 들어오지 않는 복도 끝이라 양아버지의 얼굴이 잘 보이지 않았다. 그는 담배를 피우며 희끄무레한 창밖을 보고 있었다. 대기에 황사가 잔뜩 묻어있는 날이었다. K는 늘 그랬던 것처럼 양아버지 대신 가는 출장으로 알고 가볍게 고개를 끄덕였다.

"시간이 그렇게 길지는 않을 거다."

등을 보인 채 한 마디를 덧붙인 양아버지는 복도를 걸어서 원장실로 들어갔고 곧이어 문 닫히는 소리가 제법 크게 들렸다. 이튿날 K는 원장실에서 양아버지로부터 변호사를 소개받고서야 가야 할 곳이 구치소라는 것을 알았지만 이미 돌이킬 수 없었다. 양아버지는 계획 없이 말하지 않고, 입 밖으로 뱉은 말은 취소하는 법이 없었다. 변호사는 K에게 검찰조사를 받으며 '기억이 나지 않습니다.' '잘 모르겠습니다.' 두 마디만 하고 나머지는 자신에게 맡기고 마음 편히 며칠 조사 받다가 나오라고 했다. 변호사가 잠깐 자리를 비운 사이 K가 무엇인가를 물으려고 하자 양아버지의 음성이 도끼날 박히듯이 K의 정수리에 정확이 떨어졌다.

"이제까지 그랬던 것처럼 아무것도 묻지 말고, 아무것도 생각지도 말고, 내가 시키는 대로 하면 된다. 내가 늘 말하지 않았느냐? 어떤 것에도 의문을 가져서는 안 된다고."

힘없이 고개가 꺾인 K는 변호사와 함께 검찰로 향했다. 양아버지는 K를 배웅하지 않았다. K는 불안했지만 양아버지가 어떤 경우에도 허언을 하지 않는 사람이라는 사실을 떠올리며 스스로를 위로했다. 변호사가 알려 준 두 마디를 중얼거리며 검찰청 문을 들어선 K는 만약 그때 양아버지의 말을 거절

했으면 어땠을까 생각도 해보았지만 부질없는 허세였다.

"안 들어가고 뭐하고 있어요?"

귓가에서 들려오는 목소리에 K가 고개를 들자 사동 담당 교도관이 눈앞에 버티고 있었다. K가 엉겁결에 한걸음 물러나자 희죽 웃는 그의 입에서 청국장 냄새가 강하게 풍겼다.

"몇 년이나 두드려 맞았기에 이렇게 정신을 못 차리고 있는 거요."

"…"

K가 대답을 않자 교도관이 냄새가 진동하는 입을 바싹 들이밀었다.

"이봐 K. 오늘 형량 나온 거 봤지? 잘 생각해봐. 시간이 많지 않아."

K는 바닥에 질질 끌리는 교도관의 낮은 음성이 징그러웠다. 어깨를 움츠리고 교도관이 열어주는 문을 통해 얼른 감방 안으로 들어섰다. 눈에 익은 방안 풍경을 보자 안심이 되고 냉랭한 마룻바닥인데도 이상하게 온기를 느꼈다. K는 높은 산을 등정하고 지금 막 내려온 사람처럼 안도의 한숨을 내쉬며 방안을 둘러보았다. 방안에는 O 혼자 앉아 있었다. 신문을 뒤적이던 O가 K를 보며 물었다.

"몇 년이나 받았소?

“10년.”

K가 기다렸다는 듯이 대답하자 신문을 뒤적이던 O의 손이 멈칫거렸다. K는 관물대가 놓인 벽에 등을 기대고 앉았다. 언제나 웃는 얼굴로 인생은 오로지 해피해야 한다고 흥얼거리던 O가 평소와 다르게 굳은 얼굴에 입을 다물고 있었다. K의 입에서 나온 10년이라는 말이 수갑처럼 덜컥 그의 손목을 결박한 모양이었다. 13방에 있다가 형이 확정되어 오늘 새벽 목포 교소도로 이감을 간 미결수는 7년 형이 확정된 후부터 밥을 먹지 못했다. 그동안 13방에서 10년 형을 선고받은 사람은 K가 처음이었다. 적지 않은 형량이었지만 뚜렷한 부피감으로는 다가오지 않았다. 뭔가로 덕지덕지 서너 겹을 둘러싼 무게가 느껴질 따름이었다. K는 시간이 무거웠다.

“이거라도 드시오.”

O가 빵과 우유를 K 앞에 밀어 놓고 다리를 뻗고 누웠다. K는 앞에 놓인 빵과 우유를 물끄러미 내려다보면서도 고맙다는 말이 입에서 나오지 않았다. 옆으로 누운 O의 허리에 살짝 드러난 맨살이 어색한 부끄러움을 보여주는 것 같아 K는 봉지를 거칠게 찢어 빵을 덥석 씹었다. 생각보다 부드러워 K는 입안의 속살을 깨물었다. 저릿한 아픔이 입속에 전해지면서 쉽게 사라지지 않았다.

검찰에 들어설 때부터 긴장하고 있던 K는 외투부터 벗으라는 검사의 말에 겨우 숨을 쉴 수 있었다. 검사실의 공기는 덥고도 답답했다. 목을 옥죄는 것 같은 무더운 분위기가 어디서 나오는지 이상한 생각이 들 정도였다. 넥타이를 느슨하게 풀어헤친 검사가 진술서를 K 앞에 내놓으며 말했다.

"변호사 말씀으로는 순순히 자백하고 빨리 끝내겠다고요. 그럼 쉽게 갑시다."

검사가 내놓은 진술서를 읽어나가는 동안 K는 손이 덜덜 떨렸다. 이해할 수 없는 요령부득의 진술서를 들이밀고 자백하라니 어처구니가 없었다. K가 옆에 배석한 변호사에게 도움의 눈길을 던졌으나 그는 태평하게 앉아 있었다. 검사가 K가 아닌 변호사에게 물었다.

"진술서 그대로 인정하시는 거죠? 그럼 그렇게 가는 걸로 합시다."

"그렇게 하시죠."

대답을 한 변호사가 주섬주섬 가방을 챙겨 일어났다. 진술서에 K의 지장을 찍은 후 형사계장에게 넘기면서 구속영장 신청을 지시한 후에야 검사는 K에게 얼굴을 돌렸다.

"고아였던 K씨가 원장님의 배려로 여기까지 온 걸로 들었습니다. 오래 걸리지 않으니 들어가 쉬고 계세요. 구속적부심은 포기하고 바로 가는 걸로 합시다. 시간 낭비할 필요 없 잖아요."

검사의 말이 끝나자 변호사가 고개를 끄덕이며 K에게 손을 내밀었다. 그의 손을 잡는 것이 끔찍하게 싫었지만 분위기에 눌려 K는 손을 내밀었다. 검사도 손을 내밀었고 K는 역시 내키지 않았지만 엉겁결에 악수를 했다. 검사 앞에서 보고들은 것들은 구치소에 들어가야 한다는 공포감과 무력감 때문에 K에게 아무런 의미도 남기지 못한 채 금방 잊혀졌다. 구속 과정은 일사천리였다. 늦은 밤 구치소에 들어가 알몸이 된 K는 죄수복으로 갈아입었다. 소지하고 있던 어떤 것도 구치소에 가지고 들어갈 수 없었다. 허용된 것은 오직 알몸뿐이었다. K는 워낙 속전속결로 이루어진 일이라 어리둥절했지만, 초등학교 5학년 때 고아원 원장실에서 갑자기 낯선 남자를 아버지라고 불러야 했던 때처럼 순종해야 했다. K는 구치소에 들어와 공소장을 읽어본 뒤에야 정확한 죄명을 알았다. 과도한 감시와 불법 감금, 체벌로 인애원 원생들의 인권을 유린했다는 것이 구속기소의 이유였다.

K는 벽에 기대어 우적우적 빵을 씹어 삼켰다. 깨문 속볼에서 느껴지는 비릿한 피비린내가 멈추지 않았다. 거울 앞으로 다가가 입을 크게 벌렸다. 거울은 K의 입속을 얼룽덜룽하게

비추어 상처 난 부위가 잘 보이지 않았다. K는 입속의 상처를 들여다보려고 안간힘을 다했지만 그럴수록 입에서 뿜어내는 입김이 거울을 뿌옇게 덮어 형체가 더욱 흐릿해졌다. 입술 한 쪽으로 질질 흐르는 침을 닦으며 K는 거울 속에서 기묘하게 뒤틀리는 모습으로 걸려 있는 자신의 얼굴을 오랫동안 들여 다보았다.

구치소에 입소해서 처음 들여다본 거울 앞에서 K는 당혹 감을 감추지 못했다. 거울 속의 얼굴이 기괴하게 일그러지거 나 겹쳐보였다. 가로로 보는 얼굴과 세로로 보는 얼굴이 전혀 달랐다. 바싹 들여다보면 더욱 흐릿해져 보이는 이상한 거울 이었다. 영문을 몰라 주위를 두리번거리자 옆에서 희죽희죽 웃고 있던 방장이 제법 자상하게 알려주었다.

"감방에서 고급 외제 거울이라도 바라오? 유리거울이 있 으면 벌써 몇 놈이 깨뜨렸을 거요. 플라스틱거울이라오."

"플라스틱거울…"

"요령껏 들여다보면 유리거울과 별반 다를 게 없어요. 그 게 얼마나 잘 보이나 하는 것으로 짠밥 수를 알 수 있지. 당신 같은 초범은 얼굴 윤곽도 제대로 보이지 않을 거요."

K는 플라스틱거울 앞에 가만히 서있었다. 거울 속에 비치 는 얼굴은 형체가 뿌연 윤곽으로만 존재했다. 무엇 하나 또렷

하지 않았다. K는 자신의 얼굴이 생각나지 않았다. 거울 앞에 이렇게 오래 서보기는 처음이었다. 사진을 찍은 기억도 거의 없었다. 기껏 증빙자료에 필요한 증명사진을 몇 장 찍은 게 고작이었다. 초등학교 때부터 대학교를 다니는 동안 친구도 없었다. 학교를 마치면 무조건 인애원으로 달려와 양아버지가 원장실 옆에 만들어놓은 면학실 문을 열고 들어가 공부를 했다. 양아버지는 다른 원생들과는 달리 K에게는 일을 시키지 않고 공부만 시켰다. K는 면학실 바깥에서 들려오는 원생들이 어울려 떠드는 소리에 이따금씩 귀를 기울이곤 했지만 양아버지의 말처럼 그것은 소음에 지나지 않았다. 양아버지는 좋은 성적에도 불구하고 K를 서울에 있는 대학이 아니라 도청이 있는 곳의 대학에 입학시켜 인애원에서 등하교를 하도록 했다. K는 대학 4년 동안 공부에만 전념할 수 있었다. 또한 K의 병역의무도 면제로 깔끔하게 처리했다. K는 사지 멀쩡한 몸이 병역의 의무를 하지 않은 것이 마음에 켕겼지만 '넌 선택받은 몸이다. 군대는 이 땅에서 선택받지 못한 녀석들이 가는 곳이다. 전혀 마음 쓸 것 없다'는 양아버지의 말 한마디로 마음의 부채의식을 깨끗하게 털어버렸다. 그렇게 살아오면서 K는 자신의 얼굴을 특별히 기억해야 할 이유를 느끼지 못했고 불편하지도 않았다. K의 몸은 양아버지의 것이었다.

K는 자신의 얼굴을 보면 볼수록 남의 얼굴을 보는 것 같이 혼란스러웠다. 들여다볼수록 두려워지고 무기력해졌다. 플라스틱거울에 나타난 얼굴은 K가 아닌 양아버지의 얼굴이었다. 자신의 얼굴이 흐릿해질수록 양아버지의 각진 얼굴이 또렷해졌다. K는 문득 그의 얼굴로부터 자신의 마음에 전해지는 것이 아무것도 없으며, 둘 사이를 잇는 그 어떤 것도 없다는 자각이 들었다. 플라스틱거울 속 양아버지의 얼굴에는 인애원 원생 모두에게 적용하던 밋밋하면서도 막연한 표정만 남아있었다. K는 그동안 왜 그랬는지 모르지만 주변의 일들에 지나치게 무관심했다. 책을 읽고 연구하고 양아버지의 지시에 따라 감시자의 삶을 살면서 원생들이나 그 주변에서 일어나는 일들을 빠짐없이 지켜보면서도 특별한 관심을 가지지는 않았다. 어떤 것도 가슴으로 전해지는 것이 없었다. 오직 기계적으로 그들을 감시했다. 플라스틱거울 앞에 서면 K는 늘 짝이 다른 신발을 신고 있는 것처럼 불편했다.

빵을 우물우물 씹어 삼킨 K는 벽에 등을 기대고 앉아 가슴 저 깊은 밑바닥으로부터 끌어올린 암팡진 한숨을 길게 내쉬고는 눈을 감았다. 선고를 받고서야 K는 비로소 다리를 뻗고 쉴 수 있을 것 같았다. 이상한 안도감이었다. 벽에 기대고 있던 K는 구치소에서 경험한 적이 없는 졸음 속으로 빠져들었다. K의 그런 모습을 본 O가 슬쩍 돌아누웠다. 얼마쯤 지났을까? 어깨를 흔드는 손길에 K는 눈을 떴다. 고개를 떨어뜨린 채 깜빡 잠이 든 모양이었다. O가 이죽거리듯이 말했다.

"너무 센 형량 받느라 고단했던가 싶소. 바닥에 아까운 침 그만 흘리고 운동 나갑시다."

K는 고개를 끄덕이며 입가에 흘러내린 침을 손등으로 닦았다. 벌써 오후 운동시간이었다. 짧은 순간인데도 K는 깊은 숙면을 취한 것처럼 몸이 개운하고 정신이 맑았다. K와 O가 나란히 문 앞으로 다가가자 기다렸다는 듯이 문이 열렸다. 복도에는 운동을 나가려고 쏟아져 나오는 죄수들로 꽉 찼다. 어느새 사동 안팎에 소식이 알려졌는지 K가 지나갈 때마다 길을 열어주거나 얼굴을 흘끔거리는 이들도 있었지만 하나같이 조심하는 기색이었다. 구치소에서는 미결수가 기결수가 되는 날은 형량에 상관없이 어떤 예우를 해주는 것이 불문율이었다. 적잖은 형량을 선고를 받은 K였지만 정도가 심한 것도 같았다. K는 그런 분위기가 어색하면서도 불편했지만 내색하지 않고 그들 사이를 아무렇지도 않게 걸었다. 곁에서 묵묵히 걷던 O가 운동장에 도착하자 기어코 한마디 던졌다.

"10년이나 맞고 와서 그렇게 잠이 와요?"

“그러게 말입니다. 이상하네요.”

마치 남의 일 같이 무심한 K의 대꾸에 O는 고개를 저으며 운동장을 걷기 시작했다. K도 그 뒤를 따라 운동장의 가장자리를 걸었다. K는 검사나 변호사를 만나고 오는 날은 더욱 부지런히 운동장을 돌았다. 검사에게 불려갔다가 돌아올 때 운동시간이 지나 구치소에 도착할 때가 많았다. 그때마다 K는 교도관에게 굽실거리며 사정해서 혼자 걷기도 했다. 그렇게라도 해야 자신에게 가해지는 무차별적인 음모를 견딜 수 있었다. 검사 앞에 불려간 K는 미래를 예측하기 힘든 공포감에 짓눌리면서도 사실이 아닌 것을 사실로 인정하기가 싫었다. 이름과 같이 붙어 다니는 죄명을 들을 때마다 깜짝깜짝 놀라면서 백치처럼 ‘기억이 나지 않습니다. 잘 모르겠습니다.’ 두 마디를 되풀이했다. 양아버지의 뜻에 복종하는 것이 가장 쉬운 방법이지만 그것은 거짓말을 하는 것이었다. K가 다룬 연구와 숫자에는 거짓말의 세계가 없었다. 양아버지는 어려서부터 거짓말을 못하고 가감 없이 말하는 K를 대견하게 생각하고 신뢰했다. 양아버지가 그토록 신뢰하던 장점이 결정적인 순간에 그의 발목을 잡았다. K는 없는 사실을 천연덕스럽게 있는 사실로 말하는 법을 배우지 않았고, 양아버지는 그것을 간과했던 것이다. 검사의 공소장은 전부 거짓말이었고 K

는 단 한 줄도 인정할 수 없었다.

흥분한 검사는 인정사정없이 K를 물고 뜯었다. 검사는 원생의 방과 복도 그리고 화장실에 설치한 감시카메라가 악질적인 인권유린의 증거라고 했다. 인애원 곳곳에 감시카메라를 설치하고 관리하는 일을 한 것은 K가 분명했지만 양아버지는 인애원의 보안과 원생들의 안전을 위해서 절대적으로 필요한 것이라고 했다. K는 인애원 원생들을 감시한 것이 그들의 인권을 유린하거나 불법 감금을 위한 것인 줄은 몰랐다. 원생들의 안전을 위해 사각지대 없는 감시시스템을 만들려고 노력한 시간이었지만, 검사는 K가 한 일들의 목적이 원생들을 불법으로 감시하고 감금하고 폭력을 행사하기 위한 것이었다며 계속 비협조적이면 본때를 보여줄 테니 각오하라는 협박을 서슴지 않았다. 변호사는 접견 올 때마다 K를 변호하기보다는 검사가 말하는 공소사실을 인정하고 빨리 끝내지 않고 뭐하느냐고 다그쳤다. K는 화가 불끈 치밀었다.

"그건 내가 묻고 싶습니다. 애초에 며칠 조사만 받으면 된다면서 변호사님은 그동안 뭘 하셨습니까? 공소장을 보셨어요? 내가 언제 그런 범죄를 저질렀습니까?"

K의 드센 항변에 기가 꺾인 변호사가 달래듯이 목소리를 낮추었다.

"복지원을 운영하는데 인권유린 문제가 불거지면 원장님에게 이만저만 타격이 크지 않습니다. 그래서 원장님이 K씨에 특별히 부탁한 겁니다. 그러니 이번 한 번만 모든 것을 짊어지고 넘어갑시다. 그러면 원장님의 특별한 배려가 분명히 있을 겁니다."

"원생을 강제로 감금하고 폭력을 행사한 적이 없습니다. 원장님의 지시로 원생들을 보호하기 위한 감시프로그램을 만들어 관리했습니다."

"많은 원생들을 보살피다보면 체벌이 불가피한 경우가 있습니다. 그런 것을 인권 단체에서 감금 폭행이라고 목소리를 높이니 원장님도 어쩔 수 없이 한 걸음 뒤로 물러난 것입니다. 인애원을 살려야 한다는 대승적인 차원에서 생각하시기 바랍니다. 원장님이 그냥 있겠습니까? 반드시 보답이 돌아옵니다. 너무 늦어지면 원장님의 인내도 한계가 있으니 더 이상 지체하지 마세요. 젊은 인생 잠깐 외도했다고 생각하시고 모두 함께 사는 길을 택하십시오. 그동안 원장님이 K씨에게 베푼 인정과 사랑을 생각해서라도 말입니다."

K는 변호사의 말에 신뢰가 가지 않았다. 양아버지의 약속이라는 것도 마찬가지였다. 무엇보다도 검사가 증거라고 K 앞에 내놓은 동영상에서 봤던 폭력 앞에 속수무책이던 인애

원 원생들이 자꾸 눈에 밟혔다. 그동안 무관심했던 행동에 벌을 받듯이 장면 장면이 빠짐없이 K의 눈에 들어왔고 고통스러웠다. 마음이 많이 심란했다. K가 죄를 인정하더라도 그들에게 가해지는 체벌을 빙자한 폭력은 계속될 게 분명했다. 양아버지의 뜻대로 이번에는 자신이 짊어지고 가더라도 언제고 또 공범으로 엮여 곤욕을 치를 수 있었다. K는 불법 감금과 폭력은 절대 인정할 수 없다며 자리에서 일어섰다.

자리를 박차고 나오긴 했지만 K는 막상 자신의 결백을 밝히기 위해 할 수 있는 게 없었다. 양아버지의 계획에 따라 한 치의 오차도 없이 살아온 그였다. 이 일 역시 양아버지 계획의 일부분이었다. 그의 뜻을 따라야 하고 거역은 상상할 수 없었다. 양아버지의 아들로 들어온 이후 K는 어떤 것도 스스로 계획하거나 결정하지 못했다. 먹고 입고 자고 공부하는 것까지도 양아버지의 지배를 받았다. 삶의 전부를 철저하게 통제받아온 K는 어떻게 대응해야 할지 막막했지만 공소사실은 인정할 수 없다는 결심은 더욱 단단해졌다.

검사는 아침 일찍 K를 불러놓고 바로 취조를 하지 않고 대기실에 혼자 앉혀 놓았다. 오전 내내 부르지 않다가 구치소에 돌아가야 할 즈음에야 불러 공소사실을 시인하라고 윽박질렀다. 어떤 날은 종일 의도적으로 대기실에 방치했다가 구치소

로 돌려보내기도 했다. 의미 없이 반복되는 그 시간을 통해 K
가 깨달은 것은 앞을 알 수 없다는 것의 고통이었다. 누구도
K에게 앞으로 일어날 일을 알려주지 않았다. 오직 현재만 있
었다. 구치소 밖에서는 과거 혹은 미래가 존재했지만 구치소
안에서는 과거나 미래는 존재하지 않았다. 오직 현재만 있고
그 현재의 주인도 자신이 아니었다. 자신의 일이지만 자신은
방외자였다. 자신의 현재는 다른 사람들 손에 쥐어져 있었다.
K는 구치소의 감방보다 검사의 조사를 기다리며 대기실에 앉
아 있을 때 훨씬 인신 구속의 공포 속에 잠기곤 했다.

운동장을 돌고 있는 K는 목덜미에서 뜨뜻한 기운이 느껴
지면서 싸늘하던 몸에 온기가 돌았다. 전에 없이 몸이 가뿐했
다. K를 간신히 따라잡은 O가 헐떡이며 물었다.

"10년 받고 오더니 회춘을 했나 걸음이 어찌 이렇게 빨라
졌소?"

"그러게 말입니다. 아마도 10년은 회춘한 것 같습니다."

찰진 대답에 웃기까지 하는 K를 보며 O는 그가 예상보다
높은 형량의 충격으로 머리가 어찌되었나 하는 표정이었다.
얼마나 걸었을까? 등이 땀에 젖으려고 하는데 사동 담당교도
관이 K의 앞을 막아섰다. 뒤따라오던 O가 K 옆을 그냥 지나
쳤다. O뿐만 아니라 운동장을 돌던 무리들이 자연스럽게 옆

으로 비켜갔다. 교도관이 꼼짝 않고 서있는 K를 담장 쪽으로 슬쩍 밀어냈다. 운동을 나온 일행들의 시선이 일제히 K쪽으로 향했다. 교도관이 그들을 향해 운동시간이 끝났으니 각자 방으로 돌아가라고 소리를 지르자 오늘은 운동시간이 왜 이렇게 짧은 것이냐는 볼멘소리가 여기저기서 터져 나왔다. 교도관은 팔을 휘두르며 운동시간이 종료되었으니 어서 돌아가라고 버럭버럭 고함을 질렀다. 순식간에 운동장이 조용해지면서 언제 사람이 있었던가 싶게 을씨년스런 기운이 허공을 떠돌았다. 사방이 고요했다.

"K, 선고가 생각보다 무겁더군. 유감이야."

순간 K는 구치소 복도에서 만났던 납빛의 유령처럼 동그란 눈알을 본 듯해서 먼 담장 위를 쳐다보았다. 멀리서 차량들이 다니는 소리가 지나가고 그사이 간간이 사이렌 소리가 들려왔다.

"K, 교도소란 말이야 무슨 일이든 하다보면 신경이 너무 곤두서서 가끔 물조차 소화하기 힘들 때가 많아. 오늘의 내 경우가 그래. 점심시간에 숟가락을 두어 번 들다가 말았어."

여전히 입에서 썩어가는 청국장 냄새를 풍기는 교도관은 짧게 깎은 머리와 작은 눈매의 날카로운 모습과 달리 말이 많았다. K는 교도관의 몸에서 풍기는 오래된 구치소 냄새와, 뻔뻔하고 가증스러운 태도가 울컥 역겨웠지만 이런 것 때문에 비로소 자신이 온전한 정신을 유지하고 색다른 현실을 감당하구나 싶었다. 교도관과 둘 밖에 없는 이 순간 K는 그의 목을 졸라버리고 싶은 충동에 손이 꿈틀거렸다. 지금 K 앞에 서 있는 교도관은 교도관이 아니라 양아버지의 심부름꾼에 불과했다. 교소도 일 운운하며 자신을 기만하는 것에 K는 참을 수 없는 모욕을 느꼈다. 교도관이 교도관일 때는 악취 풍기는 더러운 죄수복을 입고 그가 시키는 대로 해야 하는 미결수이지만, 더러운 뒷거래를 물고 온 쥐새끼일 때에는 그럴 필요가 없었다. 지금 교도관은 한낱 범죄자였다. K는 하필이면 선고를 받은 오늘 한 번도 느껴본 적이 없는 분노가 치미는 게 의아했다. 아침에만 해도 교도관의 말에 분노나 모욕이 느껴지지 않았다. K는 갑작스러운 자신의 감정에 당황하면서 살의로 꿈틀거리는 손을 간신히 억제했다.

"K, 아침에도 말했지만 시간이 없어. K 선택에 따라 오늘 받은 1심 형량은 항소심에서 얼마든지 뒤집을 수 있다는 것이 원장님 뜻이야."

K는 그동안 자신을 속이고 기만한 양아버지의 처사를 생각하면 대꾸할 가치조차 느끼지 못했다. 오늘 검사의 구형을 그대로 선고한 판사도 양아버지와 한통속인 모양이었다. K

는 구치소 찬 바닥을 뒹굴며 겪었던 시련이나 형량의 무거움에도 불구하고 양아버지의 제의를 받아들일 수 없었다. 양아버지는 1심 선고가 내려지기 전부터 K가 가지고 있다는 증거를 무조건 내놓으라고 요구했다. 요구를 거부할수록 형량이 무거울 것이 뻔했지만 결심을 굳힌 K는 더 이상 끌려다닐 이유가 없었다.

"그럴 생각이 없습니다."

교도관이 눈에 띄게 당황해 재차 무엇인가를 말하려고 하자 단호히 뿌리치며 K가 말했다.

"운동장 몇 바퀴만 더 돌다 들어가게 해주십시오."

교도관은 미간을 구기며 몇 걸음 물러서는 것으로 대답을 대신했다. K는 싸늘하게 식은 몸을 추스르고 운동장을 돌면서 눈에 보이는 사물은 무엇이든 기억하려는 듯이 사뭇 눈에 힘을 주었다. 가까운 하늘에서 어둠이 내리고 있었다.

저녁

K가 운동장에서 돌아와 보니 이런저런 이유로 방을 비웠던 13방 동료들이 모두 돌아와 있었다. 그들은 K의 이야기를 하고 있었던지 그가 들어서는 것을 보자 약속이나 한 듯이 입

을 다물었다. 방장이 K를 보며 하나마나한 소리를 던졌다.

"다시는 이곳으로 돌아오지 말라고 했건만 뭐가 좋다고 꾸역꾸역 돌아와."

방장의 말에 대꾸하는 이가 없었다. K가 희미하게 웃으며 자리에 앉자 기다리고 있었다는 듯이 "배식" 하는 소리와 함께 밥을 싣고 다니는 밀차 바퀴 소리가 그 뒤를 따랐다. 잠시 후 됫박만한 배식구로 밥과 국 그리고 반찬이 들어왔다. 매일 이 시간이면 배식구를 통해 들어오는 밥을 한 숟가락이라도 더 먹으려고 시끄럽던 일행이 오늘은 어쩐 일인지 둘러앉은 채 배식 담당인 C가 그릇에 담아 순서대로 놓아주는 것을 보고만 있었다. 멀건 배춧국은 벌써 식어있었다.

"니미럴, 단 한 번도 뜨겁게 나온 적이 없네. 항상 이 꼬라지야."

일부러 침묵을 깨려는 듯이 C가 뺏성을 냈지만 아무도 반응하지 않았다. K는 식은 배춧국에 보리가 섞인 밥을 말아서 천천히 씹었다. 오늘따라 생선 한 토막을 놓고 벌이는 사소한 언쟁도, 멀건 배춧국같이 희떠운 농담도 없이 그저 입속에 밥을 꾸역꾸역 밀어 넣을 따름이었다. 착 가라앉은 분위기의 원인을 누구보다도 잘 알아 마음이 편치 않은 K가 농담 삼아 불쑥 목소리를 높였다.

“오늘, 10년 선고받았음을 신고합니다. 잘 부탁합니다.”

국을 떠먹던 방장이 찌푸린 얼굴로 K를 보더니 숟가락을 내려놓았다.

“어째 국도 반찬도 영 시원찮네. 배식 담당, 오늘 같은 날 좀 먹어야지. 먹을 거 있으면 꺼내 봐요.”

방장의 말에도 배식 담당인 C가 머뭇거리자 옆에 있던 넘버 투가 다그치듯이 거들었다.

“이봐, 배식 담당 뭐해? 꼬불쳐 놨다가 혼자서 드시려구?”

그제야 C가 마른 반찬이나 사식을 넣어 둔 관물대를 뒤지기 시작했다. 생일 같이 특별한 날에만 개방하는 사식 관물대에 보관해두었던 음식들이 하나둘 모습을 드러냈다. 그것을 옮기는 C의 동작이 마치 오래된 왕릉에서 희귀한 보물이라도 끄집어내는 것처럼 조심스럽고 경건하기까지 해서 K는 치밀어 오르는 웃음을 억지로 삼켰다. C의 행동은 장난기가 다분했지만 그것에 머무르지 않는 무엇이 들어있었다. 구치소에 들어온 사람들 가운데 상당수가 밥과 관련된 이런저런 일에 얽혀있었다. 밥 한 끼를 위해 때로 그것이 불법인지 합법인지도 모른 채 열심히 살다가 구치소에 들어온 사람들이 생각보다 많았다. K는 한 끼 밥의 가치를 구치소에 들어와서야 알았다. 이십 대 중반이 되도록 적어도 밥을 걱정해 본 적이 없었다. 밥을 벌기 위해 살아보지도 않았다. 양아버지의 뜻을 거스르지 않고 지시에 충실한 덕분에 밥은 언제나 넉넉하게 넘쳤다. 양아버지는 밥을 굶지 않게 해주었을 뿐만 아니라, 공부도 시키고 안정된 직장도 주었다. 그 대가로 양아버지의 아바타로 살아왔지만 K는 불편하지 않았다. 이따금 본인의 의지대로 하는 게 없는 현실이 답답하기는 했지만 밥과 직장을 생각하면 그까짓 것은 아무려면 어떠려니 했다. K는 자신이 왜 고아가 되었고 어쩌다가 양아버지의 아들이 되었는지 따위는 궁금하지 않았다. 양아버지의 그늘 아래에서 하고 싶은 일을 하며 그맘때의 젊은이라면 누구나 한번쯤 겪어야 할 취업 걱정을 하지 않는 현실에 만족하면서 세상의 일에는 둔감한 채 살았다.

K는 구치소에 들어온 초기에 왜 사람들이 밥을 두고 다투는지 이해하지 못했다. 천박하고 거친 사람들이라 어쩔 수 없는 본성을 드러내는 것이라 경멸을 아끼지 않았다. 아침, 점심, 저녁을 먹을 때마다 끊이지 않는 크고 작은 다툼을 보며 밥이 무어 그리 소중하다고 저리 난리인가 싶어 상 앞에서 멀찍이 물러나 앉기 일쑤였다. 하지만 시간이 흐르며 조금씩 일어나는 변화를 몸에서 느꼈다. 언제부터인지 식사 시간이 되면 저절로 배식구 쪽으로 눈길이 갔다. 배식 담당의 동작에서

눈을 떼지 못하고 자신의 그릇에 건더기가 몇 덩이 들어가는지, 혹시 남의 그릇에 한 덩이가 더 들어간 것은 아닌지 노려보기도 했다. 밥을 먹다가도 생선 한 토막이 남의 것보다 괜스레 작아 보이는 것 같아 주위를 돌아보았다. 새삼스럽게 밥 한 끼에 몰두하는 사람들의 모습이 이해가 될 뿐만 아니라, 그런 자신의 모습이 수치스럽거나 혐오스럽지 않았다. 당연한 시간을 살고 있다는 자부심(?)까지 들었다.

C가 관물대에서 내놓은 것은 훈제닭고기, 오리고기, 족발, 소시지, 삶은 계란에 이르기까지 특식으로 한 번씩 나올까말까 하는 음식이었다. 상 위에 가득 올라온 음식을 본 일행은 눈이 휘둥그레져 바싹 다가앉았다. 방장과 넘버 투가 둘 사이를 넓혀 만든 자리에 K를 끌어 당겼다.

"K, 바싹 들어앉아. 오늘 아침에 목포로 이감 간 S가 이럴 줄 알았는지 사식을 잔뜩 넣어주고 갔어. 자, 맛있게 먹자고. 어서 닭다리 하나 뜯어."

방장이 K 손에 닭다리를 쥐어주면서 저도 재빨리 입속에 집어넣자 기다렸다는 듯이 사람들의 손이 부산하게 움직였다. 오랜만에 맛보는 특식을 먹으면서도 사람들은 묵묵히 음식만 삼켰다. 방장이 그런 일행을 불만스럽게 둘러보면서도 좀처럼 회복되지 않는 분위기에 저도 어쩔 수 없다는 듯이 부지런히 족발만 씹었다. K도 닭다리를 하나 씹어 삼키고 다시 족발을 들었지만 목구멍에서 넘어가지 않았다. 1심 선고나 항소를 앞둔 이들에게 K의 형량이 남의 일 같지가 않아 귀한 고기를 원 없이 씹으면서도 침울한 기분에서 벗어나지 못했다.

K는 들고 있던 족발을 가만히 내려놓고 오줌이 마려운 것처럼 서둘러 화장실로 들어갔다. 그래야만 일행이 부담 없이 고기를 뜯을 것 같았다. K는 바지도 내리지 않고 화장실에 쪼그리고 앉았다. 밖에서 두런두런 말소리가 들려오자 K는 안심이 되고 명치 끝에 걸려있던 닭다리가 쑥 내려간 것처럼 속이 편안해졌다. 화장실에 쪼그려 앉자 K는 새삼스럽게 오늘 오전에 선고 받은 형량이 불로 지진 듯이 또렷하게 각인되었다. 10년. 자신이 감당해야 할 시간이 아니었다. 양아버지의 시간이어야 했다. K가 감당해야 할 무게가 아니었다. 그동안 K가 얻어먹은 밥 때문이라면 너무 가혹한 값이었다.

생각보다 K의 저항이 길어지자 양아버지는 K에게 붙여주었던 변호사를 사임시키면서 공소장에 적시된 혐의를 고스란히 안고 가지 않으면 평생 감방에 갇혀 바깥세상 구경을 하지 못할 것이라는 가슴 서늘한 협박도 잊지 않았다. K가 국선 변호사의 도움을 받으며 자기 변론을 이어가자 양아버지는 영치금을 끊었다. K는 양말 한 켤레 구입할 돈이 없었지만 공소

사실을 인정하지 않았다.

계속 이렇게 나오면 정말 본때를 보여주겠다던 검사는 작정한 듯이 K에게 특허기술 도용의 죄를 병합했다. K가 양아버지의 지시로 인애원의 보안시스템과 원생들의 안전을 위한 감시시스템을 개발하면서 남의 특허기술을 도용했다는 것이었다. K를 기술이나 훔치는 파렴치범으로 만든 검사는 바로 업무상 횡령죄까지 병합했다. 오래되어 낡은 인애원을 헐고 최상의 감시시스템을 갖춘 교도소와 흡사한 복지원을 만들고 싶었던 양아버지는 오래전부터 부지를 물색해오다가 맞춤한 곳을 발견하고 매입을 서둘렀는데 그 과정에서 K가 땅을 담보로 대출받은 돈을 횡령해 비자금을 조성했다는 거였다. 제 이름으로 된 통장 하나 없이 살아온 K는 비자금이라는 말조차 생소했지만 검사는 요지부동이었다.

생각지도 않은 사건이 자꾸 병합되면서 K는 자신을 변론할 의욕을 상실했다. 하루 종일 무릎에 얼굴을 파묻고 무기력하게 앉아 있었다. 검사의 심문도 몸이 아프다고 거부했다. 검사 앞에 나갔다 오면 늘어나는 병합사건이 두려웠다. 인권유린에서 시작해 감금 폭력, 특허 도용, 업무상 횡령으로 엮여 점점 사실로 굳어졌다. 온갖 증거와 증인으로 K를 옭아매 도저히 부인할 수 없게 만들었다. 그것을 무너뜨릴 획기적인 무엇인가가 있어야하는데 구치소 안에서는 불가능했다. K가 구치소 문을 들어서는 순간 이미 기울어진 마당에서 벌어진 일방적인 게임이었다. 뒤늦게라도 양아버지의 제안을 받아들여 그가 저지른 온갖 불법을 안고 가기에 K는 배포가 약하고 뒷심이 없었다. 마지막 저항 수단인 묵비권을 행사하며 검사 앞에서 간신히 버티고 있던 어느 날 우연히 그 책을 발견하면서 K의 심경에 변화가 일어나기 시작했다.

운동을 나갔던 K는 그날따라 컨디션이 좋지 않아 운동장을 몇 바퀴 돌다가 책이 꽂혀 있는 서가에 웅크리고 앉아 건성으로 책장을 넘겼다. 이런저런 낙서와 욕설을 휘갈겨 놓은 책은 중간 중간 책장이 뜯겨나간 것이 대부분이었다. 혹시나 읽을 만한 것이 없나 두리번거리던 K의 눈을 잡아끄는 것이 있었다. 세로로 책이 꽂힌 책장 아래 칸의 책들이 앞으로 약간 밀려나온 뒷 공간에 가로로 꽂혀 있는 책의 '907일'이라는 제목이 눈에 들어왔다. K는 제목의 뒤가 궁금해 손을 집어넣어 책을 빼냈다. 제법 두툼한 책은 겉장이 유난히 너덜너덜했지만 의외로 낙서가 없이 말짱했다. K는 제목을 들여다보았다. 『907일의 고백』이었다. 고백이라는 단어를 보자 K는 흥미가 사라졌다. 흔한 기독교 간증수기려니 하고 책장을 넘기던 K는 머리끝이 쭈뼛해져 얼른 책장을 덮고 주위를 둘러보았다. 다행히 K에게 관심을 두는 사람이 없었다. K는 다른 두어 권의 책 사이에 그 책을 넣고 손으로 움켜잡았다. 운동시간이 끝나 방으로 돌아갈 때 사동 담당은 K의 손에 들린 책을 보고 별 다른 말이 없었다.

K는 취침시간이 되어서야 뒤집어 쓴 모포 속에서 책을 조심스럽게 펼쳐보았다. 그 책은 다름 아닌 K의 양아버지를 교소도에서 불명예 퇴진하게 만들었던 그 탈옥수가 907일간의 탈옥기간을 직접 기록한 것이었다. 책을 들여다보며 K는 가끔 주위를 둘러보았다. 이 책이 구치소에서 버젓이 읽혔다는 것이 이상했다. K는 혹시나 하는 두려움으로 감방 동기들도 모르게 책을 깊숙이 숨겨두고 비상식량을 찾아 먹듯이 야금야금 읽기 시작했다.

책의 저자는 2년이 넘는 탈옥으로 전설이 된 인물이었다. 교도소를 탈옥한 후, 2년 3개월 동안 전국 각지를 신출귀몰하게 돌아다닌 탈옥수였다. 그는 K의 양아버지가 부소장으로 있던 교도소 화장실의 쇠창살을 쇠톱으로 절단하여 그 쇠창살로 신축공사장 밑을 파고들어 4,5m 담장과 2,5m 철조망을 뛰어넘어 탈출에 성공했다. 환풍구를 빠져나오기 위해 몸무게를 20Kg 감량한 그는 K 양아버지의 자존심뿐만 아니라 전도양양하던 인생에 큰 흠집을 남겼다. 탈옥 후 그는 산이나 토굴 등에서 쥐고기를 잡아먹으면서 연명하기도 했다. 경찰의 추격에 쫓기다가 형사가 쏜 총에 맞아 부상당했는데도 불구하고 끝내 추격을 따돌리는 초인적인 체력을 과시했다. 경찰은 그를 검거하기 위해 헬리콥터를 띄우고 전경을 동원했으나 번번이 속수무책이었다. 신출귀몰하던 그도 결국 전남 순천의 아파트에서 가스관 수리를 의뢰받은 수리공의 제보로 검거되었다. 그는 동거녀와 그녀가 키우던 애완견이 지켜보는 가운데 길고 긴 도피에 지쳐 자포자기한 듯 경찰관이 내민 수갑 앞에 순순히 손을 내밀었다. 탈옥 후 전국을 누비던 희대의 탈옥수는 그렇게 장기간 도피생활의 종지부를 찍었다.

어렸을 때 물건을 훔친 그가 절도죄로 소년원에 들어간 것은 아이러니하게도 친아버지의 강력한 요구 때문이었다. 친아버지는 자신의 아들이 소년원에 가서 새 사람이 되길 바라며 그런 선택을 했으나 오히려 이 사건을 계기로 그는 본격적인 범죄인생을 살게 되었다. 소년원에서 출소한 어린 그는 서울로 올라가 음식점 배달부 등을 전전하다가 절도죄로 또 다시 징역 8월 집행유예 1년을 선고받았다. 그 후 세 명의 친구와 함께 강도행각을 벌이다 친구가 사람을 죽이는 바람에 강도치사죄로 검거되어 무기징역을 선고받고 교도소에서 수감생활을 하던 중 탈옥했다. 907일의 탈옥에 종지부를 찍고 재수감된 그는 23년형을 추가로 선고받고 교도소에서 수감생활을 하고 있다. K는 그의 책에서 인상적이었던 단락을 몇 개 노트에 옮겨 적기도 했는데 이런 것도 있었다.

지금 나를 잡으려고 군대까지 동원하고 엄청난 돈을 쓰는데 나 같은 놈이 태어나지 않는 방법이 있다. 내가 초등학교 때 선생님이 '너 착한 놈이다'하고 머리 한 번만 쓰다듬어 주었으면 여기까지 오지 않았을 것이다. 하지만 5학년 때 선생님이 '새끼야, 돈 안 가져왔는데 뭐 하러 학교와, 빨리 꺼져라'하고 소리쳤는데 그때부터 마음속에 악마가 생겼다…

K는 노트에 옮겨 적은 이 부분을 여러 번 펼쳐보았다. 고아였던 K는 양아버지를 만난 덕분에 탈옥수가 겪었던 것과 같은 비참한 일을 겪지 않았다. 그래서 다행이고 행운이었던 것일까? 양아버지 덕분에 배고픔이 무엇인지 모르고 살았던 세월이었지만 그만큼 자신을, 세상을 몰랐던 무지의 시기이기도 했다. 양아버지의 말 한마디에 구치소까지 들어와서 알지도 못하는 사실에 대한 자백을 종용받고 있는 이런 현실이 과연 온당한 것일까? K는 희미하게나마 자신의 내면에서 틈을 느끼기 시작했다.

K는 탈옥수의 책을 밑줄 그으며 읽었다. 그의 관심을 끈

것은 탈옥수가 재수감 후에 검정고시에 합격하거나 소송의 달인이 되었다는 후일담이 아니라, 교도소에서 탈옥을 준비하는 과정을 서술한 부분이었다. K는 그 부분을 수십 번이나 되풀이해서 읽었다. 몸무게를 20Kg 감량하는 과정과 탈옥 후 쫓기는 시간을 생각해 체력을 키우고, 쇠톱 하나로 잘라낸 쇠창살로 신축공사장 밑을 파고들어가는 과정은 상상을 초월하는 인내와 결심이 아니면 힘들었다. K는 그 과정 하나하나를 경이롭게 읽었다. 수많은 감시를 조롱하듯이 탈옥에 성공한 장면을 읽을 때는 마치 자신이 탈옥한 것처럼 온몸이 땀에 젖기도 했다. 탈옥수의 책을 되풀이해서 읽으면서 K는 차츰 기력을 되찾기 시작했다. 검사의 부름에 다시 응할 용기가 생기면서 자신의 내면에 어떤 욕망이 꿈틀거리는 것을 깨달았다. K는 자신이 구치소에서 쉽게 나가지 못한다는 걸 알았다. 구치소 안에서 무기력하게 당하다가 결국은 양아버지와 검사의 뜻대로 형량을 선고받고 교도소로 넘겨질 게 분명했다.

그 무렵부터 K는 꿈을 꾸었다. 책 속의 탈옥수가 되어 쇠창살을 자르고 시멘트 바닥을 파고 철조망을 뛰어넘어 탈옥하는 꿈을 계속 꾸었다. 그 꿈은 유별나게 생생하고 깊었다. K는 비록 부질없는 짓이었지만 그 꿈을 일종의 부적처럼 간직했다. 그러자 더 이상 꿈을 꾸지 않았다. 부적 같은 꿈을 잃어버린 K는 자신이 그 꿈을 그리워하고 있다는 것을 깨달았다. 슬프고 잔인한 대안이긴 하지만 그 꿈은 끝이 지닌 어떤 가능성을 가늠할 수 있는 적당한 척도였다. K는 앞을 예견할 수 있는 가능성이 아직은 남아있다고 창으로 흘러들어온 한 줌의 시퍼런 새벽빛 속에서 자신을 다독였다.

그런 현상이 지속되면서 K는 자신의 기억이 그 꿈을 넘어 완전히 독립적이면서도 반복되는 계획 아래 뭔가를 조작하고 있다는 느낌이 들었다. 초조했지만 시간이 지나면서 독자적으로 조작하는 그의 기억이 통제 불가능하다는 것을 깨달았다. 바람이 심하게 불던 늦가을의 어느 날, 운동을 나왔던 K는 운동장을 가로막고 있는 콘크리트 벽과 그 위를 둘러싼 철책선을 유심히 바라보고 있는 자신을 발견했다. 수상하게 여긴 교도관의 명령으로 그 앞을 물러나면서 짧게 끝나기는 했지만, K는 그 순간이 부적 같은 꿈을 이룬 시간 같았다. 시간이 지나면서 K의 그런 모습은 구치소 이곳저곳에서 반복적으로 나타났다. 역설적이게도 감시의 눈이 많은 구치소는 그런 행동을 집중하기에 더할 나위 없이 적합했다. K는 자신이 그 길로 빠져들어가는 것이 오래전부터 예견되어온 일처럼 자연스러웠다. 자신이 독자적으로 만들어내는 기적의 주행을 하고 있다고 믿었다. 이것이야말로 미래에 부닥칠 자신의 운명과 일치한다고 스스로를 안심시키면서 무슨 일이 있어도 그 길을 가야한다고 최면을 걸자 자유라는 바람이 K를 거세게 치고 나갔다.

K는 오금이 저려 더 이상 앉아 있기가 힘들어 화장실 밖으로 나왔다. 그사이 수북이 쌓였던 훈제고기는 사라지고 앙상한 뼈다귀만 나뒹굴었다. K는 마음이 한결 가벼워졌다. 저녁 설거지를 마치고 둘러 앉아 커피를 마시는데 덜커덩 방문이 열리고 얼굴은 보이지 않은 채 교도관의 음성이 들려왔다.

"13방 신입이야."

교도관의 말이 끝나기도 전에 신입 미결수가 문턱을 넘었다. 그걸 본 넘버 투가 툴툴거렸다.

"아니, 이감을 가자마자 신입을 넣으면 그게 무슨 얌통머리 없는 경우여. 오늘 밤에는 모처럼 편안하게 잘까 했더니 글러먹었네. 아주 글러버렸어."

넘버 투의 반응에 수긍이 가는 것은 방안에 들어선 신입의 체구 때문이었다. 모처럼 반듯하게 누워 하룻밤 숙면을 기대했던 사람들은 신입의 비대한 체구에 불의의 일격을 맞고 할 말을 잃었다. 보기만 해도 숨이 막히는 신입은 얼굴과 목덜미에 땀을 흘리며 서있었다. 자신에게로 향하는 짜증스러운 눈길에 어쩔 줄을 몰라 방금 밟고 넘어온 방문턱을 넘어 다시 나가야 하는 사람처럼 자꾸 뒤를 돌아보았다. 그 모습을 지켜보던 O는 신입이 안돼 보였는지 손을 내밀었다. 혼란스러운 눈길을 이리저리 던지던 신입은 손에 들고 있던 물품꾸러미를 O에게 건넸다. 일행이 키득거리자 신입은 악수를 하자는 것인가 싶어 얼른 손을 내밀었다. 일행은 재미있는 구경거리를 앞에 둔 관객처럼 각자 편안하게 자리를 잡았다. 교육 담당인 O가 신입을 앉혀놓고 심각한 표정으로 그의 공소장을 들여다보았다.

신입을 둘러싼 일련의 모습을 보며 K는 자신이 겪은 신입의 시간이 새삼스럽게 다가왔다. K가 구치소 정문에 들어선 것은 깊은 밤이었다. 발가벗긴 채 몸을 수색당한 후 죄수복으로 갈아입고 몇 명인지 모를 미결수들이 모여 있는 신입방에 들어가 잠을 잤다. 신입방에서 수건, 칫솔, 팬티 한 장을 구입하고 구치소에서 준 국그릇, 밥그릇, 숟가락, 젓가락이 전부인 소지품을 들고 감방의 문턱을 넘어서는 순간까지도 K는 구치소의 모든 사물을 명확히 인식하지 않았다. 이곳은 내가 있을 곳이 아니라는 생각에 방문턱을 넘으면서 가볍게 웃었다. 나는 당신들과 다르다, 곧 이곳을 나갈 것이다, 하는 섣부른 자각이 같은 방 사람들과 냉랭한 감정의 골을 만들어 적응하기 힘들었다.

　K는 구치소 입소 초반에는 자주 방을 바꾸었다. 일정기간
이 지나면 바꾸어야 하는 규정 때문이라지만 검사나 양아버
지의 입김이 작용했다. 사동 안을 이리저리 떠돌던 K가 13방
에 자리 잡은 게 6개월 전이었다. 방은 다르지만 같은 사동이
라 운동을 하거나 복도 안을 오가며 K가 오랫동안 미결수로
떠돌고 있다는 것을 알고 있던 13방 사람들은 그의 입방을 달
가워하지 않았다. 특히 방장은 혹시나 K가 구치소 짬밥을 앞
세워 자신의 자리를 넘보지 않을까 경계하는 빛이 역력했다.
13방에 들어갈 즈음 K는 자신의 내면에서 일어나는 어떤 욕
망에 휩싸인 혼돈의 시간이었다. 곧 구치소를 나간다는 설익
은 우월감은 이미 오래전에 먼지 속으로 흔적 없이 사라졌다.
사람들과 굳이 냉랭한 감정의 골을 만들 필요가 없었다. 그런
태도가 전달되었는지 방장은 곧 오해를 풀었고, 방안 사람들
은 K의 사건에 관심을 가지기 시작했다.

　13방 식구들은 병합이 계속되는 K의 재판을 지켜보다가
괘씸죄에 걸려 자꾸 사건이 병합되면 골치가 아프니 인정할
것은 쿨하게 인정하고 최소한의 형량으로 검사와 합의하는
것이 지금으로서는 최선이라고 하는 쪽과, 그게 무슨 하품하
면서 풀 뜯어먹는 소리냐? 없는 죄를 순순히 인정했다가는
결국 검사가 만들어 놓은 덫에 걸려 평생 감방에서 썩을 수

있으니 인정하지 말고 끝까지 버텨야 한다는 주장이 팽팽했다. 핏대를 올리다가 몸싸움 직전까지 간 적도 있었다. K가 양아버지가 저지른 범죄의 결정적인 증거 영상을 가지고 있는 것처럼 변호사에게 슬쩍 말을 흘린 것도 그들의 조언 덕분이었다. 반신반의하던 양아버지와 변호사는 점점 강경해지는 K의 모습에 혹시나 하는 의구심을 드러냈다. K의 감시시스템에 우연히 양아버지의 은밀한 치부가 찍힐 수 있다고 생각한 모양이었다. 거칠 것 없이 압박하던 양아버지가 K를 부드럽게 회유한 것이 그때부터였다. 사실 K는 양아버지와 관련된 영상을 가지고 있지 않았다. 설혹 그런 것이 있어도 양아버지를 압박하는 수단으로 사용할 생각은 없었다. 자기가 살기 위해서 밥을 먹여준 사람을 그렇게 치졸하게 협박하는 것은 도리가 아니었다. 그렇더라도 계속 병합사건을 만들어가는 양아버지를 견제할 아이디어를 13방 사람들이 만들어주었다. 작전이 주요했는지 검사도 병합사건을 더 만들지는 않았다.

K는 일련의 일을 겪으며 이게 사람 사는 세상이구나, 구치소 안에도 사람이 살고 있구나 절감했다. 매 끼니마다 누군가의 그릇에 무 한 토막이라도 더 들어가면 불공평하다고 소동이 벌어지고, 일주일에 한 번씩 들어오는 물품이나 사식을 신청할 때 누군가 닭다리 훈제라도 주문하면 갑자기 그에게 과

도한 선의가 집중되는 유치한 일이 흔하지만 사람 사는 게 그런가 싶었다. 따뜻한 물을 한 컵이라도 더 차지하려고 눈을 부라리고, 잠 잘 공간을 한 뼘이라도 더 차지하려고 몸싸움을 하는 모습들이야말로 자연스러운 생존의 모습이었다. K가 살아보지 못한 인간의 시간이었다.

그동안 양아버지는 K에게 늘 이렇게 말했다.

"넌 인애원 아이들처럼 천박하게 살면 안 된다. 절대 몸싸움이나 완력으로 남의 것을 뺏으려 해서도 안 된다. 그것은 배우지 못한 자들이 하는 어리석은 짓이다. 머리를 쓰고 지식을 통해 원하는 것을 가지면 된다. 그들은 개와 돼지나 다름없다. 배부르고 등 따뜻하면 절대 짖거나 물지 않는다. 그들과 섞이지 말고 언제나 외부에서 그들을 감시하고 관리해야 한다. 너는 그들과 다르다는 점을 명심해라."

양아버지는 어린 K에게 그의 말이 비록 거짓이고 아무리 허술하다 해도 양아버지의 말이라면 무조건 존중해야 한다고 말하는 것 같았다. K는 평생을 이 말의 무게에 짓눌려 살았다. 양아버지는 K가 사람들과 어울리는 것을 병적으로 싫어해 주변에 아무도 접근하지 못하도록 했다. 덕분에 K는 친구나 여자를 알지 못했다. 완벽한 혼자였다. 13방에 들어와 몇 개월이 지나도록 면회 오는 사람이 없자 방장이 혹시 고아냐고 물은 적이 있어 K는 그렇다고 했다.

　창살 너머 어디쯤에 막연한 시선을 던지고 있던 K는 신입을 바라보았다. 어리둥절하고 당황해서 땀을 흘리면서도 억지웃음을 만들고 있었다. 체수에 비해 너무 작아서 손목이 드러나는 죄수복이 마치 고문 도구처럼 그의 몸을 조이고 있어 답답해 보였다. K는 자신에게로 향하던 관심이 그의 등장으로 비껴간 것이 고마웠다. 재판 중이거나 선고를 앞둔 이들에게 K가 받아들고 온 10년은 가혹했다. 가혹을 훨씬 넘어서는 공포였을지도 모른다. 사람들은 주눅이 들어 지나치게 K의 눈치를 살피는 불편한 시간이었다. 그들은 K가 두드려 맞은 10년이라는 선고는 회복 불능의 카운터펀치였다고 지레짐작을 하면서 어떻게 K를 위로할까 생각하느라 희떠운 농담 따위는 차마 엄두를 내지 못했다. 그런 분위기를 조금이나마 누그러뜨리려는 방장의 결단으로 특식을 먹기는 했지만 좀처럼 분위기가 살아나지 않았다. 이럴 때는 일찌감치 자리를 펴고 누워 텔레비전에 시선을 뺏기는 게 최고라는 것을 그들은 경험으로 터득하고 있었다. 그랬기에 갑작스러운 신입의 출현에 신경질적인 반응을 보이면서도, K의 형량 때문에 가라앉은 방 분위기를 바꾸려는 계기로 삼아보려는 듯이 사람들은 조금씩 부산스러워졌다.

특히 신입이 들어올 때마다 그들이 들고 온 공소장을 들여다보며 마치 판사처럼 신입의 선고 형량을 미리 예견하는 것을 낙으로 삼고 있는 O는 물 만난 고기처럼 재빠르게 유영을 시작했다. 신입에게 건네받은 공소장을 줄곧 심각한 표정으로 들여다보는 O의 모습은 영락없이 선고를 앞둔 판사였다. 그런 진지한 모습에 신입은 진짜 재판정 판사 앞에서 선고를 기다리는 것처럼 긴장해 눈 흰자위만 보일 정도였다. 신입을 둘러싸고 앉아 있는 사람들은 그에 관한 정보를 더 구체적으로 알아내기 위한 질문을 쏟아내 마치 청문회 같은 신고식으로 방안이 후끈 달아올랐다. 공소장과 이런저런 전후 사정을 들어본 O가 신입에게 내린 선고는 2년 징역형에 집행유예 4년이었다. 신입의 비만 원인이 소위 범털들이 가지는 윤택의 의미가 아니라 이것저것 가리지 않는 먹성 때문이라는 것을 간파한 일행은 약간은 맥이 빠져 서둘러 신고식을 마무리하자는 쪽으로 의견이 모아졌다. 이런 분위기를 지켜보던 방장이 K를 보며 지나가듯이 한마디 던졌다.

"K, 기일 안에 항소이유서를 제출해야 하는 것쯤은 알고 있지?"

K는 대답 대신 고개를 끄덕이며 '항소이유서, 항소이유서' 하고 두어 번 중얼거렸다. 1심이 끝났으니 재심을 위한 항소

를 해야 했다. K는 대답 대신 여전히 땀을 심하게 흘리고 있는 신입에게 말을 건넸다.

"재판 잘 준비하세요."

K의 말에 신입은 큰 조력자를 만난 듯이 투실투실 살이 오른 볼이 패이도록 웃었다. O가 K와 신입을 번갈아 바라보더니 목소리를 높였다.

"K, 당신이야말로 항소 준비 잘 해요. 오늘 받아온 형량 때문에 자존심에 왕창 금이 갔어요. 대체 판사에게 무슨 말을 했기에 검사 구형을 그대로 때린 선고를 받아들고 왔어요?"

O는 얼굴이 벌겋게 상기되었다. K가 13방에 들어오던 날 3년 선고를 예상하면서 누가 맞는지 기다려보자고 큰소리치던 그였다. 충분히 흥분할 만도 했다. 10년이라는 형량을 들은 후부터 굳어진 얼굴이 좀처럼 펴지지 않았다. K는 대답을 하지 않았다. 이에 무안감을 느꼈는지 O가 더욱 목소리를 높였다.

"이봐 K, 너무 안일하거나 자만했어요. 애초부터…"

"그건, 그래…"

방장도 무엇이 무안해서 화가 났는지 O와 마찬가지로 목소리를 높였지만 다소 허황하게 들렸다. O의 목소리도 마찬가지였다. K는 그들이 지금 무엇 때문에 화가 났는지 알 듯하면서도 대꾸를 하지 않았다. K가 생각하는 것은 항소가 아니었다. 궁극적으로 그것을 넘어서는 탈옥이었다. K는 알고 있었다. 항소심이나 최종심까지 가도 달라질 것은 없었다. 방장도 O도 이 방의 모두가 알고 있었다. 그런 탓에 괜히 목소리만 컸지 알맹이가 없었다. K의 안일과 자만을 질책하지만 그것은 표면적으로 내세우는 이유에 불과했다. 그렇게라도 말해야 그들은 마음이 놓이고 안심이 되었다. 13방을 거쳐 간 많은 사람들이 밤을 새워 항소이유서를 썼고 간절한 희망을 담았지만 원심을 뒤집은 경우가 드물었다. 희망이 새카만 절망으로 되돌아오기 일쑤였다.

K의 경우는 만들어진 범죄일지의 각본에 따라 퍼즐을 맞추어가는 과정이었고 오늘 1차 퍼즐의 완성을 보았다. 맞춘 사람들의 뜻에 충실한 퍼즐이었다. 퍼즐은 2차, 3차 진행할수록 나아지기는커녕 K를 더욱 압박하도록 맞추어질게 틀림없었다. K에게는 법이 아닌 다른 무엇이 필요했다. K가 나지막하게 말했다.

"저, 항소 포기합니다."

일순간 방안에는 찬바람이 몰려왔고 방장과 O는 정확히 영문을 모르면서도 고개를 끄덕였다. 아마도 K가 항소를 한다는 것으로 알아들은 모양이었다. 옆에 앉아 있던 신입만이

K의 말을 정확히 알아들었다. 그는 K가 뱉은 '저, 항소 포기합니다'라는 말을 입안에서 두어 번 따라하다가 갑자기 뜨거운 것을 삼킨 것처럼 얼굴이 하얗게 변하며 혀가 굳었다. 뒤늦게야 이곳이 구치소라는 것이 실감난 듯 주위를 두리번거리다가 갑자기 철창문 앞으로 돌진해 문을 열려고 안간힘을 다했다. 땀을 뚝뚝 흘리며 철창문에 매달려 있는 신입을 그냥 둔 채 일행은 이불 속으로 들어갔다. K 역시 썰렁한 이불 속에 몸을 밀어 넣었다. 옆에 누운 O가 철창문에 붙어서 땀을 흘리고 있는 신입에게 천연덕스럽게 말했다.

"뭐하고 있어? 빨리 불 끄고 자야지. 어서 전등 스위치 찾아서 불 끄고 누워."

신입은 전등 스위치를 찾아서 두리번거렸고, 일행은 며칠이 지난 텔레비전 드라마에 시선을 고정시켰지만 K는 위로하듯이 자신의 왼쪽 뺨을 살짝 때리면서 오늘 법정에서 한 최후 변론을 중얼거렸다.

"준비가 되었습니다."

K는 탈옥을 위해서 피를 한 방울씩 흘리는 것과 구치소에 갇혀 생각이 하나씩 꺼져가는 것은 하나의 경계에 지나지 않는다고 생각을 하면서 잠 속으로 빠져들었다.

긴 하루였다.

미결인간 N

미결인간 N은 한 달, 정확히 말하면 29일 째 그릇을 닦고 있다. 차가운 물이 쏟아지는 좁은 싱크대는 여덟 명이 먹은 그릇으로 차고 넘친다. 오늘 점심에는 닭볶음탕이 들어오는 바람에 온통 닭기름이 번들거리는 그릇을 닦기가 수월찮다. 그나마 오전 10시 경 식수로 넣어준 뜨거운 물을 빈병에 담아 담요 속에 묻어 두었다 사용할 수 있어 닦기가 한결 편하다. 쏟아지는 물속에서 손가락이 뻣뻣하게 굳어 거품이 묻은 그 릇이 자꾸 미끄러진다. 그래도 깨끗하게 씻겨 차곡차곡 쌓이 는 그릇을 보면 N은 제법 마음이 차분해지면서, 식탁에서 막 쏟아져 나온 그릇마냥 어지럽던 마음도 깨끗하게 씻긴 것처 럼 기분이 좋아진다. N은 그릇을 닦는데 제법 이력이 생겼다. 처음 13방에 들어와 그릇 닦는 담당이 되었을 때에는 30분 넘게 걸리던 시간이 요즘은 15분 안팎으로 줄었다. 수세미로 그릇을 슬쩍슬쩍 닦은 후에 세제를 묻혀 구석구석 꼼꼼하게 문지른 후 물로 세제를 깨끗이 닦아 낸 다음 물기를 털어내고 마른행주로 닦으면 된다. 이런 과정을 척척 해내면서 N은 차츰 구치소에 적응해 가는 중이다.

N이 13방에 들어오던 첫날 방안 사람들은 경악하는 표정을 감추지 않았다. 예순이 넘은 중늙은이가 신입이라고 들어왔으니 좋을 턱이 없었다. 방장은 N의 손가락에 감긴 붕대를 보며 병사病舍로 가는 게 어떠냐고 노골적으로 물었다. N은 대뜸 시키면 무엇이든 다하겠다고 큰소리로 대답했다. 예상 외로 기운이 있는 N의 목소리에 안심이 되었는지 방 식구들은 입을 다물고 별다른 말이 없었다. 예순 중반이 되도록 오기와 고집으로 제 뜻을 꺾은 적이 드문 N이었다. 부러진 손가락이 또 부러지면 부러졌지 한번 문지방을 넘어선 13방에서 쫓기듯이 내몰리기 싫었다.

N은 이튿날부터 신입이면 당연히 거쳐야하는 설거지를 위해 찬물에 손을 담갔다. 구속되기 전 다친 손가락에 차가운 물이 닿자 통증이 하반신 뼈마디까지 전달되었지만 N은 신음소리 한마디 흘리지 않고 견뎠다. 구치소에 들어오기 전에 거의 아물어가던 손가락이 다시 부어오르더니 시퍼렇게 얼어

욱신거렸다. 밤에는 더욱 통증이 심해 잠들 수 없을 정도였지만 이를 악물었다. 다행히 한강을 얼게 했던 추위의 기세가 꺾이자 손가락은 차츰 본색을 찾았다. 약간 구부정하게 굳어진 채로 나아버린 손가락을 볼 때마다 N은 지난날의 사투를 보는 듯 감개무량했다. 생각해보면 이 모든 게 낮잠 속의 한바탕 꿈만 같았다. N은 구치소 생활에 차츰 익숙해지면서 그동안 생각의 갈피 속에 애써 욱여넣어 두었던 지난 일들이 앞다투어 고개를 내밀어 가슴을 할퀴기 시작했다. 그 통증이 너무 쓰리고 아파 벌떡 일어나 보면 한밤중이거나 새벽녘이었다. 불면의 밤을 보내며 몸과 마음이 극도로 지쳐가던 N은 오늘 낮에는 콧노래를 흥얼흥얼 날리며 점심 먹고 내놓은 그릇을 닦고 있다.

N은 지난 밤, 묘선의 편지를 읽고 또 읽었다. 낯익은 필체의 편지를 얼마나 들여다보았는지 내용을 몽땅 외울 정도였다. 묘선의 편지가 유별나게 재미와 감동이 있거나, 재판과 관련된 귀가 번쩍 뜨이는 소식이 들어있는 것도 아니었다. 담담하게 N의 안부를 묻고 제쪽의 근황을 알리는 것이 전부인 평범한 안부 편지였지만, N은 문장 행간 행간에서 묘선의 냄새와 호흡을 느꼈다. 마치 묘선을 품에 안은 것처럼 반가웠다. 그렇게 묘선의 편지가 주는 감동에 젖어 하루가 어떻게

흘러가는지 모를 정도로 흥분해 있던 N은 저녁 설거지를 끝내고 잠자리에 들기 위해 이부자리가 깔리는 것을 보자 차츰 기분이 가라앉으며 피해자와 합의한다는 묘선의 말이 자꾸 신경을 건드린다. 합의라니 말도 안 되는 소리였다. N은 29일 전 오전 10시, 재판을 받다가 법정구속 당하던 순간을 잊을 수 없었다. N의 인생에서 평생 기억될 시간이었다.

"피고인에게 징역 6월의 실형을 선고한다."

말쑥한 양복 차림으로 선고를 기다리던 N은 재판장의 말을 듣고도 처음에는 얼른 이해가 되지 않았다. 저게 무슨 말이야 하고 서있는데 두 명의 교도관이 양쪽에서 N 옆으로 바싹 다가섰다. 그들은 손쓸 틈도 없이 빠르게 N을 재판장 밖으로 끌고나갔다. N은 문밖으로 끌려 나가면서 억지로 목을 비틀어 방청석에 앉아 있는 묘선을 흘낏 바라보았다. 묘선은 파랗게 질려 바들바들 떨면서 어쩔 줄 몰라 했다. 느닷없이 구속자 신분이 된 N의 손목에 차가운 은빛수갑이 채워졌다. 수갑을 찬 N은 양쪽의 교도관과 함께 계단을 내려갔다.

지하 계단을 내려가자 낮은 조도의 불빛이 깔린 음침한 복도가 이어졌다. 그 복도를 따라가자 차츰 밝은 불빛이 보이고 웅성웅성하는 소리가 들렸다. 환한 불빛이 새어나오는 사무실에는 책상이 있고 교도관 둘이 그 앞에 앉아 있었다.

“법정구속.”

N의 오른쪽에 있던 교도관의 말에 책상에 앉아 있던 교도관이 서류에 무엇인가를 적어 넣었다. 천정에 매달린 형광등 빛이 비교적 환한 그곳은 구치소의 미결수들이 심리나 선고를 위해 법원에 와서 포승줄을 묶고 푸는 곳이었다. 죄수복 차림의 서른 명쯤 되는 사람들이 다시 포승줄에 묶이느라 부산스러웠다. 이따금 양복 차림의 N을 동정하듯이 흘끔거리는 시선도 느껴졌다. 포승줄에 묶이는 순간 N은 긴 한숨이 흘러나오며 다리에 기운이 빠져 휘청거렸다. 어쩌다 이 지경까지 왔나 싶었지만 이미 흘러넘친 물이었다. 완강하게 저항할 수도, 거부할 수도 없었다. 이미 구속자의 신분이었고, 구치소에 들어가 세상과 격리되어야 한다는 되돌릴 수 없는 사실을 받아들여야 했다. N은 잠자코 교도관의 지시에 따라 움직였다. 포승줄에 묶인 일행 틈에 섞여 호송버스에 올랐다. 구치소는 생각보다 가까운 곳에 있었다.

구치소에 도착한 N은 입소장에 내리자마자 발가벗겨진 채로 샤워장에 들어가 심장이 멎을 것 같은 찬물에 쫓기듯이 몸을 씻고 죄수복을 입었다. 황토색의 죄수복은 헐렁했고 고무신은 발에 맞지 않아 자꾸 벗겨졌다. 또다시 인적사항을 묻고 적고 확인한 다음 밥그릇과 수저를 들고 간단한 입소교육을

받는 동안 정신을 차릴 수 없던 N은 "너무 겁먹지 마세요. 이
곳도 사람이 살고 있는 곳입니다"라는 입소교육 담당자의 건
조한 말투에 다소 위안을 얻었다. 입소교육이 끝난 후 N은 일
행과 함께 신입방에 들어갔다. 신입방은 본방으로 가기 전에
3~4일 정도 머물며 구치소 생활을 익히고 배우는 곳이었다.
N은 신입방에서 사흘을 있다가 본방으로 올라가면서 항소를
했는데 무슨 영문인지 이감을 보내는 바람에 손목에 수갑을
두 개나 차고 수원구치소로 와서 다시 신입방을 거쳤다.

성동구치소나 수원구치소 할 것 없이 구치소는 너무 추웠
다. 신입방에 관한 N의 기억은 오직 추위뿐이었다. 마룻바닥
에 매트리스를 깔고 두 장의 관용 담요를 깔고 덮었지만 추위
를 막기에는 턱없이 부족해서 몸의 온기로 간신히 버티었다.
며칠 머물다 본방으로 올라가는 곳이어서 그런지 신입방의
분위기는 추위만큼이나 냉랭했다. 구속된 직후의 긴장과 낯
선 곳에 대한 두려움이 중첩되어 더욱 춥게 느껴진 방이었다.
사흘 후 13방으로 올라오자 N은 지옥에서 빠져나온 기분이
었다. 외부에서 들어온 두툼한 사재 담요를 덮고 잘 수 있는
13방의 청결 상태나 짜임새는 신입방과 비교가 되지 않았다.

묘선이 면회를 온 것은 13방으로 올라온 이튿날이었다. 접
견실 유리벽 저편에 앉아있던 묘선은 접견을 시작해서 끝날

때까지 울었다. 갸름한 얼굴 위로 흘러내리는 눈물이 좀처럼 그치지 않았다. 울음 사이사이로 묘선이 겨우 끄집어 낸 말은 선고 당일 고소인인 강 사장이 방청석에 앉아 N이 법정구속 당하는 것을 확인하고 자리를 떴다는 것이었다. N은 분노로 가슴이 벌렁거리며 문화이발관 강 사장의 하관이 좁고 흰 얼굴이 선명하게 떠올랐다.

　N이 자신이 운영하는 호남화물 영업소 건너편에 있는 문화이발관 강 사장의 돈을 빌린 것은 택배 영업소를 무리하게 인수하고 큰 아들과 큰 딸을 한꺼번에 결혼시키는데 적잖은 돈이 들었기 때문이었다. 때마침 강 사장이 목돈 굴릴 곳을 찾고 있다는 소리를 듣고 찾아갔더니 선뜻 빌려주었다. N은 3부 이자 때문에 잠깐 고민을 하긴 했지만 고맙게 그 돈을 사용했다. 이자는 매월 넷째 주 토요일, N이 이발을 하기 위해 이발관에 들를 때마다 주기로 했다. 약 6개월 동안 N은 정확한 날짜에 이자를 지급했다. 이런 N의 신용에 안심이 된 강 사장은 목돈이 만들어지면 500만원 씩 묶어서 세 차례나 N에게 빌려주었다. 합계 이천만원을 빌린 N은 매월 넷째 주 토요일만 되면 이자 60만 원이 든 봉투를 양복 상의 안주머니에 넣고 문화이발관을 찾아서 오래된 벗처럼 강 사장과 흉허물 없이 농을 주고받기도 했다. N은 매월 넷째 토요일은 무슨 일

이 있어도 이발을 했다. 오래된 습관이었다. 묘선도 이런 N의 습관을 알고 있었다. N은 이발을 하는 날이면 영업소의 일 핑계를 만들어 집에 들어가지 않고 묘선을 찾아갔다. 그때마다 묘선은 집 앞 버스정류장까지 나와 N을 기다렸다.

N은 아버지의 강요로 만나 두어 번 데이트를 하고 바로 결혼식을 올린 아내에게 사랑을 느껴 볼 틈이 없었다. 결혼을 하자마자 손주를 안기는 게 당연한 순서라며 하루가 멀게 고향에서 올라오는 아버지 덕분에 연년생으로 4남매를 낳아서 키웠다. 아버지는 흡족해했지만 애들 우윳값 한 푼 보탤 능력이 없었다. 애들이 자랄수록 돈이 들어갈 곳은 뚫린 둑처럼 여기저기 급작스럽게 생기기 시작했다. 보다 못한 아내가 돈벌이에 나섰다. 그 무렵부터 아내의 얼굴을 사나흘에 한 번 볼 때도 있었다. 아내가 바쁘고 아이들이 커가면서 N은 자꾸 외로웠다. 집이라고 들어왔지만 마음 두고 정 붙일 곳이 없었는데, 그 무렵 묘선을 만났다.

예순 살 생일날 아침, N은 아내가 아침식탁에 차려놓은 식은 미역국을 떠먹다가 갑자기 운동을 하고 싶은 욕망에 사로잡혔다. 샌드백이라도 미친 듯이 두들겨야 허허로운 마음을 견디고 어디든 발을 딛고 존재할 수 있을 것 같았다. 점심시간에 영업소 근처의 강호 권투체육관을 찾아가 등록을 했다.

N은 등록비를 내면서 관장에게 권투의 기본도 기술도 가르쳐 줄 필요 없이 하루 두 시간씩 샌드백만 두드릴 수 있게 해 달라는 단서를 붙였다. 흰 머리카락의 관장은 찌뿌둥한 얼굴로 고개를 끄덕였다. 이튿날부터 N은 영업소가 한가한 틈만 나면 체육관에 달려가 샌드백을 두드렸다. 무턱대고 샌드백만 두드리는 예순 살의 사내를 사람들은 이상하다는 듯이 흘끔거렸지만 N은 개의치 않았다. 글러브를 끼고 무작정 샌드백을 때리는 순간에야 숨통이 트였다. 글러브를 끼기 전 압박붕대를 손에 감을 때는 실전을 앞둔 권투선수처럼 온몸에 전의를 불태웠다. 마치 15라운드 타이틀매치를 눈앞에 둔 선수처럼 긴장했다가, 땀을 흘리며 샌드백을 쉴 새 없이 두드릴 때는 챔피언이 된 기분이었다.

N은 서른 살 이후 배워야 할 게 있으면 모두 독학으로 배웠다. 컴퓨터가 필수가 되는 세상이 되어 화물운송의 업무가 컴퓨터로 전산화된 과도기에는 책을 구입해 혼자서 전산업무를 익혔다. 또 간단한 영어 정도는 읽어야 된다는 필요성에 영어를 독학해 까막눈에서 겨우 벗어나기도 했다. 복싱도 마찬가지였다. 오직 샌드백을 때리는 일에 집중하고 희열을 느끼면서도 틈틈이 선수들의 스텝과 주먹 뻗을 때의 자세를 유심히 보았다가 흉내를 냈다. 어설프기 짝이 없었지만 짧게 끊

어 치고 올려치는 방법을 터득했고, 들어갈 때와 나갈 때의
스텝 차이도 알았다. 후드웍의 타이밍도 익혔다. 그렇게 한
참 복싱의 재미를 느낄 즈음 옆에서 부지런히 샌드백을 두드
리는 여자가 N의 눈에 들어왔다. 여자는 N보다도 한 달 정도
먼저 등록해 운동을 하고 있었지만, 그동안 샌드백을 두드리
는 재미에 빠져있던 N이 주위를 둘러보지 않았기 때문에 미
처 알지를 못했던 것이다.

그날은 토요일 오후였고, 4월의 첫 주말이었다. N이 평소
보다 늦은 시각에 도착한 체육관 샌드백 앞에는 흰색 반바지
하의에 자주색 반팔 티셔츠를 입은 여자가 주먹을 날리는 중
이었다. 160센티 정도의 키에 긴 머리카락을 뒤로 묶은 여자
는 제법 능숙한 솜씨로 샌드백을 때렸다. 운동시간이 꽤 된
모양인지 온몸이 땀으로 흥건했다. N은 흥건한 땀이 보기 좋
았다. 그래서 물끄러미 바라보고 있는데 갑자기 저런 땀을 흘
리는 여자는 어떤 여자일까 하는 궁금증이 해일처럼 밀려왔
다. N이 주체되지 않는 어떤 감정에 빠져 허우적거리는 사이
운동을 끝낸 여자가 입가에 웃음을 머금고 인사를 건넸다.

"안녕하세요? 하루도 안 빠지시네요."

여자는 N을 잘 아는 듯 스스럼없는 태도였다. 꾸밈없는 웃
음과 자연스러운 여자의 말투가 단박에 N의 마음에 들어와

버렸다. 어이가 없을 정도였지만 이미 활을 떠난 화살은 더 이상 활의 것이 아니었다. 여자에 관해 아무것도 아는 게 없지만 N의 마음은 온통 여자에게로 향했고, 그것은 또한 그를 들뜬 감정으로 충만하게 만들었다. N은 살면서 이런 감정을 경험한 적이 없었다. 자신의 마음에서 이렇게 강력한 감정이 번개 만들어지듯 순식간에 일어날 수 있는지 이해가 되지 않았지만 N은 그 감정에 충실하고 싶었다. 하지만 딱하게도 N은 여자에 관해 너무 몰랐다. N은 여자를 알고 싶었다. 그 생각이 너무나 간절해 하마터면 여자의 심장 속으로 나사못이 되어 파고들어 갈 뻔했다. 궁금증에 등 떠밀린 몸이 자꾸 들썩였다. N은 운동도 잊은 채 가방을 들고 체육관을 나서는 여자를 따라나섰다.

차분하게 땅을 적시는 봄비 속을 나란히 걸으며 N은 여자의 이름을 물었다. 묘선이었다. 나이는 서른다섯이고 조그마한 가게를 하고 있는 조선족 여자였다. 흑룡강 쪽으로 건너간 조선인 아버지와 조선족 어머니 사이에 태어난 묘선은 일찍 홀로 된 엄마를 모시기 위해 서른 살이던 5년 전에 한국으로 나와 돈을 모아 가게를 내고 얼마 전에 드디어 홀어머니를 모시고 와 함께 살고 있었다. N은 여자의 신상을 알면 알수록 더욱 갈증을 느끼고 목이 말랐다. 이상한 일이었다. 이왕 내친 김에 N은 여자가 살고 있는 곳을 보고 싶었다. 그래야 숨 막히는 갈증에서 해방될 수 있을 것 같았다.

"당신이 살고 있는 곳을 보고 싶습니다."

갑작스럽게 뱉은 N의 말에 걸음을 멈춘 여자는 눈을 동그랗게 뜨고 N의 눈을 정면으로 바라보았다. 이따금 눈동자가 아주 약간 가운데로 모이는 듯한 쌍꺼풀 없는 검은 눈이 인상적이었다. 흔히 말하는 눈웃음치는 애교 같은 것이었는데 사람들이 거의 눈치 채지 못하는 그런 것이었다. N을 한참 동안 바라보던 여자가 마침내 입을 열었다.

"좋을 대로 하세요. 그렇지만 실망하지는 마세요."

N은 여자의 집으로 향했다. 이 모든 게 하루 만에 아니 단 몇 시간 만에 일어난 일이었다. 묘선은 번화한 시장과는 좀 떨어진 주택가의 상가건물 1층을 빌어 주부들을 대상으로 손뜨개질 교실을 하면서 자신이 만든 손뜨개질 제품을 판매하고 있었다. 12평 가게에 붙어있는 조그마한 방에서 어머니와 함께 살았다. 치매를 앓고 있는 묘선의 어머니는 가게에 들어서는 N을 보고는 세상을 떠난 남편이 돌아온 줄 알고 손을 잡고 놓을 줄 몰랐다. 묘선은 어머니가 남자만 보면 모두 남편으로 알고 반기는 것 외에는 힘들게 하지는 않는다고 했다. 묘선의 이런저런 사정을 알게 된 N은 적잖이 안심이 되었다.

그 안심의 정체가 무엇이고, 대체 왜 자신이 안심이 되는지 그 까닭을 모르면서도 N은 그 순간이 좋았다. 묘선은 이렇게 왔으니 저녁이나 먹고 가라며 N을 슬그머니 자리에 주저앉혔다. 묘선의 음식 솜씨는 담백하고 칼칼했다. N은 매콤한 청양고추를 썰어 넣은 강된장찌개에 밥을 비벼 맛있게 먹고 커피까지 마신 후 주위가 완전히 깜깜해져서야 묘선의 집을 나왔다. 불빛이 환한 시장 입구까지 배웅 나온 묘선이 오늘 먹은 된장찌개가 생각나면 언제든지 찾아오라고 했다. N은 묘선이 끓여준 된장찌개를 매일 먹고 싶었지만 차마 그런 속내를 드러내지는 못했다.

N은 혼자 돌아오면서 조금 전까지 자신에게 무슨 일이 일어난 것인지 곰곰이 생각해보았지만 비 온 뒤의 약간 서늘한 밤하늘이 상쾌하게만 느껴질 따름이었다. 그날 밤 N은 집으로 가지 않고 영업소에서 밤을 새웠다. 책상 옆에 나란히 놓인 간이침대 위에 몸을 눕히며 N은 새삼스럽게 세상의 인연에 대해 생각하면서 새벽 여명이 밝아오도록 잠들지 못했다. N은 쿠데타로 권력을 잡은 대통령을 축출하는 군부 쿠데타 말석에 이름을 올렸다가 영원히 가장 노릇을 못하게 된 아버지의 이력 때문에 자신의 인생이 일찍부터 제대로 풀릴 수 없다는 것을 알았다. 그 영원한 낙인의 무게 때문에 밤을 새우

던 이십 대 이후, 참으로 오랜만에 자신을 생각하는 시간이었다. 너무나 오랜만이어서 낯선 그 시간에 N은 약간의 행복을 느끼기도 했는데 그런 감정은 처음이었다.

　N은 그렇게 만난 묘선과의 인연을 5년째 이어왔다. 짧지 않은 시간이었다. 주말이면 N은 영업소 일을 핑계 삼아 집으로 가지 않고 묘선의 가게로 갔다. 저녁을 먹고 묘선의 손을 잡고 부부처럼 시장 골목을 오가며 딴 세상을 살았다. 짧고 단정한 머리카락을 좋아하는 묘선을 위해 N은 한 달에 두 번 문화이발관에서 머리를 깎았다. 그러는 사이 소원했던 집과는 더욱 거리가 멀어졌다. 머리가 여문 자식들과 바쁜 아내는 집안의 대소사는 물론이고 심지어 결혼 같은 중요한 일을 저희들끼리 결정했지만 N은 불쾌하거나 기분 나쁘지 않았다. 식구들, 특히 자식들과의 대립은 순전히 자신 탓이라는 것을 알기 때문이었다. N은 자식들의 말대꾸를 참지 못하고 두 번 말하는 것을 견디지 못했다. 급한 성격 때문에 뭐든지 제 손으로 해결하려는 아집과 독선이 강했다. N은 그런 자신의 성격적인 결함을 누구보다도 잘 알았다. 가족들은 이런 N의 성격을 쓸데라고는 찾을 수 없는 망종 성격이라 대놓고 탓했지만, 묘선은 끊고 맺음이 확실한 보기 드문 성격이라고 늘 칭찬이었다.

끊고 맺는 것이 분명한 N은 묘선과 이런 식으로 어정쩡하게 살기 싫었다. 묘선은 이렇게 만족하며 살겠다고 했지만 N의 마음은 그렇지 않았다. 그동안 삶이 아버지의 의지에 지배당해 살아온 인생이었다면, 묘선을 만난 이후의 인생은 자신의 것으로 만들고 싶었다. 불명예 제대를 당한 상사 출신의 아버지가 돌아가시고, 막내아들까지 결혼시킨 N은 아내에게 이혼 이야기를 끄집어냈지만 들은 척도 하지 않았다. N은 나이가 들어가면서 내가 과연 묘선에게 이래도 되는가? 이럴 자격이 있나? 하는 고민이 깊어졌다. 고민한다고 당장 속 시원하게 문제를 해결할 답이 있는 것도 아니면서도. 가장 좋은 방법은 묘선과의 합법적인 관계를 맺는 것인데 그렇기 위해서는 아내와의 이혼이 우선이었다. 하지만 묘선은 지금처럼 이렇게 살면서 당신을 보는 것이 행복하다, 당신이 애들 엄마와 이혼하는 것도 싫고, 매일매일 눈 뜨면 당신 얼굴을 마주할 자신이 없다, 그러니 더도 말고 덜도 말고 지금처럼만 지내자며 고집을 부렸다.

N이 갑작스럽게 세금추징의 된서리를 맞은 것은 아버지가 돌아가신 얼마 후였다. 대형 화물 및 택배업체들의 경쟁력 있는 서비스에 밀려 그나마 있던 거래처마저 줄어드는 어려운 현실이지만 N은 화물 택배영업소를 접을 수 없었다. 맨 주먹

으로 시작해 삼십여 년 인생이 고스란히 들어있는 터전이었
다. N은 영업소에 세금이 추징된 이유를 몰랐다. 그동안 성
실하게 세금을 내다가 형편이 어려워져 일 년 동안 세금을 내
지 못한 것은 사실이지만 추징이라니 뜻밖이었다. 이곳저곳
연유를 알아보던 N은 죽은 아버지가 발목을 오지게도 붙잡
은 사실을 알았다. 아버지는 돌아가실 때까지도 평생 가장의
역할을 못한 것이 부끄러운 게 아니라 군대에서 불명예 제대
한 것을 더욱 수치스럽게 생각했다. 부당한 불명예 제대를 바
로잡아달라는 것이 아버지의 유언이었다. 결국 아버지의 뜻
을 저버리지 못하고 N이 국가를 상대로 소송을 제기한 직후
기다렸다는 듯이 국세청으로 부터 세금추징 통보가 날아들었
다. 자칫하면 살고 있는 아파트까지 세금추징의 희생양이 될
위기에 이르자 아내가 먼저 이혼 이야기를 끄집어냈다. 아파
트라도 지키려면 빨리 이혼수속을 밟자고 해서 N은 선선히
응했다. 아파트를 아내 명의로 돌리면서 이혼을 하고 급한 위
기를 넘긴 N은 이참에 묘선과의 관계를 합법적으로 만들 생
각이었다. 아파트를 아내에게 위자료로 주고 깨끗이 정리할
참이었다. 그런데 하필이면 그때 아내가 뇌출혈로 갑자기 쓰
러졌다.

　다행히 병원 지하상가에서 쓰러져 바로 응급처치를 한 덕

분에 목숨을 건지기는 했지만 한쪽 팔과 다리가 마비된 환자의 몸으로 퇴원했다. 집으로 돌아온 아내는 전에 없이 N만 찾았다. 예전에는 앞에 두고도 투명인간 취급을 하더니 잠시도 눈앞에 없으면 불안해 어쩔 줄 몰라 했다. N은 난감했다. 이젠 법적인 부부가 아니고 애초부터 정이라고는 없는 사이였지만 쓰러진 아내를 외면할 수 없었다. 이렇게 N이 인생의 난제 앞에서 절망스러운 시간을 보내는데 엎친 데 겹친 격으로 강 사장이 덜컥 고소를 했다.

세금을 추징당하고 아내의 투병까지 겹치면서 급격하게 쪼들린 N은 문화이발관 강 사장에게 이자를 주지 못했다. 석 달이 밀리자 강 사장은 변호사인 고종사촌 동생을 앞세워 N을 고소했는데 그 내용이 기가 막혔다. 그동안 N에게 한 푼의 이자를 받은 적이 없으니 원금에 이자까지 더한 금액을 내놓으라는 것이었다. N은 자신이 그동안 강 사장에게 준 이자를 계산해보니 거의 원금의 절반이었다. 기가 막히고 억울했지만 증거가 없었다. 매월 넷째 토요일에 이발을 하러 가서 직접 현금으로 이자를 줬기 때문이었다. 한 번도 이자를 받은 적이 없다는 강 사장의 말은 거짓이었다. 강 사장이 N에게 세 번씩이나 추가로 돈을 빌려주었다는 것만 봐도 손바닥 들여다보듯 뻔한데도 증거가 없으니 N이 불리했다. 강 사장은 돈을 빌려줄 때는 꼭 은행으로 계좌이체를 했지만 이자는 이발관에서 현금으로 받아 챙겼던 것이다. N은 설마 하는 마음으로 경찰 조사에 나가고 검찰 조사에 성실하게 응했지만 결과는 법정구속이었다.

N은 억울해서 구치소 벽에 수없이 머리를 찧었다. 이곳에서 나가기만 하면 반드시 강 사장을 응징하겠다고 이빨을 악물었지만 자꾸 힘이 빠지고 두려웠다. 반드시 이 치욕을 되갚으리라 다짐할수록 그만큼 더 강한 불안감에 휩싸여 좁은 구치소 안을 쉴 새 없이 서성거렸다. 마음 둘 곳이 없어 벽을 마주 앉아 노려보기를 몇 시간이나 계속했다. 할 수만 있다면 검사와 판사 앞에서 가슴을 열고 벌떡벌떡 뛰고 있는 심장을 끄집어내 보여주고 싶었다. 답답해 미칠 것 같은 마음은 수많은 갈등의 번민쪼가리를 끝없이 만들었다. 밥이 목구멍으로 넘어가지 않았다. 60킬로그램이던 몸무게가 급격히 줄었다. 죄수복 바지가 너무 헐거워 네 겹이나 접었다. 새벽에 눈을 뜨면 지금 이곳이 어디인가 싶어 한동안 두리번거렸다. 곧 차디찬 감방 안이라는 자각에 몸이 굳어지고 머릿속으로 피가 역류했다. 핏덩이가 소용돌이치는 머리는 금방 터질 것만 같았다. 가까스로 진정하고 몸을 일으키면 기상 점검과 아침 식사, 오전 점검, 점심 식사 등과 같은 구치소의 규율 속에 휩쓸

려 하루하루를 보냈다.

　N은 구치소가 곤혹스럽다. 온기 한 점 없는 마룻바닥에 종일 다리를 오므리고 앉아 있는 것이 그야말로 징역이었다. N이 그렇게 혐오하던 늙은이처럼 안방을 차지하고 앉아 빈둥거리는 것 같은 열패감을 자아내는 구치소의 하루하루였다. 일을 할 수 없다는 것, 손과 발이 있지만 마음대로 사용할 수 없는 몸이었다. 면회를 오는 묘선과 자식들 앞에서는 짐짓 호기롭게 몇 년을 견딜 수도 있으니 강 사장과는 합의 볼 생각을 하지 말라고 큰소리를 치지만 사실 많이 지쳤다. 그래서 합의를 도출하기 위해 백방으로 노력하고 있다는 묘선의 말을 듣고 쓸데없이 합의 같은 것 볼 생각을 한다고, 시키지 않은 일을 미련스럽게 하고 있다며 화를 냈지만 N의 저 깊은 솔직한 속내는 어떻게든 합의가 원만하게 이루어지기를 내심 바랐다. 뒤늦게 그런 속내를 발견한 N은 얼굴이 붉어져 10년만 젊었으면 견딜 만했을 것이라고 스스로를 위로했다.

　자식들이나 친구들이 면회를 오기는 했지만 하나같이 묘선만 못했다. 자식 놈들은 무슨 구경 나온 것처럼 쪼르르 달려와 아버지 영업소를 처분하고 빨리 합의하고 나오세요, 연세도 있으신 분이 쪽팔리게 이천만 원 때문에 구치소에 갇혀 자식들 우세시키지 마세요, 라고 까치처럼 칵칵거렸다. 그렇게 칵칵거리면서도 막상 저들 호주머니에서 돈을 꺼내 아버지 합의금 하라고 내놓는 놈 하나 없었다. 친구들도 여러 명이 함께 몰려와 기껏 한다는 소리가 이참에 그 안에서 술, 담배 끊고 몸 만들어 나와라. 바깥일은 걱정하지 말고 마음공부, 마음수양 하라면서 영치금 몇 푼 넣어주고 돌아간 후 모습을 보이지 않았다. 오직 묘선만이 일주일에 두 번이나 수서에서 수원을 오갔다.

그런 묘선을 보면서 N은 마음이 착잡했다. 남들 다 쓰는 면사포 한 번 쓰지 못하면서도 애꿎게 구치소 수발을 들게 하다니. 정을 붙이고 몇십 년 함께 산 부부도 갈라놓는다는 옥바라지를 묘선에게 시킬 줄이야 상상도 못했다. 구치소에 갇혀 있는 것보다 그 사실이 너무 싫고 비참하다. 이런저런 생각을 더듬어 봐도 최선의 방법은 역시 합의를 하고 하루빨리 나가는 것이었다. 그것이 묘선에 대한 최소한의 예의였다. 하지만 N은 제 입으로 합의 이야기를 먼저 끄집어내기는 싫었다. 묘선에게 비릿한 추파를 던지던 강 사장의 눈빛을 잊을 수 없었다. 합의 때문에 묘선이 강 사장을 만날까 봐 편편찮았다. N을 위해 그에게 무릎이라도 꿇을까 봐 조바심이 일었다. 편지에 적힌 대로 벌써 합의했을지도 모른다는 생각을 하자 극도로 불쾌한 감정이 치솟으면서도 어쩐지 몸은 어서 이곳에서 나가야한다고 아우성이다.

　N은 잠을 자다가도 놀라서 벌떡 일어난 것이 한두 번 아니다. N은 영원한 미결인간이 되어 온 우주를 떠돌았다. 확정된 것이 하나 없고 결정된 것은 전혀 없는, 되는 것도 안 되는 것도 없는 그런 상태로 무중력의 우주를 빙빙 떠돌았다. N 주위에는 13방 동료들이 같이 떠돌았다. 그들 역시 아무것도 해결된 것이 없는 상태로 무중력의 허공을 이리저리 떠돌았다. 줄곧 답답하고 고요한 무중력 공간을 헤매다가 놀라 눈을 뜨면 새벽이었고, 방 식구들은 모두 곤한 잠 속에 빠져 있었다. N은 그때마다 씁쓰레한 입안을 찬물로 헹구고 자리에 눕지만 떠나버린 잠은 다시 돌아오지 않았다.

　그런 새벽이면 묘선의 생각이 간절했다. 부부도 아니면서 부부 이상의 정을 나누고, 부부도 아닌 것이 부부 같은 세월을 함께 살았다. N은 문득, 지금 반신불수가 되어 있으면서도 N을 애타게 찾고 있을 아내를 떠올렸다. 생각해보면 나쁘지도 그렇다고 좋지도 않은 시간이었다. 어쩌다 아내 쪽에서 정을 주어도 N쪽에서 매정하게 거절하고 외면했다. 그런 세월 속에서도 아내는 묵묵히 아이를 낳아 키워 출가시켰다. 한눈 팔지 않고 일을 했고, 외간 남자 곁눈질한 적이 없었다. 근면하고 성실했고 악착같았다. 흠을 찾아볼 수 없는 아내였지만,

N은 그런 아내에게 정이 가지 않았다. 정말이지 한 줌의 사랑이라도 있으면 이렇게까지 답답하지는 않았을 것이다. 아내에 대한 한 줌의 온기라도 있었으면 결혼 첫날부터 가슴속에 뚫린 구멍 사이로 드나드는 시린 바람을 견딜 수 있었지만, 정말이지 N은 아내 앞에서 아무것도 느끼지 못했다. 그래서 예순 살 생일날, 주먹으로 샌드백이라도 두드려야 살 것 같아서 찾아간 체육관에서 뜻밖에도 묘선을 만났던 것이다.

N은 지금도 묘선을 만난 것을 후회하거나 아내에게 정을 주지 못한 것이 후회되지는 않았다. 다만 어떤 서글픔이 차올랐다. 인력으로 어쩔 수 없는 묘선과의 관계도 그렇고, 역시 인력으로도 어쩔 수 없는 아내와의 관계도 그렇고, 그런 것들을 육십 넘어 생전 처음 구치소에 들어와 그릇을 닦으며 생각해보면서, 자칫 구질구질하게 보일지도 모른다는 그 통속성이 서글펐다. 그런 서글픔이 통속인데도 자꾸 슬픈 것은 어쩔 수 없었다. 그렇다고 그 통속을 송두리째 부인하거나 버리기도 싫었다. 아슬아슬하면서도 신파조가 진하게 풍기는 이 인연의 끈을 놓아버릴 수는 없었다. 죽는 날까지 놓을 수 없는, 놓기 힘든 양쪽의 끈이었다. 어떻게든 자신이 감당해야 할 운명이라고 생각하며 살아야 했다. 모르는 사람들이 보면 묘선이 진짜 아내같이 N을 정성들여 수발하고 있지만 그렇다고

아내의 시간까지 감당할 수 없었다. 아내는 N이 감당해야 할 현실이었다. 여기까지 생각이 닿자 N은 초조한 불안감이 몰려오면서 하루빨리 이곳을 나가는 것이 급선무라고 자꾸 스스로를 채근하기 시작했다. 그렇기 위해서는 합의가 필요한데 묘선이 그 일을 자청해 떠맡았다. N은 그것이 싫어 그만두라고 몇 번이나 만류했지만 막상 묘선이 아니면 나서 줄 사람이 없었다.

N은 묘선이 없었으면 자해라는 극단적인 일을 저질렀을지도 모른다. 묘선이 없었다면 나락을 알 수 없는 깊은 우울증으로 빠져들어 결국 정신병원으로 갔을지도 모른다. 묘선이 없었다면 누구든 눈에 거슬리는 녀석과 코뼈가 부서지도록 싸워 징벌방 속에 처박혔을지도 모른다. N은 가정과 현실은 음과 양처럼 항상 붙어 다닌다는 것을 알고 있다. 그렇기에 N에게 묘선은 꿈이고 이상이고 현실이다. N은 구속 초기처럼 분노하거나 좌절하거나 외롭지 않다. 한결같은 믿음을 보내준 묘선 덕분이다. 입속에 사탕을 넣고 녹여 먹으며 그릇을 닦고 있던 N이 희죽 웃었다. 자신이 여복이 있다는 생각이 느닷없이 들었기 때문이다.

N은 수북이 쌓인 그릇들 위로 쏟아지는 찬물을 물끄러미 바라본다. 손끝이 아리도록 시린 물로 N은 매일 아침, 점심,

저녁 세 번씩 그릇을 닦는다. 그러면서 마음을 비운다. 내용물을 비우고 빈 상태로 돌아가는 그릇처럼 마음을 씻는다. 묘선과 같은 여자를 만나 행복해하면서도 깨닫지 못했던 것을 구치소에서 그릇을 닦으며 깨닫는 중이다. 마음 깊숙한 곳으로부터 목구멍까지 차 있던 많은 것들을 비우고 있다. 하지만 묘선은 비우고 싶지 않다. 오히려 더 채우고 싶다. 모든 것을 비우고 털어 낸 마음속에 오직 묘선만 가득 채우고 싶다. 합의는 더 이상 N을 괴롭히는 문제가 아니었다. N은 인생 막장이라는 구치소에 들어온 주제에 사랑타령이나 하는 자신이 못마땅하기는커녕 어쩐지 뿌듯하다. 모두 묘선 때문이다. N은 찬물에 손을 담그고 그릇을 닦는 이 순간, 묘선과 함께 도망이라도 치는 것 같은 짜릿함이 느껴진다. 깨끗하게 닦은 그릇의 물기를 탈탈 털어내는 N의 머릿속에 묘선의 편지 한 구절이 떠오른다.

당신이 매일 찬물로 닦고 있다는 그릇을 생각합니다. 그 그릇은 내일이면 다시 밥과 반찬을 담아 나오겠지요. 이런 게 인생이 아닐까 싶습니다. 매일 당신 손에서 깨끗하게 씻겨 다시 온갖 음식을 담아내는 그릇 같은 우리 인생에 감사하며 당신의 건강을 빌어봅니다. 그립습니다. 당신이. 많이.

미결인간 ○

O는 출정에서 돌아온 K가 방안으로 들어오는 것도 모른
채 바닥에 펼쳐놓은 신문에서 눈길을 거두지 못했다. 면회를
갔다 오느라 오전에 못 본 신문을 뒤적이던 중에 발견한 글
한 줄이 유난히 O의 눈길을 끌었기 때문이다. '이미 일어난
일은 신도 바꿀 수 없다.' 모 대학 교수가 쓴 글의 첫 문장인
데 O는 그 글이 돌기가 되어 자꾸 목구멍에 가래가 걸린 듯이
갈그작거렸다. 살면서 다른 사람이 쓴 글 따위에 걸려 머뭇거
린 적이 없었다. 이게 모두 오전에 면회를 왔던 아내 때문인
가 싶어 O는 괜스레 역정이 치밀었다. 가뜩이나 면회를 다녀
와서 먹은 점심밥이 소화가 안 되고 속이 부대껴 여간 불편한
게 아니었다. 접견소에서 만난 아내를 보는 순간 O는 장소에
어울리지 않게도 가장 속되면서도 가장 깊은 자신의 욕망을

깨워 주던 아내를 떠올렸다. 면회를 끝내고 돌아오면서 생각하니 그런 자신이 아주 작고 보잘 것 없게 뻔뻔하고, 심지어 어떤 배려 같은 것을 전혀 경험하지도 않고 해보지도 못한 놈처럼 여겨져 자꾸 분통이 터지는 것이었다. O는 자신을 이렇게 왜소하게 만든 아내가 진심으로 미웠다.

O는 아침에 교도관이 방문을 열고 자신의 이름을 부르며 접견이라고 했을 때만 해도 요즘 들어 부쩍 면회가 잦은 윤 사장이겠지 싶어 심드렁했다. 하지만 접견표를 받아 이름을 확인하는 순간 그의 미간이 구겨지며 신발을 꿰던 몸이 잠깐 굳은 듯 정지했다. 잠시 후 왼쪽, 오른쪽 신발을 찾아 신고 교도관의 뒤를 따라 복도를 걸어가는 O의 머릿속에 조금 전에 보았던 아내의 이름이 벌떼처럼 붕붕 떠다녔다.

넓이가 2미터 정도 되는 긴 복도는 고요했다. O의 방은 13방으로 복도 맨 끝쪽에 위치했다. 접견실로 가기 위한 엘리베이터를 타려면 12방에서 1방까지 거꾸로 지나가야했다. 매우 오래된 건물의 이 복도를 걸을 때마다 O는 자꾸 방치된 느낌이 들었다. 복도를 따라 이어지는 쇠창살의 사람 가슴높이쯤 부분은 닳고 닳아 검은색으로 반들거렸다. 그것들은 애초에 흰색이었을 것이다. 구치소의 어디를 가거나 냄새를 맡아도 늘 방치된 느낌뿐이었다. O는 그 느낌이 강요된 참회를 가져오는 인상을 풍겨서 항상 못마땅했다.

복도에는 오늘따라 방안에서 흘러나오는 기척마저 느껴지지 않았다. O는 창밖의 하늘을 보며 걸었다. 2월의 하늘은 뿌옇게 흐린 상태로 눈이 슬쩍슬쩍 날렸다. O는 아내의 얼굴을 얼마 만에 보는가 생각해 보았다. 3년 만이었다. 그동안 몇 번의 통화를 했지만 아내는 필요한 말을 필요한 만큼만 하고 전화를 끊었다. O는 구치소에 수감되어서도 아내에게 연락을 하지 않았다. 그럴 관계가 아니었다. 5년 전에 O가 구치소에 들어왔을 때 아내는 성심을 다해 수발을 들었지만 지금은 달랐다. 이런저런 생각 때문에 O는 어쩐지 조금 성가신 느낌이 들었다. 며칠째 햇빛이 보이지 않는 우중충한 하늘을 향해 칵 침이라도 뱉고 싶었다. 빌어먹을, 정말 빌어먹을 날씨였다.

면회를 가려고 복도 끝의 철문을 나서자 O를 접견장소까지 데려갈 교도관이 엘리베이터 앞에서 기다리고 있었다. 접견을 하기 위해 모여든 예닐곱 명의 일행이 엘리베이터에 올랐다. O는 느닷없는 아내의 출현으로 시작된 감정의 동요가 쉽게 수습되지 않았다. 무슨 일이지? 하는 의구심이 자꾸 꼬리를 물었다. 키가 183센티미터인 O는 오늘따라 사람들 틈에서 머리통이 불쑥 드러나 보이는 큰 키가 부담스러웠다. 남들만큼의 무리 속에 끼어들어 남들만큼만 살고 싶다는 생각이 자꾸 머릿속을 헤집었다. 엘리베이터에서 내려 검색대를 빠져나오면서 O는 목이 아플 정도로 고개를 힘껏 흔들었다.

접견대기실은 면회를 기다리는 사람들로 붐비고 있었다. O는 이곳으로 오는 동안 철커덩 소리를 내는 철문을 세 번이나 통과했다. O의 접견실은 12회 차 7호실이었다. 그의 순서가 되려면 아직 2회 차를 더 기다려야 했다. 금속전광판에서 접견대기 순서가 붉은 숫자로 선명하게 나타나고 있었다. 그 전광판 밑에는 '여러분의 가족은 여러분을 10분 동안 만나기 위해 혼잡한 도로 사정과 어려움을 견디고 왔습니다'라고 적힌 액자가 걸려 있었다. O는 팔짱을 하고 서서 한참 동안 그 글을 바라보았다.

O가 아내와 결혼을 해서 가족이 된 것은 12년 전의 일이었다. 아내는 O가 사귀던 여자의 동창이었다. O는 사귀던 여자보다 그 동창이 마음에 들었다. 모델처럼 큰 키에 쌍꺼풀 없는 눈이 적당히 큰 그녀를 끈질기게 따라 다니며 청혼을 했고 결국 결혼에 성공했다. O가 건설현장에서 내부 미장이나 바닥 방수, 타일 등의 하청을 받아 일하던 시절이었다. 열세 살에 집을 나온 후로 고향집을 찾지 않아 고아 아닌 고아가 된

O는 가족 없이 혼자 결혼식을 올렸다. 부모형제의 모습은 가물가물해 옆을 지나가도 모를 것 같았다. 어린 나이에 서울 뒷골목으로 흘러든 O는 일찍부터 소위 인생의 맛이란 맛은 골고루 맛보았다. 비슷한 처지의 애들과 어울려 본드를 하고 배와 가슴에 병조각을 사정없이 내리긋기도 했다. O의 몸에는 그 시절의 잔혼이 빼곡하게 남아있었다. 스물세 살 때는 조직의 지시로 조직의 형을 칼로 찌르고 징역 2년을 꼬박 살고 나왔다. 삼십 대 초반이 되도록 툭하면 경찰서와 구치소를 들락거렸고 조적기능사 자격증도 교소도 안에서 땄다.

아내는 O의 이런 과거를 알면서도 별로 개의치 않았다. O는 그런 아내가 고마웠지만 그렇다고 결혼을 하면서 심기일전 새로운 인생을 산다는 그런 따분한 각오를 한 것은 아니었다. 여전히 친구들과 어울려 다니며 나쁜 짓을 했지만 가급적 가정을 깨는 짓은 피해가려고 했다. 결혼 7년 만에 생긴 두 아이와 아내를 위해 경매로 나온 다세대주택을 사들여 세를 받아 생활비를 충당하게 하는 안전장치를 만들어 두었으며, 8남매의 장녀인 아내의 가족들을 위해서도 제 능력 닿는 만큼 도왔다. O는 병원, 학교, 쇼핑센터, 아파트, 연립, 빌라, 성당, 교회, 절 심지어 구치소까지 가리지 않고 일을 맡아서 했다.

그렇다고 미련하게 죽도록 일만 한 것도 아니었다. 마음에

드는 여자가 있으면 연애를 했고, 틈틈이 대마도 피웠고, 헤로인도 찔렀다. 친구들과 함께 헤로인을 꽂고 즐기던 어느 날 일행 중 한 놈이 고만 그 열락의 순간을 참지 못하고 제 발로 검찰청에 걸어 들어가 불어버리는 바람에 현장에서 체포되었다. 마약을 하는 놈 중에는 이해할 수 없는 별놈들이 다 있지만 O는 지금도 녀석의 행동을 이해할 수 없었다. 그 별난 놈 때문에 구속되어 징역을 살았는데 아내는 묵묵히 O의 징역 수발을 들어주었다. 하지만 징역의 고독보다 마약의 유혹이 더 무섭고도 달콤했던 O는 출옥 후 두 달이 채 안 되어 호텔에서 헤로인을 찌르고 여자와 연애를 하다가 아내에게 그 현장을 보여주고 말았다. 아내는 그것까지 차마 용납할 자신이 없다고 했고, O는 빈손으로 집을 나왔다. 3년 전이었다.

O는 자신이 전에 없이 긴장하고 있는 것을 알았다. 접견 대기실에 꽉 들어찬 사람들의 웅성거리는 소음이 귀에 들리지 않았다. 다른 때 같았으면 벌써 옆 사람 이야기에 한두 마디 참견했을 텐데 오늘은 자꾸 목이 마르며 손바닥에 땀이 촉촉하게 잡혔다. O의 인생에 이런 경우는 드물었다. 자존심이 구겨지는 것 같아 괜스레 '참 지랄 같구만'하고 대상 없이 궁시렁거리는데 굵은 목덜미에 용 문신을 휘감은 짧은 머리가 힐끔 노려보았다. O가 얼른 고개를 돌리는데 차임벨 소리와

함께 접견 회차 하나가 지나갔다. 다음이 O 차례였다. O는 더욱 목이 마르며 입안이 모래바람 지나간 듯이 서걱거렸다.

건설사를 동업하던 윤 사장이 O를 배임횡령으로 고소한 것은 석 달 전이었다. 1심에서 징역 2년을 선고받은 O가 항소하자 윤 사장이 면회를 와서 먼저 합의 이야기를 끄집어냈다. 내심 1년을 기대했던 O는 2년이 사뭇 부담스러웠다. 그럴 수 없다고 버티다가 못이기는 척 윤 사장의 제안에 응해 자신이 타고 다니던 외제 자동차와 현금을 합해 1억에 합의를 보기로 했다. O가 윤 사장에게 끼친 피해 금액은 3억이었다. 금방이라도 합의를 할 것 같던 윤 사장이 갑자기 아내와 아이들이 살고 있는 다세대주택을 담보로 제공해야 합의서를 써주겠다며 한걸음 뺐다. O는 그렇게 할 수 없었다. 집은 아내의 소유였다. 서류정리를 하지 않았을 뿐이지 아내와는 남남이었다. 위자료 명목으로 준 것을 다시 가져오는 것은 사내가 할 짓이 아니었다. O는 그동안 이런저런 험한 꼴을 많이 보였지만 아내 앞에서 최소한의 품위는 지키고 싶었다. 윤 사장에게 차라리 징역을 살겠다고 하며 항소심까지 버텨볼까 하는 중이었다. O는 나름으로 아내가 혹시 이런 사정을 알고 온 게 아닌가 생각하면서도 명확히 짚이는 게 없었다.

접견실 입실을 알리는 차임벨이 울리며 O의 순서가 되었다. 접견실에 들어서는 O의 손이 땀으로 미끈거렸다. 접견실의 투명한 유리벽 저쪽은 비어있었다. O는 숨을 크게 내쉬며 분위기와 어울리지 않게 생뚱스러운 빨간 의자에 궁둥이를 걸쳤다. 가운데에 가로막힌 투명 유리벽은 미세한 먼지 하나 통과하지 못할 것 같았지만 구치소의 이런저런 소리가 자유롭게 넘나들었다. 출입문 옆 책상 앞에 교도관이 앉아 있었다. 책상 위에는 면회인과의 대화를 기록하는 노트가 놓여 있고 팔짱을 낀 교도관이 고개를 숙이고 있었다. 유리벽 저편의 출입문이 열리며 아내가 들어왔다. 반가움에 절로 움찔거리는 궁둥이를 간신히 주저앉히며 O는 어쩔 수 없이 면회를 수락한 것처럼 얼굴에 딱딱한 표정을 덧씌웠다. 검정색 핸드백을 든 아내는 이마 위로 흘러내린 머리를 쓸어 올리며 의자에 마주 앉았다. 한동안 아무 말이 없었다. 옆방에서 마치 고함을 지르는 것 같은 대화 소리가 들렸다. O는 아내가 무슨 말이든 먼저 해주기를 바랐다. O의 얼굴을 물끄러미 바라보고 있던 아내가 입을 열었다.

"오랜만이야."

목소리가 약간 쉰 듯했다. O는 대답 대신 고개를 보일 듯 말 듯 끄덕였다. 침침한 접견실의 불빛 탓인지 아내 역시 그 불빛만큼이나 황량해 보였다. 아내는 O와의 이른 결혼 때문에 비록 모델의 꿈을 접었지만 여전히 아름다웠다. O는 불현듯 아내와 길고 깊은 키스를 하고 싶은 충동을 느꼈지만 손가락으로 지그시 눌렀다. 아내는 O와 사는 동안 거울 볼 때 말을 걸지 못하게 한 것 외에는 특별히 큰 결점이 없는 여자였다. 이따금 아내 쪽을 흘끔거리는 교도관의 얼굴에 저런 미인이 왜 O와 같은 인간의 아내일까? 하고 의아해하는 빛이 역력했다. 침묵이 먹물처럼 흘렀다. 10분의 접견시간이 빠르게 흘러가고 있었다. 얼굴을 약간 찌푸린 O가 성마른 목소리로 물었다.

"웬일이야?"

잠자코 O를 바라보기만 하던 아내가 짧게 대꾸했다.

"애들 아빠잖아. 무슨 일인가는 알아야 할 것 같아서."

간결한 말과 달리 미간을 구기는 아내는 심사가 복잡한 얼굴이었다.

"별일 아냐. 회사 일 때문이야."

O는 횡령, 배임이라는 구체적인 용어를 입에 올리기 싫어 에둘러 완곡하게 표현했다. 그런 O의 눈을 바라보는 아내의 눈에 '정말이야? 거짓말 아냐?'하는 추궁의 빛이 가득했다.

"당신이 생각하는 그런 거 아냐. 안심해."

O는 아내가 무슨 생각을 하는지도 모르면서 자꾸 그런 게

아니라는 말만 되풀이 하는 자신이 못마땅했지만 그것 외에는 떠오르는 말이 없었다. O는 이번에는 마약에 관한 게 아니라는 말을, 그것이 사실인데도 차마 할 수가 없었다.

"내가 당신 걱정이 되어서 그런 줄 알아? 당신은 애들 아빠야. 그렇기 때문에 무슨 일인가를 내 눈으로 확인하고 싶어서 온 것뿐이야."

시종 냉랭한 아내의 말투에 O는 귓불이 얼얼한 추위를 느끼며 슬며시 속이 뒤틀렸다. 괜히 찾아와서 사람 오장육부를 긁는가 싶었지만 애써 목소리를 가다듬었다. 바락바락 악을 쓰고 있는 옆방 사람들처럼 모양 빠지기는 싫었다. O는 다투고 싶지 않았다. 이런 장소에서 이어지는 말다툼은 질색이었다. 사실 그런 행동이야말로 이 안에 있는 사람들에게는 어쩌면 갇혀 있다는 표시와 다름없지만, O는 구치소를 의식하지 않은 어떤 의연한 분위기를 아내에게 보이고 싶었다. 그것이 매일 쇠창살 사이로 하늘을 바라보아야 하는 O에게 잔인하도록 절실한 자세였다.

"애들한테는 당신이 있는데 왜?"

O는 딱딱한 얼굴로 아내를 정면으로 바라보았다. 아내는 유리벽 위쪽으로 시선을 돌려 O의 눈길을 피했다. 또 침묵이었다. 당장 자리를 박차고 싶은 침묵이었다. 씻을 수 없이 흉

포한 죄를 지은 것 같은 비참함과 자포자기를 느끼게 하는 침묵이었다. O의 눈길을 무시하고 앉아 있던 아내는 자리에서 발딱 일어서며 쏘아붙였다.

“당신은 가족을 몰라.”

아내는 발자국 소리도 없이 접견실에서 사라졌다. 교도관이 아내가 사라진 곳을 빤히 바라보다가 고개를 돌렸다. O는 빈 접견실에 우두커니 앉아 있었다. 면회 시간이 3분이나 남아있었다. 교도관이 무료한 듯이 하품을 했다. 침묵이 교도관의 하품을 덥석 삼켰다. 그때 시간이 종료되었다는 안내방송과 함께 마이크 음향이 꺼졌다. 꺼진 마이크 앞에서 억울하다고 하소연하는 옆방의 절박함이 고스란히 들려왔다. 접견실을 나와 종료대기실로 들어서는 O의 귓가에 아내의 말이 환청처럼 맴돌았다.

“당신은 가족을 몰라.”

O는 입안이 한약을 삼킨 듯이 썼다. 가족을 모르다니? O는 아내가 그런 말을 하면 안 된다고, 천벌을 받는다고 중얼거렸다. 이왕에 가족 이야기가 나왔으니 하는 말이지만 O는 자신만큼 아내의 가족을 위한 사람도 드물 것이라는 자부심이 별안간 들었다. 그러자 뿌듯하면도 갑자기 얼굴이 붉어졌다. 8남매의 맏이인 아내는 장인이 일찍 돌아가시는 바람에

어린 나이에 가장 노릇을 했다. 먹이고 입히고 키워야 할 가족들이 차고 넘쳤다. O는 아내 가족들의 대소사는 물론이고 처남들의 공부와 직장까지 책임졌다. 처음에는 고마워하던 아내는 시간이 흐르자 당연한 것으로 생각했지만 O는 개의치 않았다. 그럴수록 더욱 아내의 가족을 내 몸처럼, 내 가족처럼 지켜 세상에서 제법 구실을 하게 만들었다. 이런 O에게 가족을 모른다고 타박하니 기가 찰 노릇이었다. 다른 사람도 아닌 아내가 말이다. 기분이 더러웠다.

O는 가족이라는 말을 입안에서 몇 번이고 우물거렸지만 아무런 감흥이 없었다. 감흥은커녕 아내 가족에게 한 일을 앞세우고 있는 자신이 치사하다는 생각이 들었다. 그래서 무얼 어쩌란 말이야? O의 입속에서 욕설이 가시처럼 돋았다. 불끈 쥔 주먹으로 벽을 사정없이 내리쳤다. 갑작스러운 O의 행동에 접견을 끝내고 대기실에 모여 앉아 있던 사람들이 무슨 일인가 싶어 돌아보다가 금방 고개를 돌렸다. 접견실에서는 너무 흔한 풍경이었기 때문이다. O는 내심 한 놈이라도 걸리기를 별렀다. 수감된 이후 지금껏 마음의 평정을 위해 들인 시간과 공이 한꺼번에 물거품이 될 수도 있었다. 하지만 평생 험하게 살았고 앞으로도 역시 그렇게 살 것이 빤한 자신의 인생행로가 불투명해서 일찌감치 다세대주택을 구입해 그곳에

서 나오는 월세로 아주 풍족하지는 않지만 다른 사람들에게 아쉬운 소리 하지 않도록 배려한 O에게 아내가 쏘아붙인 가족을 모른다는 말이 모욕처럼 느껴졌다.

O는 인생은 돈이라 생각했고, 돈만 있으면 인생은 해피했다. 원래 해피하지 않게 생겨먹은 세상을 해피하게 살려고 하면 반드시 돈이 필요했다. 그것도 아주 많이 필요했다. 그래서 O는 돈을 벌기 위해서 물불을 가리지 않았다. 아내나 그녀의 가족들도 해피하려면 돈이 필요했다. O는 돈 때문에 비법, 불법, 합법이 엉망진창으로 얽히고설킨 행로를 아슬아슬하게 걸어왔다. 덕분에 꽤 많은 돈을 벌었지만 오르막이 있으면 내리막이 있는 게 틀림없는 인생이었다. 추락을 모르던 건설경기가 어느 날부터 위축되는가 싶더니 전 지구적 자본, 국제 자본 같은 듣기에도 근사한 말들이 언론과 사회 지도급 인사 운운하는 사람들 사이에서 언급되더니, 글로벌화된 대기업들이 크고 작은 입찰에 뛰어들면서 O가 몸담은 소형기업은 경쟁력을 잃을 수밖에 없었다. 20억을 넘던 연 매출이 해가 갈수록 떨어지더니 작년에는 10억을 넘기지 못하자 동업자인 윤 사장이 O에게 압박을 가했다. 공사 수주 담당이 O였고, 윤 사장은 자금을 맡고 있었다. O는 어떻게든 난국을 극복해보려고 동분서주해 보았지만 대형화를 외치며 외형을 부

풀린 대기업들을 상대하기에는 역부족이었다. 그들은 적자일 게 뻔한 입찰 금액을 앞세워 가리지 않고 공사를 싹쓸이했다. 예전에는 그래도 소형기업의 밥그릇에는 수저를 올리지 않는 예의를 지켰는데 요즘은 효율성을 들먹이며 돈이 된다면 대기업 체면 따위는 나 몰라라 팽개치고 달려들었다. 흡사 곰의 모습을 한 굶주린 개였다.

자금 압박에 시달리다 못한 회사는 급한 대로 신용보증기금에서 4억을 대출받았다. 4억이 통장에 들어오던 날 O는 윤 사장이 급한 일로 자리를 비운 사이 경리에게 모두 현금으로 찾아오라고 지시했다. 현금 4억 가운데 회사 금고에 1억을 넣어두고 나머지 3억을 가방에 챙긴 O는 서둘러 회사를 빠져나왔다. 서편 하늘로 붉은 기운이 천천히 흘러내리는 시간이었다. O는 뚜렷한 목적이나 목적지가 있어서 돈을 챙겨 나온 게 아니었다. 4억을 쏟아부어도 회사는 이미 소생의 기력이 없었다. 하지만 인생이 잠깐이라도 해피하기 위해서 O는 돈이 필요했다.

O는 남의 돈 3억을 들고 자신의 오피스텔에 들어가면 쪽팔릴 것 같았다. 지하 주차장에 세워둔 승용차 문을 열면서 주희를 떠올렸다. O는 승용차의 방향을 주희가 있는 성남으로 잡았다. 모델학과 졸업반인 주희는 세상을 해피하게 살 줄

알았다. O의 연락을 받은 주희는 친구와 함께 학교 정문 앞에
서 있었다. 그녀들을 승용차에 태운 O는 곧장 정선 카지노로
향해 승용차 가속 페달을 힘껏 밟았다. O는 카지노에서 일주
일 만에 3억을 몽땅 날렸다. 주희는 돈이 아까워 펑펑 울면서
카지노를 떠나지 못하면서도 O의 지갑 속을 궁금해했다. O
는 후회하지 않았다. 게임에 몰두할 수 있었던 시간이 해피했
다. 무엇인지 정체를 알 수 없는 충동이 O를 이렇게까지 끌고
왔지만 그것은 어쩌면 해피하게 살아갈 수 있는 또 다른 방법
이었는지도 몰랐다. O는 고통이나 죄책감을 느끼지 않았다.
고통과 죄책감은 너무 단순하고 분명해서 기분이 나빴다. 그
순간에 확인할 수 있었던 것은 맹목적으로 아무 생각 없이 매
달리고 싶은 자신의 마음뿐이었다.

서울로 돌아온 O는 주희를 집 앞에 내려주고 오피스텔에
들어앉아 문을 잠그고 두문불출했다. 종일 컴퓨터 앞에 앉아
포커와 고스톱을 하며 음식을 시켜 먹었다. 게임을 하다보면
새벽이 밝아오는가 싶더니 금방 태양이 기운을 한껏 발산하
는 대낮이기도 했다. O는 외부와의 소통을 단절하고 오피스
텔에만 틀어박혀 있었다. 휴대폰에 윤 사장과 주희의 번호가
번갈아 찍혔다. O는 휴대폰의 극성에 진저리를 치며 배터리
를 분리해서 쓰레기통에 던져버렸다. 주희는 O의 돈이 필요

할 것이고, 윤 사장은 회계를 모르지만 일거리를 잘 물어오던
O가 필요할 것이었다. O는 회계는 모르지만 윤 사장이 몇 개
의 장부를 가지고 장난질 치는 것쯤은 알 수 있었다. O는 며
칠 사이 체중이 급격히 불어 헬스로 정성스럽게 다듬어 놓은
몸이 형편없이 망가졌지만 개의치 않았다. 거리낄 게 없는 자
유와 포만감에 해피했다.

그날, O는 이틀 동안 눈을 붙이지 않고 포커와 고스톱의
세계를 오가느라 너무 피곤해 잠시 쉬려고 창밖을 바라보았
다. 아직 어둠의 잔영이 잔뜩 묻어 있는 새벽 속으로 흰 새 한
마리가 날개를 퍼덕이며 날아가고 있었다. 그 순간 O는 문득
외롭다는 생각이 들었다. 이미 눈앞에서 새가 사라져버린 짧
은 순간, 그야말로 아주 짧은 순간이었지만 그 감정은 이미 O
의 몸을 점령한 후였다. 외로움은 사람의 어떤 것도 바꿔놓
을 수 있었다. O는 서둘러 그 어설프고 나약한 감정에서 빠져
나오려고 버둥거렸다. 그런 싸구려 감정에 휘둘리는 자신이
두려웠다. 컴퓨터 앞에 앉았지만 게임이 눈에 들어오지 않았
다. 그로부터 꼬박 반나절 동안 아무것도 하지 못하고 안절부
절 하며 방안에서 맴돌다가 입고 있던 운동복 차림으로 서둘
러 밖으로 나왔다.

한 달만의 외출이었다. 마약에라도 의지해야 할 것 같았

다. O가 처음 마약을 접한 것은 조직들 사이의 집단 패싸움으로 온몸이 만신창이가 되었던 때였다. 마약 덕분으로 O는 피가 흐르는 상처도 무서운 현장의 적도 견딜 수 있었다. 어찌 보면 마약 없는 인생은 O의 과거에서 사실상 무가치한 일이었다. O는 이따금 중독 상태에서 들었던 환청에 고무되어 아무런 죄의식 없이 헤로인을 찌를 수 있었다. 어제가 근심과 불안의 시간이었다면 헤로인을 찌른 오늘은 신비롭고 행복한 날이었다. 가끔 O는 혹시 이런 행동을 자제하는 것이 불경스러운 사회의 명령에 순응하는 것이 아닐까 생각도 했지만 그렇게 해야 할 이유를 몰랐다. 자기 자신을 사랑하는 일에 게으르고 불가능한 O에게 마약은 매우 유쾌한 자기 사랑의 표현이었다.

O는 택시를 타고 대치동으로 갔다. 가끔 마약을 함께 하던 녀석이 아직도 그곳에 있는지 알 수 없었지만 무작정 찾아갔다. 택시에서 내려 녀석의 오피스텔을 찾아 정신없이 걸어가는데 누군가가 어깨를 툭 치면서 경례를 했다. 정신을 차리고 얼굴을 들어보니 두 명의 경찰관이 앞을 가로막으며 불심검문 중이니 주민등록증을 내놓으라고 했다. 앞을 막아 선 젊은 경찰관들은 요지부동이었다. O는 설마 윤 사장이… 하는 일말의 기대를 가지고 주민등록증을 경찰관 앞에 내밀었다. 주

민등록증을 받아든 경찰관이 옆에 있던 경찰관에게 넘겼고, 조회기를 들고 있던 그는 곧장 O의 주민번호를 입력했다. 불길한 생각대로 윤 사장의 고소로 O는 기소되어 전국에 수배가 내려졌고, 이미 출국금지 상태였다. 길거리에서 긴급 체포되어 유치장에 갇힌 O는 피고인 조사에서 모든 사실을 선선히 시인했다. 몇 개나 되는 O의 전과기록을 비롯해 여러 상황을 종합해 볼 때 꽤나 힘겨운 싸움을 예상했던 형사는 심문이 너무 싱겁게 끝나자 멋쩍어하면서 O에게 자꾸 담배를 건네 머리가 어질어질할 지경이었다.

"뭐 좀 물어봅시다."

O의 손가락에 시뻘건 인주를 묻혀 조서 이곳저곳에 꾹꾹 누르던 형사가 불쑥 뱉었다. O는 대답 대신 형사의 얼굴을 바라보았다.

"일주일에 3억을 쓸 때 기분이 어땠어요?"

틀리게 맞춘 퍼즐처럼 얼굴이 일그러진 형사의 말투는 생각보다 진지했다.

"해피했습니다."

O가 피식 웃으며 뱉자 얼굴이 더욱 일그러진 형사는 오랫동안 조서를 들여다보며 말이 없었다. 그것이 벌써 3개월 전이었고, O는 오늘로 구치소 수감 백일이 되는 날이었다.

접견을 끝낸 사람들로 시끄러워 견딜 수 없을 정도가 되어서야 교도관이 문을 열면서 소리쳤다.

"자. 접견 끝났으면 모두 돌아갑시다."

접견을 마치고 돌아서는 사람들 중에 눈가가 벌겋게 충혈된 이가 몇이나 되었다. O는 그들의 눈을 저렇게 만든 것은 무엇일까 잠깐 생각했다. 13방에 함께 있는 동료 한 사람은 구속 6개월이 지난 지금도 접견을 가면 항상 젖은 얼굴로 돌아왔다. 콘크리트 벽과 바닥에서 특유의 습습한 냉기가 뿜어져 나와 복도를 싸늘하게 만들었다. O는 차가운 목덜미를 손바닥으로 자꾸 쓰다듬었다. 목덜미를 송곳으로 찌르는 것 같던 아내의 말이 좀처럼 머릿속에서 떠나지 않았다. 어쨌든 O에게는 하나뿐인 아내였다. 그런데 면회를 하고 나니 도대체 무엇을 생각해야 할지 몰랐다. 발딱 일어서 나가던 아내의 뒷모습이 아직도 눈에 선했다. O는 여전히 아내를 사랑하고 있었다. O는 일관성이라고는 없이 그때그때 기분에 따라 살았지만 아내에 대한 사랑은 결혼할 때부터 계속 유지하고 있었다. 하지만 그런 사랑의 감정과는 모순되는 삶을 살아왔다. O는 자신이 이런 모순을 달래 줄 어떤 말도 모르고 있었기 때문에 아주 불행하게 느껴졌다. O는 면회 이후로 아내에 대한 추억이 서서히 사라질 것만 같아 불안했다. 그와 아내 사이의 일들이 점점 희미해지고 망각 저편으로 물러나면 어쩌나 싶었지만 애써 어금니를 꽉 깨물었다. 이제 와서 가족에게 매달리려는 자신의 모습이 볼썽사나웠다.

O에게도 아내만큼이나 많은 가족이 있었다. 아버지와 어머니가 낳은 9형제 가운데 막내였던 O는 태어나지 말아야 할 아이였다. 무슨 이유 때문인지 모르지만 뱃속의 O를 몇 번이나 죽이려고 시도했던 아버지는 술만 취하면 천연덕스럽게 O에게 그 이야기를 들려주었다. O의 아버지는 시장에서 채소가게를 했다. 새벽이면 배추와 무를 가득 실은 도매상의 트럭이 가게 앞에 와서 짐을 내렸다. 가게로 사용하는 점포 옆방을 사용하던 O는 트럭의 엔진 소리에 늘 잠이 깨곤 했다. 그 소리가 들리면 이상하게도 달리기를 막 끝낸 사람처럼 가슴이 뛰었다. 매일 새벽이면 어김없이 가게를 찾아오는 그 트럭을 타고 집을 떠나는 자신의 모습이 환영처럼 눈앞에 나타나곤 했기 때문이었다.

O는 그날도 새벽에 들려오는 트럭 엔진 소리에 잠이 깼다. 오줌이 가득한 아랫도리가 터질 듯 부풀어 있었다. 마루에 선 채로 오줌을 갈겼다. 초겨울 새벽의 싸늘한 냉기가 화장실로 달려갈 마음까지도 꺾어버렸던 것이다. 추위에 떨며 오줌을 누고 등을 막 돌리던 O는 잠깐 몸이 굳었다. 비스듬히 열

린 대문 틈으로 눈에 익은 아버지의 팔이 허공을 베는 칼날처럼 휙 지나갔다. 자주색 토씨를 한 아버지의 팔이 분명했다. 잠시 후 짧은 비명이 들리는가 싶더니 주위가 잠잠해졌다. 워낙 순식간의 일이어서 O는 자신이 정말 아버지의 자주색 토씨와 비명을 보고 들었는가 싶을 정도였다. 어둠이 채 걷히지 않은 검푸른 골목은 사람이 오가는 인기척 하나 없이 고요했다. 잠시 후 트럭의 엔진 소리가 O의 귓속을 나사못처럼 날카롭게 파고들더니 점점 멀어졌다. 그 짧은 순간 O는 몸으로 전달되는 이상한 열기를 느꼈다. 그 열기에 갇혀 마루에 꼼짝없이 서있다가 때마침 불어오는 비린 바람에 쫓겨 방으로 들어갔다. 마루에 서있던 짧은 순간에 O가 느꼈던 감정은 실로 기묘했다. 방안에 들어와 이불 속에 누운 O는 갑자기 겨드랑이와 가랑이에서 땀이 흐르기 시작했다. 땀은 갈비뼈 부근을 지나 내복 속을 흥건하게 적셨다. 몸이 떨리며 찾아온 한기가 그를 괴롭혔다. O는 머리를 바닥에 사정없이 찧었다. 아픔을 느낄 수 있다면 다시 마음의 평화가 찾아올 것 같았다. 하지만 아무것도 느껴지지 않았다.

이튿날 새벽부터 트럭의 엔진 소리가 들리지 않았고, 야채 도매상 양씨가 사거리에서 강도를 만나 돈과 목숨을 잃었다는 소문이 빠르게 돌면서 낯선 형사 몇이 며칠 동안 동네에 얼굴을 보이는가 싶더니 곧 잠잠해졌다. 그즈음 아버지가 조그마한 트럭을 장만해 농산물을 직접 시장에서 구입하기 시작했다. 그때부터 O는 수상한 소문의 배후에 아버지가 있을 것 같은 생각에 사로잡혔다. 아버지는 물론 동네 사람 누구도 양씨 살인의 용의자로 불려갔다는 말을 들어보지 못했지만 벼락처럼 O의 머리를 내리친 그 생각은 좀처럼 사라지지 않았다. 이상한 두려움에 아버지 얼굴을 똑바로 볼 수가 없었고 잠이 오지 않았다. 심장을 날뛰게 한 그 새벽의 열기가 되살아나더니 몸이 홍역처럼 끓어 음식을 삼킬 수 없었다. 죽을 것만 같았다. 매일 밤 꿈을 꾸었다. 꿈은 형체를 알 수 없도록 파편이었고 조각난 채로 돌아다녔다. O는 그 꿈의 파편들을 모아서 재구성해보고 싶었지만 꿈의 조각들은 운동장 위를 굴러다는 축구공처럼 이리저리 마음대로 쫓아다녔다. O는 집요하게 꿈을 쫓았지만 번번이 꿈의 조각들을 놓치며 잠에서 깨어날 뿐이었다. O는 명확하게 퍼즐이 맞춰지지 않은 그 꿈을 일종의 부적처럼 여겼다. 꿈에서 깬 후 시간을 확인하면 어김없이 트럭의 엔진 소리가 들려오던 새벽 시간이었다.

이런 날들이 지속적으로 되풀이되면서 O는 눈에 띄게 야위었지만 가족 누구도 관심을 보이지 않았다. 아버지와 어머니는 종일 가게에 붙어살면서 시들시들해진 채소를 부여잡

고 애면글면했고, 학교에 다니는 형과 누나들은 밤이 되어서
야 피곤에 지친 얼굴로 돌아와 숙제와 시험 준비에 늘 바빴
다. 외로움이 O를 무섭게 파고들었다. O는 아버지에 관해 점
점 커지는 의혹의 눈초리가 통제 불가능하다는 것을 깨닫고
더욱 초조해졌다. 바람이 강하게 불던 어느 날 O는 평상시와
다름없이 아침밥을 먹고 슬그머니 집을 나왔다. 집을 나오니
이상하게도 마음이 편했다. 속이 후련하면서도 실컷 울고 싶
은 광활하고도 푸른 대지를 만난 것 같았다. 무엇보다도 아버
지의 얼굴을 보지 않아서 안도했다. O는 그길로 가족과 영영
이별했다.

O는 지금까지도 자신이 집을 뛰쳐나온 구체적인 영문을
알 수 없었다. 양씨 아저씨의 죽음에 아버지가 관여했을 거
라는 의혹 때문인지, 자신의 고통에 둔감한 가족에 대한 원망
때문이었는지, 딱 꼬집어 결론을 내릴 수 없었다. 어쩌면 아
무렇지도 않게 자신을 태어나지 말아야 할 자식이라고 내뱉
는 아버지에 대한 나름대로의 앙갚음이었을 수도 있었다. 어
떤 쪽으로든 결론을 내린다는 것이 불가능할지 모르지만, 분
명한 사실은 가족을 떠나자 오히려 마음이 편하고 외롭지 않
았다는 것이다. 그래서 일찍부터 육체적 고통과 핍박을 겪으
면서도 가족 곁으로 돌아갈 생각을 하지 않았다. O는 살면서

이따금 가족이 생각날 때면 그들 곁을 잘 떠났다고 스스로를 위로했다.

O는 지금 와서 새삼스럽게 아버지를 원망하거나 가족을 책망할 마음은 추호도 없었다. 가족 곁을 떠난 것은 순전히 그의 의지였다. 양씨의 죽음에 아버지가 관여되었을 거라는 생각은 그야말로 초겨울의 새벽잠이 덜 깬 소년의 근거 없는 망상이거나, 집을 떠나기 위한 핑계를 어린아이답지 않게 그런 식으로 섬뜩하게 포장했을 수도 있었다. 또한 가족들이 보기에는 당시 O의 외로움이 생각만큼 그렇게 크지 않고, 그 시기의 남자아이라면 한 번쯤은 겪게 마련인 솜털어린 연모의 시기라 짐작하고 짐짓 모른 척했을 수도 있었을 것이다. 설혹 그렇다하더라도 O는 자신의 가출을 부정할 마음은 없었다. 당시로는 최선의 선택이었을 것이라고 믿었다. 그 믿음은 확신으로 이어졌고 성인이 되어서도 그 선택을 후회해 본 적이 없었다.

아내와 아이들을 두고 떠나온 것도 어찌되었던 그 순간에는 최상의 선택이었다. O는 자신이 스스로 떠나는 방법 외에는 어떻게 해야 하는지 몰랐다. 그것이 나름대로 가족을 지키는 것이라 생각했다. 그런데 아내는 O에게 가족을 모른다고 원망하며 매섭게 돌아섰다. O는 그렇게까지 매도당하는

게 섭섭하면서 조금 억울하기도 했지만 접견실 옆에 붙어있
는 있는 '가족의 마음'이라는 글을 정색하고 다시 읽어보았
다. '당신의 가족은 생계의 어려움과 교통의 혼잡스러움에도
불구하고 10분을 위해 먼 길을 마다하지 않고 달려왔습니다.
당신의 가족들에게 고마워하십시오.' O는 '가족들에게 고마
워하라'는 부분을 반복해 읽었다. '당신은 가족을 모른다'는
아내의 말이 조금은 이해가 될 듯도 하지만 머리가 지끈거리
고 아팠다. 그러면서 지금 나에게 가족은 누구인가 하는 생각
이 들면서 갑자기 13방으로 빨리 돌아가고 싶었다.

　O는 초조하고 조급한 마음에 굳게 닫힌 대기실 문손잡이
를 덥석 잡았다. 순간적으로 미결수는 직접 문을 열어서는 안
된다는 규칙을 잊어버렸다. 구치소 안의 어떤 문이든 동행하
는 교도관이 열어줄 때까지 기다려야 했다. O뿐만 아니라 모
든 미결수들은 방을 나오는 순간부터 손을 사용할 수 없었다.
구치소 방 밖에서는 손이 아무런 역할을 하지 못했다. 허락
없이 제멋대로 손을 사용하면 제재가 가해졌다. 그림자처럼
붙어 다니는 교도관이 그의 팔이고 손이었다. 뒤늦게 그런 사
실을 깨달은 O가 얼른 손을 거두어들였지만 교도관의 매서
운 눈초리를 피할 수 없었다.

　O는 '가족'이 던져준 여러 가지 생각을 거추장스럽게 매달

고 교도관이 열어준 철문을 나와 13방을 향해 걸었다. 문 안의 문을 열고 복도로 들어선 O는 그제야 아무것도 하지 못하고 무용지물로 붙어있던 손에 무엇인가 달라붙어 있는 느낌이 들었다. 방문 앞에 서서 양쪽 손바닥을 유심히 들여다보았다. 손바닥에서 꼼지락거리며 형체를 잡고 있는 것은 그동안 망각 속에 봉인하고 살아온 자신의 가족이었다. 가족들이 허연 반죽 덩어리 같은 유기물이 되어 손바닥에 잡히며 서서히 형상으로 부풀어 오르는 것이었다.

'이미 일어난 일은 신도 바꿀 수 없다'구?

O는 코웃음이 저절로 흘러나왔다. 지극히 당연한 말이었다. 신이 뭐라고 이미 일어난 일을 바꿀 힘이 있다는 말인가? 도대체 이런 돼먹지 못한 문장에 빠져 앉아 있는 자신의 모습이 한심하기 그지없었다. O는 앞에 놓인 신문을 저만큼 밀어버리고 얼굴을 들었다. 그제야 법정에서 돌아와 자리를 잡고 앉은 K의 모습이 눈에 들어왔다.

"어떻게 됐어?"

O의 물음에 K가 짧게 대답했다.

"10년."

K는 지친 기색이 역력한 얼굴로 창밖의 어두운 하늘을 보

고 있었다. K의 눈에서 흘러나오는 음울한 기운이 가뜩이나 어두운 하늘을 더욱 힘겹게 만들었다. 등을 보이고 앉은 K의 어깨가 심하게 떨리는 것을 본 O는 자신의 양손을 내려다보았다. 접견실에서 만들어진 가족의 형상이 여전히 손에서 떨어지지 않고 눈을 치뜬 채 O를 노려보고 있었다. O는 그것들을 떨쳐내려고 심하게 손을 흔들었지만 떨어지기는커녕 차츰 커지고 있었다.

O는 신경질적으로 손을 흔들며 벽에 붙어있는 공판 기일이 적힌 종이를 올려다보았다. 항소심 판결이 사흘 남아 있었다. 아마 윤 사장은 내일도 면회를 올 것이다. 오늘도 왔을 것인데 오전에 아내가 먼저 면회를 한 후라서 헛걸음했을 수도 있었다. 윤 사장은 계속 아내와 아이들이 살고 있는 다세대주택의 담보를 요구하면서 합의를 종용할 것이었다. O는 다시 한 번 양손에서 떨어지지 않고 있는 가족의 형상을 물끄러미 들여다보다가 피식 웃었다. 윤 사장의 면회를 거절하고 사흘 후 항소심의 형량을 온전히 받아들이면 될 일이었다. '이미 일어난 일은 신도 바꿀 수 없다'는데 대관절 무엇을 고민한 것일까? 싶었다. O는 일어나서 점심을 못한 K를 위해 남겨놓은 빵과 우유를 챙겨서 그의 앞에 놓아주었다. 13방에서 O가 보인 최초의 배려였다. 빵과 우유를 받아 든 K가 쓸쓸히 웃으

며 물었다.

"누가 왔소?"

O는 홀가분한 얼굴로 활짝 편 양손을 들어보이며 대답했
다.

"가족."

미결인간
S

면회와 출장을 오가는 미결수들로 소란하던 복도의 인기
척이 차츰 잦아들었지만 S는 오늘도 나가지 못했다. 담당 교
도관이 복도를 지나며 철창문을 하나씩 잠그는 동안 감방 안
은 침묵에 잠긴다. 침묵도 이곳에서는 더욱 무겁게 느껴진
다.

음식물이 든 관물대 앞에 자리 잡고 앉은 방장이 S를 힐끗
쳐다본다. 작게 찢어진 그의 눈이 예리하게 반짝인다. S는 가
부좌 자세로 앉아 팔짱을 낀 채 눈을 감고 있다. 맞은편에 앉
은 양 사장이 웃으며 옆구리를 찌르지만 요지부동이다. 그 옆
에 앉은키가 유난히 커 보이는 이 사장이 지루한 듯 기지개를
펴려다 팔을 거두고 만다. 오늘은 아무래도 분위기가 빨리 누
그러질 것 같지 않다. 방장 옆에 앉은 뚱뚱한 허 사장이 기어

코 한마디 한다.

"뭐야 오늘도 못 나간 기야. 나간다는 거야. 안 나간다는 거야. 대체 며칠째 이러고 있어?"

하긴 그랬다. S는 이 방의 문턱을 넘어선 이튿날부터 곧바로 보석으로 나간다며 아침마다 방 식구들에게 악수를 챙기면서도 여태껏 저 자리에 앉아 있다. 오늘 아침에는 가지고 있던 팬티와 수건 심지어 양말까지 죄다 방 식구들에게 나눠 주는 바람에 당연히 나가는 줄 알았지만 폐방 시간이 지나도록 그를 부르는 소리가 들리지 않는다. 겉으로는 무심한 척하면서도 촉각을 곤두세우고 있던 방 식구들은 맥이 빠지고 화가 치밀어 대판 싸운 것처럼 말이 없다.

"거 앞으로는 나간다는 말을 허들 마쇼."

운동으로 만든 다부진 상체를 삐딱하게 돌리며 방장이 쏘아붙인다. 넘버 원 방장에 뒤질세라 넘버 투 박 사장도, 넘버 쓰리 양 사장도 한 마디씩 덧붙인다.

경제사범으로 들어와 재판을 기다리거나 진행 중인 미결수들이 모인 이곳에서는 방 식구들을 모두 사장이라고 부르는데 유일하게 회장님으로 불리는 이가 S였다.

회장님이라는 명칭과 달리 얼굴이 유달리 새카만 S는 부동산업자이다. 이곳 사동 13방에 처음 들어오는 신입들은 방장과 선임자들 앞에서 자신의 신상명세와 죄명, 영치금액 따위를 털어놓는 소위 신입 신고식이라는 걸 한다. 그때마다 S는 이 방의 유일한 회장님다운 위엄을 유감없이 발휘했다. 두려움과 공포에 짓눌린 신입에게 S는 뜬금없이 전국에 널려 있다는 자신의 땅과 한창 건축 중인 상가 이야기를 하면서 그중 일부를 선뜻 내준다. 신입들은 그것이 허튼소리라는 것을 알망정 그 순간 S에게 감격할 수밖에 없다. 하지만 S와 서너 시간만 같이 지내다보면 감격의 그 순간은 씻은 듯이 사라지기 일쑤였다.

S는 걸핏하면 방귀를 뀌는데 하필이면 밥 먹을 때면 꼭 줄 방귀를 뀐다. 사람들은 보통 방귀가 나오면 참으려고 노력하는데 S는 무작정 발산한다. 트림도 마찬가지다. 게다가 제가 먹다 남은 밥을 동의도 없이 남의 밥그릇에 쏟아버리고, 발끝으로 툭툭 건드리며 사람을 부른다. 코를 푼 휴지를 아무 곳에나 버리는 것은 예사이고, 손톱 발톱을 깎으면서 사방으로 튀어 사라져도 내버려둔다. 제 손으로 하는 일이 없이 팔짱을 끼고 앉아 이것 좀 줘, 저것 좀 치워라, 입으로 만리장성을 쌓았다. 특히 S의 팬티를 본 신입들은 기겁을 한다. 구치소에서는 어쩐 영문인지 흰색 속옷만 구입할 수 있는데, 곧 나간다는 말을 되풀이하며 도통 빨래를 하지 않은 S는 팬티가 누

렇게 변색이 될 정도로 입고 버티다가 벗어 쓰레기통에 집어 던진다. 방 식구들이 깨끗이 빨아 입으라고 성화를 해도 들은 척도 않는다. 사람이 특별히 나빠서 그런 것 같지는 않은데 어찌 보면 본데없이 살아온 것처럼 거칠었다.

그럼에도 불구하고 S가 이 방에서 회장님으로 불리며 각종 편의를 제공받는 것은 순전히 방장 덕분이다. S가 이 방에 처음 들어와 신입신고식을 하는 자리에서 그가 적어 낸 영치금 금액을 본 방장은 대뜸 그를 회장님으로 각별하게 예우하기 시작했다. 나이순으로 따지면 S가 연장자이기는 하지만 걸핏하면 내뱉는 방장 말처럼 이곳은 연장자 공경과 배려의 융통성이 통하지 않은 곳이다. 하지만 S는 방장의 적극적인 후원에 힘입어 지금껏 이 방에서 연장자의 위치를 온전하게 누리고 있었다.

그런데 어쩐지 요즘 들어 S에게 적극적인 힘을 실어주던 방장의 태도가 예전 같지 않다. S가 입방해서 며칠 지나지 않은 어느 날, 방장은 S에게 얼마라도 좋으니 자기 앞으로 영치금을 좀 넣어달라고 부탁했다. S는 방장이 예상한 것보다 훨씬 많은 액수의 영치금을 넣어주겠다고 흔쾌히 약속했다. 그로부터 벌써 한 달이 되어 가는데도 약속이 지켜지지 않고 있었다. 방장은 애가 탔다. 보석 신청을 한 S가 나가버리면 그만이었다.

몸이 달아 목을 빼고 기다리던 방장은 화가 나서 S에 대한 태도를 바꾸기로 작정을 한 모양이다. 방 사람들은 그런 분위기를 대번에 감지한다. 그러자 이 사장은 드러내놓고 S를 무시하려고 든다. 입방할 때 자신이 먼저 방문턱을 넘어섰는데도 불구하고 그동안 S 밑에서 온갖 허접스러운 일을 도맡아 한 것을 못내 억울해 하던 그이다.

"처음부터 나가지도 못할 걸 괜히 뻥친 거지 뭐."

그 소리에 미동도 없이 앉아 있던 S가 눈을 뜬다. 얼굴이 하얗고 하관이 빠른 이 사장은 S의 시선 따위는 아랑곳하지 않는다.

"새파랗게 젊은 놈이 어디서 함부로…"

S는 분노로 말끝을 맺지 못한다. 위태롭던 둘 사이가 기어이 터지고 말 모양이다. 십대 중반부터 게임장과 도박장에서 굴러먹다가 이십대 초반에 벌써 그쪽 업계의 바지사장 노릇을 하다가 들어온 이 사장의 기세가 만만찮다. 얼굴이 벌겋게 변하는 S와 달리 표정에 변화가 없다.

"나이가 들었으면 나잇값을 해야지. 원."

이 사장은 과장되게 혀를 차며 비꼰다. 참지 못한 S가 발끈하며 자리에서 일어난다. 앉아서 웃고만 있던 방장이 그제야 마지못해 나선다.

"이 사장 그만해. 폐방하고도 보석으로 나가는 경우도 있으니 너무 쥐 쫓듯이 하지 말고."

방장의 한마디로 방안은 금방 질서를 되찾는다. 폐방 완료 나팔소리가 들리고 복도 입구에서부터 저녁 인원 점검 소리가 들려온다.

S는 저녁 식사를 하는 동안 말이 없다. 식사를 끝낸 방 식구들은 각자 맡은 일을 한다. 제일 늦게 들어온 신참은 화장실 청소이고 그 위는 설거지 담당, 또 그 위는 씻은 그릇의 물기를 깨끗이 닦아 말린다. 방안의 일은 세 사람이 주로 한다. 선임들은 서열에 따라 물 담당, 배식 담당, 공동으로 주문해서 먹는 음식을 정리해 두는 관물 담당이다.

"회장님은 오늘부터 화장실 청소하쇼."

느닷없는 방장의 지시에도 S는 가만히 앉아 있다. 방장은 그동안 S에게 화장실 청소를 면해주었다. 그 나이에 구치소 들어온 것도 서러운데 화장실까지 들어가게 하는 것이 너무 가혹하다는 이유였다. S보다 고작 한두 살 아래인데도 화장실 청소를 했던 넘버 투나 쓰리 입장에서는 부당했지만 매일 팔굽혀 펴기를 천 번씩 하는 방장에게 감히 맞서지 못했다.

"화장실 청소하라는데 뭐 하쇼?"

방장의 말끝에 짜증이 묻어난다. 늘 하던 대로 겨드랑이에 팔을 끼고 우두커니 앉아 있던 S는 그제야 방장을 바라보며 자리에서 천천히 일어난다. S의 굼뜬 동작은 방장의 말에 시비를 붙는다기보다는 그의 버릇이다. 그가 종일 방안에서 하는 일이라고는 겨드랑이에 팔을 끼고 우두커니 앉아 있는 것이다. 딱히 무슨 생각을 하는 것도 아닌데 눈을 지그시 감고 앉아 얄팍한 입술로 무엇인가를 끊임없이 주문처럼 중얼거린다. 그렇게 앉아 있다가 방 식구들 중 누군가 끄집어 낸 희떠운 농담에 짧게 웃음을 보태면서도 줄곧 교도관이 제 이름을 부르기만 기다리는 게 주된 일이다. 특별히 좋아하는 것도 취미도 없이 팔짱을 끼고 그냥 앉아 있는 것이 그의 하루다.

화장실에 들어가는 S는 별반 노엽거나 억울한 얼굴이 아니다. 그동안 화장실 청소를 하던 이 사장이 S의 자리에 앉아 그릇을 닦는다. 방안 사람들은 내색하지 않지만 제자리를 찾은 질서에 만족하는 눈치이다. S는 오랫동안 화장실에서 나오지 않았다.

저녁설거지를 끝냈는데도 교도관은 끝내 S를 찾지 않는다. 항상 방 가운데에 앉아 있던 S는 시키지도 않았는데 출입문 앞에 앉아 있다. 방장과 이 사장은 바둑을 두고 다른 사람들은 잡담을 나누며 취침시간을 기다린다. S는 찬바람이 스며드는 출입문 앞에서 시린 손끝을 마주 잡고 앉아 쇠창살 너머 어두운 밖을 보며 끊임없이 입술을 달싹인다. 유난히 추운 밤이 어둠속에서 느리게 흐른다.

키가 큰 건설업자 양 사장이 앉은 채로 궁둥이를 밀며 S 앞으로 다가간다. S가 그런 양 사장을 바라보고 상체를 오므린다. 히로뽕을 하다 교도소를 서너 차례 드나들었고 건설사 자금 횡령문제로 또 두어 차례 교도소를 드나든 양 사장은 자칭 빵잽이다. 방안에 들어오는 신입의 기소장을 읽거나 내용을 듣고 판사처럼 판결을 내려주는 취미가 있다.

"도대체 어찌된 영문인지 들어나 봅시다. 보석 신청 한 달이 지났는데도 결과가 나오지 않은 건 나 같은 전문 빵잽이도 처음 듣고 보는 일입니다."

S는 눈을 내리깔고 앉아 묵묵부답이다.

"양 사장님, 딱도 하십니다. 애당초 보석 신청은 없었다니까요. 저 영감 뻥이라니까 자꾸 그러시네요."

손에 검은 돌을 든 이 사장이 양 사장을 보며 핏대를 세운다.

"이 사장이야말로 가만히 있어요. 내가 오늘은 반드시 기필코로다, 이유를 캐내고 말테니 죽치고 바둑이나 둬요."

둘이 티격태격하는 것을 남의 일처럼 외면하고 있던 S는 이 사장의 말이 괘씸한 듯 그를 노려보며 모처럼 입을 연다.

“우리 형님이 그랬어.”

“회장님. 뜬금없이 형님이라니요?”

양 사장이 긴 얼굴을 콧구멍이 천장으로 뚫린 S의 납작한 코앞으로 바짝 붙이며 묻는다.

“구치소 들어올 때 형님이 그랬다니까. 보석으로 곧 나온다고. 걱정 말라고.”

그때 복도에서 열쇠가 부딪쳐 철거덕거리는 소리와 함께 교도관의 구둣발 소리가 선명하게 들린다. 갑자기 입을 다문 S가 눈을 부릅뜨고 출입문을 바라보았지만 그 소리는 13방 앞을 그냥 지나친다. 엉덩이를 들썩이며 안절부절 못하던 S 는 갑자기 붉어진 눈을 이상하게 번들거리며 그간의 사정을 양 사장에게 자백하듯이 털어놓는다.

S는 쌍둥이 형이 있는데 그이와 함께 부동산개발사업을 하고 있다. 말이 동업이지 사실상 그 형이 혼자서 하는 사업이다. S는 쉰이 넘도록 아버지가 물려준 땅에서 농사를 지으며 살았는데 그 땅이 신도시 개발로 막대한 보상을 받았다. 회사 중견간부로 일하던 쌍둥이 형이 그 돈으로 부동산개발사업을 시작하며 S를 회장자리에 앉혔다. 허울만 좋을 뿐 아무것도 하는 일이 없는 S는 그래도 명목상 회장이라 이따금 책임을 져야 할 일도 있다. 부동산개발이라는 게 워낙 이권이 복

잡하게 얽혀 있는 사업이라 그쪽 업계에서는 대표가 구치소 한두 번 들락거리는 것이 당연한 통과의례인데, S가 하는 주된 일이라는 게 바로 그것이다. 그동안 몇 번 구치소를 드나들었지만 매번 쌍둥이 형님이 보석으로 끄집어내 주거나, 재판을 통해 집행유예나 벌금으로 해결해주었다. S는 이번에도 당연히 그럴 줄 알고 구속되면서도 불안하거나 조바심이 나지 않았다. 자신은 그저 이름만 회장일 뿐이어서 실질적인 책임이 없을 뿐더러 쌍둥이 형님을 믿었기 때문이다. 그래서 별 걱정 없이 구치소 방문을 넘었고, 넘자마자 바로 나간다고 큰소리 아닌 큰소리를 쳤던 것이다. 헌데 이번에는 일이 좀 묘하게 돌아가는 느낌이다. 밖에서 일을 봐주는 쌍둥이 형이 구속된 이튿날 면회 와서 보석 전문 변호사를 샀으니 사흘이면 나온다고 했는데 사흘이 지나도록 보석은커녕 변호사 모습조차 볼 수 없었다. 나흘째 되는 날에야 나타난 변호사는 보석금 액수 때문에 시간이 지체된다며 조금만 기다리라는 말을 남기고 간 후로 소식이 없었다. 쌍둥이 형 역시 면회를 오지 않을 뿐더러 전화도 받지 않았다. 당황한 S가 아내에게 어찌된 영문인지 빨리 알아보라고 다그쳤지만 감감무소식이다. S는 며칠째 구치소 방안에서 쇠창살 너머 저쪽 세상이 어떻게 돌아가는지 속을 끓이고 있는데 어제 갑자기 면회를 온 쌍둥이 형이 보석금을 넣었으니 내일은 나올 준비를 하라고 했다. 그 말을 믿고 오늘은 나갈 생각으로 팬티 한 장까지 죄다 나눠줘 버렸지만 지금까지도 보석 소식이 들려오지 않는다. 사정이 이러니 S는 미칠 노릇이다. 쌍둥이 형이 설마 자신을 배신할까 싶었지만 그래도? 하며 슬금슬금 생겨나는 의혹을 누르기 위해 지난 며칠 동안 출입문만 뚫어지게 바라보고 있다는 것이다.

다소 장황한 S의 말이 끝났는데도 누구 하나 드러내놓고 그의 처지를 동감하는 이가 없어 다소 싱거운 분위기이다. 피차 서로의 말을 그다지 신뢰하지 않는 방 식구들에게는 S의 진실은 중요하지 않다. 그들은 양 사장 입에서 나올 말이 더 궁금하다. S 앞에서 손으로 턱을 받치고 앉아 있는 양 사장은 판결을 앞둔 판사처럼 매우 신중하다. 사정을 털어 놓은 S는 홀가분한 얼굴로 양 사장을 바라본다. 두툼한 입술을 굳게 다문 양 사장은 무엇인가 깊이 생각하며 고개를 좌우, 앞뒤로 끄덕이기도 한다. 방안은 선고를 앞둔 법정처럼 팽팽한 긴장이 흐른다. 마침내 양 사장이 형량을 결정한 듯이 어금니에 꾹 힘을 준다.

"때려 죽여도 못 나가."

양 사장의 말에 이 사장이 보란 듯이 크게 소리 내 웃자 동

시에 여기저기서 터져 나온 웃음이 한바탕 회오리처럼 순식
간에 방안을 휩쓴다. 그 순간 S의 번들거리던 눈빛의 열기가
사라지고 가뜩이나 검은 얼굴이 연탄처럼 새카맣게 변한다.
방 식구들은 S의 눈길을 피하며 억지로 입을 막지만 웃음을
막을 재간이 없다. 구치소에 들어와 이렇게 맘껏 웃어보기는
처음이다. 배를 잡고 웃던 양 사장이 이렇게 웃어도 되는가
싶어 S를 슬쩍 곁눈질하니 그마저도 새카만 얼굴을 실룩이며
웃고 있다. 난데없는 소란에 눈을 휘둥그레 뜨고 쇠창살 너머
로 방안을 둘러보던 교도관마저도 웃으며 등을 돌린다. 결국
방장이 나서서 그만 취침 준비를 하자며 수습했지만 바닥을
쓸며 웃었고, 이불을 깔며 웃는다. 질긴 웃음은 결국 이불 속
에서야 간신히 진정되었다.

　방 출입문 쪽에 누워 관용 담요 한 장으로 몸을 감싼 S는
문틈으로 들어온 찬바람에 이마와 코가 시리다. S 바로 옆에
털이 폭신한 사재 담요를 덮은 이 사장이 누워있다. S는 담요
를 바라보자 추위가 더욱 맹렬하게 달려든다. 오늘 아침에 기
상해서 이불을 갤 때이다. S는 몇 시간 후면 나갈 텐데 덮고
있던 무겁고 두꺼운 사재 담요를 구태여 힘들게 갤 필요 없이
누굴 줄까 고개를 돌리는데 이 사장의 손이 어느새 담요를 움
켜잡고 있었다. 능숙한 솜씨로 담요를 접은 이 사장은 S에게

고개 한 번 까딱하고 가져가 버렸다. 순식간에 담요를 빼앗겼지만 S는 곧 나간다며 스스로를 위안했다.

얇은 관용 담요 속에서 몸을 잔뜩 웅크리고 있던 S가 조심스럽게 손을 뻗어 이 사장이 덮고 있는 담요를 살그머니 잡아당긴다. 오늘 아침만 해도 자신의 것이었던 담요는 펼치면 세 사람도 너끈히 잘 수 있는 크기이다. 이 사장 혼자 칭칭 감고 있는 담요는 미동도 않는다. S는 거친 숨을 속으로 몰아쉬며 담요 한 자락을 덮어볼 요량으로 안간힘을 다했지만 소용없다. 이 사장의 몸에 갑옷처럼 단단하게 둘러붙은 이불은 좀처럼 벗겨지지 않는다. 한참 실랑이를 하다가 맥이 풀려 담요에서 손을 놓은 S의 이마에 굵은 땀이 맺혔지만 이 사장은 미미한 반응조차 보이지 않는다. S는 잠을 이루지 못하고 뒤척인다. 다른 사람들도 너무 웃어서 그런지 쉽게 잠들지 못한다. 누우면 바로 코를 고는 방장까지 옆에 누운 박 사장과 두런두런 이야기를 나눈다. 어쩐지 조용하다 싶던 허 사장이 기어이 일어난다. 고물상을 크게 하다가 돈 문제로 여동생에게 고소당해 들어온 허 사장은 잠들기 전이면 특유의 말빨로 방 식구들을 설레게 한다. 평소 어눌한 말투인데 음식 이야기만큼은 어찌나 맛깔스러운지 들을 때마다 마치 직접 먹고 있는 것 같았다. 허 사장이 이야기를 끄집어내려는데 갑자기 벌떡 일어난 S가 허 사장 쪽으로 허겁지겁 다가가며 쫓기듯이 불쑥 뱉는다.

"오늘은 내가, 내가 할게. 맛있는 이야기."

S가 무작정 허 사장이 서있는 자리로 밀고 들어온다. 허 사장이 무슨 무례한 행동이냐고 눈을 부라리는데 미동도 없이 누웠던 이 사장이 빠르게 한마디 한다.

"그냥 잡시다. 입맛만 버릴라."

S의 몹시 추운 듯한 얼굴에 파리한 냉기가 흐른다. 그 모습이 어쩐지 애처롭다. 그래서 그런지 양 사장이 특별히 S를 위해 자리를 만든다.

"그래요. 우리 오늘은 별식을 먹어봅시다. 그래, 회장님 무얼 준비하셨어요?"

양 사장과 이 사장을 번갈아 바라보며 눈을 끔뻑이던 S가 자신 있는 목소리로 뱉는다.

"보신탕."

"그럼, 그렇지. 저 영감에게 뭘 바래요."

이 사장이 픽 웃으며 빈정거린다. 누구하나 동조하기는커녕 방안에는 무거운 침묵이 찾아들고 누웠던 방장이 벌떡 일어나 앉아 S를 노려본다. 호숫가에서 크게 하던 보신탕집이 망하는 바람에 자신의 불행이 시작되었다는 방장은 그 무엇보다도 보신탕을 혐오했다. 얼굴을 찡그린 양 사장이 S를 원망하듯이 바라본다. 방안의 그런 분위기에도 아랑곳없이 S는 보신탕 이야기를 계속할 모습이고, 주먹을 움켜쥔 방장이 금방 자리를 떨치고 일어날 기세이다. 그때, 잰걸음으로 복도를 걸어오는 교도관 구둣발 소리가 S의 목소리를 덮는다. 순식간에 긴장이 감돈다. 거침없는 교도관의 구둣발 소리는 13방을 지나 14방 앞에 멈춘다. 잠시 후 출입문에 열쇠 부딪치는 금속성 굉음이 날카롭게 울려 퍼진다. 방안의 모든 신경이 순식간에 옆방으로 옮겨가 있다. 철커덩 끼이익 철문 열리는 소리와 함께 ‘1308번 보석’하는 교도관의 목소리가 들린다. 뒤를 이어 ‘1308번 자는데요’하는 목소리가 들리고 빨리 깨우라는 교도관의 독촉이 이어진다.

꼼짝 않고 서있던 S가 쇠창살이 촘촘하게 가로막힌 창문 앞에 다가서서 얼굴을 바싹 붙인다. 창문에 붙은 얼굴이 그림자 같다. 한참이 지나서 복도로 나온 1308번이 교도관과 실랑이를 벌인다. 1308번은 밤늦은 시간에 내보내면 어떻게 하느냐, 여기서 자고 내일 아침에 나가겠다는 것이었고, 교도관은 석방 지시가 내려오면 당장 나가야 된다며 1308번 말을 일축한다. 1308번은 집요하게 자고 나가겠다며 고집을 부린다. 매미처럼 창문에 붙어있던 S가 고함을 지른 것은 1308번 말이 끝나기도 전이다.

"야, 빨리 나가. 나가라는데 왜 안 나가? 얼른 나가란 말이야. 이 새끼야."

욕설을 퍼붓는 S의 목소리가 물속에 잠긴 것처럼 질척거린다. 기다렸다는 이 방 저 방에서 쏟아져 나온 욕설과 고함소리가 복도 안에 성긴 거미줄처럼 얽힌다. 어떤 방에서는 그릇으로 철문을 사정없이 두들긴다. 소란의 중심에 선 S는 쇠창살을 움켜잡고 누구보다도 소리 높여 악을 쓴다. 고함과 욕설에 떠밀린 1308번이 복도에서 사라지고서야 사동 안은 차츰 진정된다. S는 쇠창살에 붙어서 1308번이 빠져나간 복도를 한참 바라보다가 자리에 눕는다.

자리에 누운 S는 잠들지 못하고 자꾸 뭐라고 웅얼거린다. 눈에는 검붉은 핏기둥이 박혔고 검은 얼굴은 창백할 정도로 희다. 이마에는 검은 땀이 번들거린다.

"난, 회장님이 나가는 줄 알았는데…"

허 사장이 갑자기 만들어진 공백을 메우려하지만 어쩐지 기운이 없다. 양 사장이 그 말을 매정하게 자른다.

"때려 죽여도 못 나가요."

이번에는 아무도 웃지 않는다. 웃기는커녕 묵직한 불안이 이불처럼 몸을 내리누른다. 그때부터 양 사장이 자꾸 화장실

을 들락거린다. 옆에 누운 허 사장이 들썩거려 찬바람이 든다
고 타박을 해도 뻔질나게 드나든다.

이불을 코밑까지 끌어올린 S는 가만히 누워있다. 중얼거리
던 입속말은 그쳤지만 좁은 이마에 오싹할 정도로 창백한 기
운은 여전하다. 방장의 코고는 소리가 들린다. 이 사장이 이
를 으깨듯이 간다. 등이 오싹할 지경이다. 허 사장이 또 흐느
낀다. 무슨 영문인지 그는 꿈속에서 자주 운다. 자정이 지나
면서 하나둘 잠 속으로 빠져들지만 S는 감고 있던 눈을 이따
금 떴다 닫기를 되풀이한다. 겨울밤이 깊어갈수록 바닥에서
올라오는 냉기가 더욱 표독스럽다.

이튿날 아침부터 방장은 깍듯이 챙기던 회장님이라는 호
칭을 이름으로 바꾸더니 급기야 S를 수번으로 부른다. 사람
들은 그런 방장의 태도를 당연한 것으로 받아들인다. 하루아
침에 회장님에서 천덕꾸러기로 전락했지만 S는 풀이 죽거나
분개한 표정이 아니다. 무덤덤한 얼굴로 남이 보고 집어 던진
신문을 읽거나 뜨거운 물을 독식한 방장 때문에 미지근한 물
에 탄 싸늘한 커피를 마시면서도 별다른 동요의 감정을 드러
내지 않는다. 다만 이따금 이상하게 번들거리는 눈으로 좁고
새카만 이마가 창백해지도록 출입문을 뚫어져라 노려본다.

점심을 먹고 나자 방으로 물품 신청 용지가 들어온다. 방

식구들은 밥 먹을 때 사용하는 탁자를 가운데 두고 방장을 중심으로 둘러앉았는데 S만 구석으로 빠져있다. 방장은 용지에 입방 순서대로 수번과 이름을 적은 후 각자 필요한 구매 물품과 수량을 적다가 S의 수번 앞에서 머뭇거린다. 눈을 내리감은 S는 나몰라하는 태도이다. 짧은 스포츠머리를 한 방장이 한쪽 입을 실룩거리며 묻는다.

"1577번 물품 신청 안 해요?"

"저, 금방 나갑니다."

S가 기다렸다는 듯이 받는다. 방장이 작고 예리한 눈을 치뜨며 언성을 높인다.

"금방 나간다는 그 말 이젠 아무도 안 믿어요. 물품 신청하세요."

"그동안 할 만큼 했고 더 필요한 것도 없습니다."

S의 느리면서도 강단 있는 음성이 방장의 말끝을 누른다. 일행은 새삼스럽게 S를 바라본다. 전에 없는 말투이다. 사실 S는 나름대로 할 만큼 했다. 자신의 이름으로 시계, 운동화, 면도기, 로션, 인사돌, 담요, 내의 등과 같은 물품들을 주문해 놓고 본인은 금방 나가야 하니 알아서 하라며 모두 내놓았다. 방장이 못 이기는 척 그 물건을 모두 챙겨 뒤로 팔아먹은 사실을 알고 있는 방 식구들은 그가 어떻게 나오는지 흥미롭게

지켜본다. 볼펜을 잡은 손끝이 바르르 떨리던 방장은 곧 평정
을 되찾는다.

"그렇게 하시죠."

의외로 방장이 순순히 물러나자 지켜보던 일행은 다소 맥
이 빠진다. 평소 같으면 지금 덤비는 거냐며 당장 한판 붙자
고 해야 마땅하다. 방장은 늘 그런 식으로 자신의 권위를 지
켜왔다. 싱거운 결과에 서로 얼굴을 바라보고 있는데 S가 침
묵을 깨뜨린다.

"방장님. 팬티 한 장 주문합니다. 사이즈 110으로."

느닷없이 팬티 주문을 받은 방장은 얼굴이 붉게 달아오르
고 방 식구들은 목구멍에 차오르는 웃음을 물어뜯으며 억지
로 참는다. 드러내놓고 웃을 수 없어 이 구석 저 구석으로 물
러나 앉으며 속으로 키득거린다. 방장 면전에 보기 좋게 팬티
한 장을 던진 S는 또 사뭇 번들거리는 눈으로 출입문을 뚫어
져라 바라본다.

저녁 식사 시간이다. 낮에 봉변을 당한 방장이 S에 대한 응
징을 시작한다. 당하고 가만히 있을 그가 아니다. 방장은 배
식 담당 양 사장에게 S의 독상을 차려주라고 한다. 말이 좋아
독상이지 식탁에서 쫓겨나 혼자 바닥에 신문지를 깔고 앉아
밥을 먹는 것이다. 공동으로 먹을 식품을 구입하지 않았으니

독상을 차려 혼자 먹으라는 약간은 치졸한 방장의 보복이다.

S는 출입문 앞에서 혼자 앉아 밥을 먹는다. 배식구를 통해 들어온 밥과 국, 반찬을 앞에 두고 앉은 그는 평소처럼 방귀를 뀌고 트림도 하며 코를 푼 종이로 얼굴에 맺힌 땀을 살뜰히 닦으며 밥을 먹는다. 허 사장이 풍선같이 부푼 체구와는 달리 숟가락에 보일 듯 말 듯 얹은 고추장을 건네려다 방장의 눈빛에 질려 도로 내려놓는다. 이 사장이 유별나게 참기름을 쏟아 부어 밥을 비비는 바람에 고소한 냄새가 방안에 진동한다. 평소 같으면 아껴먹으라고 한 마디 했을 방장이 못 본 척할 뿐만 아니라 관물대를 활짝 열고 밑반찬을 아낌없이 내놓는다. S는 참기름과 버터 그리고 새빨간 고추장 범벅이 된 식탁 위의 비빔밥을 부러운 듯이 바라보면서도 거친 관 밥을 말끔히 먹어치운다.

저녁 식사를 끝내고 각자 맡은 자리에서 일을 막 시작할 때이다. 예고도 없이 13방 앞이 부산하더니 열쇠 부딪치는 소리가 들리며 출입문이 덜커덩 열린다. 방안의 시선이 약속이나 한 듯이 문 쪽으로 향하는데 양 사장의 침 삼키는 소리가 유난히 크다. 허 사장이 화장실 앞에 서있는 S의 바짓가랑이를 슬쩍 잡아당긴다. 당연한 듯이 S가 출입문 앞으로 걸어가는데 교도관이 '수번 1324번 보석'이라고 외친다. 순간 S의

다리가 감전이라도 된 것처럼 굳어버린다. 1324번? 방안의 일행이 어리둥절한 사이 이 사장이 환하게 웃으며 들고 있던 행주를 던지며 일어나 인사도 없이 방을 나간다. 긴 복도 끝으로 사라진 이 사장은 들어올 때처럼 아무것도 들지 않은 빈손이다.

이 사장이 빠져나간 방안은 한동안 공황상태이다. 그가 보석 신청을 언급한 적이 없어 충격이 더하다. 붙어살다시피 하던 방장에게도 전혀 내색하지 않았던 모양이다. 방장은 배신감에 이를 갈지만 지금쯤 들어올 때 입었던 옷으로 갈아입은 이 사장은 구치소 정문을 나서고 있을 것이다. 허탈감과 배신감이 뒤섞인 묘하게 더러운 기분에 '이 사장 그 자식 정말 재수 없는 놈'이라고 한 마디씩 욕을 뱉으면서도 방안의 눈은 약속이나 한 듯 S를 바라본다. 누구보다도 충격이 컸을 텐데도 S는 의외로 침착해 보인다. 각자 맡은 일을 서둘러라는 방장의 재촉에 화장실 들어간 S는 오랫동안 나오지 않는다.

저녁 일과가 끝나고 S가 방장이 보고 내려놓은 신문을 들고 화장실로 들어간다. 그 모습을 본 방장이 얼굴을 찌푸린다. 신문을 들고 화장실에 들어가지 말라고 몇 번이나 주의를 주었는데도 S는 요지부동이다. 화장실에서 나온 S가 양 사장 앞으로 바투 다가앉는다. 양 사장이 귀신을 본 것처럼 놀라며 한걸음 뒤로 물러난다.

"이것 좀 적어줘 봐. 눈이 침침해 보이지가 않아. 큼직큼직하게 잘 보이게."

S가 양 사장 앞에 내민 스포츠신문의 '강한 남자! 활력 있는 남자!'라는 글씨가 선명하게 박힌 그것은 다름 아닌 남성 성기 확대는 물론이고 조루증, 발기부전, 전립선 같은 고민을 해결해 남성을 단숨에 일어서게 만든다는 남성클리닉센터 광고이다. 특효약을 판매한다는 업소 상호와 전화번호를 크게 적어달라고 하필이면 양 사장에게 부탁하는 S는 어느 때보다도 진지한 얼굴이다. 양 사장은 떨떠름한 표정으로 연락처를 적어 S에게 건넨다. 그걸 받아든 S는 남성클리닉센터 연락처 밑에 양 사장 연락처도 적어라며 다시 쪽지를 내민다. S의 말에 마치 남성클리닉 수술실에 누운 것처럼 질겁한 양 사장이 손사래를 치며 고개를 돌린다.

S는 양 사장이 건넨 쪽지를 꼬깃꼬깃 접어 상의 주머니에 집어넣고 오랜 골칫거리를 해결한 얼굴로 출입문 앞으로 돌아간다. 취침시간이 되어 이불을 펴던 S가 이 사장이 가져갔던 담요를 찾는데 그것은 이미 방장 밑에 두툼하게 깔려 있다. 자신이 깔고 있는 담요를 뚫어져라 보고 있는 S에게 방장이 낡은 관용 담요 한 장을 던져준다. S는 묵묵히 낡은 담요

를 들고 와 바닥에 깔고 그 위에 몸을 눕힌다. 바닥에 담요가 없던 어제 저녁보다는 한결 덜하지만 그래도 몸을 할퀴는 추위가 여전하다.

S는 누워서 눈앞의 출입문을 뚫어져라 쳐다보며 무엇인가를 중얼거린다. 번들거리는 눈빛 사이로 무엇이 보이는 것처럼 이따금 손을 뻗어 잡으려고 하다가 힘없이 떨어뜨리기도 한다. 그렇게 겨울밤은 깊은 어둠 가운데로 흘러가지만 S는 무엇에 감금된 것처럼 계속 같은 몸짓만 반복한다.

방장이 아침부터 어깃장을 그으며 S를 윽박지른다.

"이봐, 1577번 대체 언제 나갈 거요?"

간밤에 무슨 불길한 꿈을 꾸었는지 일어날 때부터 불편한 표정이더니 기어코 S를 물어뜯는다.

"곧 나갑니다. 걱정하지 마세요."

"누가 당신 걱정해서 그런 줄 알아. 곧 나간다, 곧 나간다, 곧 나간다, 누구 가지고 노는 거야? 당신 때문에 방안 기강이 안 잡히잖아. 어떡할 거야. 응? 어떡할 거냐고?"

방장은 어젯밤에 출소한 이 사장에게서 받은 배신감을 몽땅 쏟아부을 기세로 S 앞에 두 다리를 어깨만큼 벌리고 선다. 방장의 이런 모습은 쉽게 끝나지 않는다는 경고이다. 심상찮은 방장의 기세에 당황한 S의 새카만 얼굴이 더욱 검어진다.

그때 문밖에서 교도관이 S의 수번을 부르며 면회라고 소리를
지른다. 문이 열리자 S는 재빨리 방장 앞을 지나 문밖으로 사
라진다. 방장이 허탈한 얼굴로 팔굽혀 펴기 준비를 시작하고
그제야 방 식구들은 참고 있던 숨을 크게 내쉰다.

"면회만 뻔질나게 오면 뭣하나. 나가지도 못하면서…"

방장이 들으라는 듯이 허 사장은 일부러 목소리를 높인다.

"혹 저러다가 지금이라도 나갈 줄 누가 알아?"

말이 없던 박 사장이 모처럼 한마디하자 양 사장이 버럭
고함을 지른다.

"허참. 때려 죽여도 보석으로는 못 나간다니까 자꾸 그러시
네."

잔뜩 움츠러들어 화장실을 들락거리던 어제저녁보다는 목
소리가 활기차고 힘이 있다.

면회 나갔던 S는 혼자 오지 않고 신입을 하나 달고 들어온
다. 보기만 해도 저절로 사람 숨을 막히게 하는 뚱뚱한 신입
을 본 방 식구들은 신입이 아니라 S를 향해 얼굴을 찡그린다.
가뜩이나 비좁은 방에 보통 사람 둘 자리를 차지하는 신입이
들어온 게 S 탓이라는 분위기이다.

"회장님 하는 일이 늘 그렇지 뭐."

팔굽혀 펴기가 막바지에 접어든 방장이 숨을 거칠게 내쉬

며 빈정거린다. 방장은 신입을 세워둔 채 팔굽혀 펴기 천 번을 채우려고 끙끙거린다. 신입은 겨울인데도 이마에 땀이 홍건한 채로 함께 들어온 S를 구세주 보듯이 한다. S는 신입을 위쪽으로 앉히고 자신은 출입문 앞에 앉는다. 입이 근질거려 미치겠다는 얼굴로 앉아있던 양 사장이 기어이 S 앞으로 다가앉는다.

"누가 왔어요?"

"쌍둥이 형님."

"뭐래요."

"오늘 저녁은 밖에서 같이 먹자고 하던데."

"그 말을 믿어요?"

"그럼 믿지."

"그렇게 당하고도 회장님이 정신을 못 차렸네."

"난, 오늘 반드시 나가."

"절대 제 발로 걸어서 못나간다니까 자꾸 이러시네. 정신 차리시고 겨울 채비나 하세요."

양 사장이 목소리를 높이자 팔굽혀 펴기 천 번을 끝내고 일어선 방장이 거친 숨 사이로 단단하게 뱉는다.

"앞으로 누구든 1577번 보석 건을 입에 올리면 가만두지 않겠어요. 방안 공기가 흐트러져 더 이상 두고 볼 수가 없어.

알겠어요?"

모두 고개를 끄덕이는 걸로 대답을 대신한다.

저녁을 먹기 전에 방 식구들이 낮에 들어온 신입소개를 받기 위해 둘러앉는다. 신입이 작성한 신상 명세를 살피던 방장의 눈이 빠르게 번득인다. 영치금 금액이 엄청날 뿐 아니라 아파트 분양업계에서도 알아주는 큰손이다. 방장은 그 자리에서 대뜸 신입을 회장님이라 부른다.

저녁을 먹은 후 S는 신입이 해야 할 화장실 청소를 계속하지만 방장은 내버려준다. S는 신입을 제 윗자리에 눕히고 저는 여전히 출입문 앞에 앉는다. 이불을 깔고 눕기 전에 S는 옥색 빛이 나는 두툼한 사복을 벗어 신입에게 주고, 벗어두었던 누렇고 후줄근한 관복을 찾아 입는다. 주로 보석이나 집행유예로 나가는 사람들이 그렇게 입고 있던 옷을 주고 나간다. 그 모습을 본 양 사장이 허 사장을 돌아보며 이죽거린다.

"취침시간이 훨씬 지났고 아무런 연락이 없는데 저 양반은 숫제 나갈 작정이구만. 정신이 어떻게 됐나 싶어."

"양 사장도 그만하면 됐어. 그만 내버려둬. 혼자 좋아 저러는데."

허 사장이 어쩐 일인지 그답지 않은 준엄한 얼굴로 양 사장을 타이르고는 일찍 이불 속으로 몸을 밀어 넣는다. 헛물을 켠 양 사장은 가뜩이나 좁은 방에 푸대자루 같은 신입이 들어와 칼잠을 자야한다며 괜스레 트집이다. 오늘은 음식점 순례를 쉴 모양인지 허 사장은 이불을 뒤집어쓰고 꼼짝을 않는다. 곧 여기저기서 코 고는 소리와 이 갈아대는 소리, 흐느낌이 간헐적으로 들려온다. 누워서 출입문을 뚫어져라 바라보던 S가 신입의 귀에 대고 소곤거린다.

"난 조금 있다 나갈 거야. 나가기 전에 선물 하나 줄게. 이번에 신도시 들어서는 환상지구 알지? 그곳에 아직 임대가 안 된 내 상가가 몇 개 남아있는데 그 중에 하나 당신이 가져. 그곳 상가 분양사무소 소장 찾아가서 성 회장님이 보내서 왔다고 해. 부담스러워 할 필요 없어. 어차피 여기까지 온 거 보면 우리 피차 그럴 필요가 없다는 걸 잘 알잖아."

신입은 취침시간에도 불을 환하게 켜두는 구치소 방이 낯설어 S의 말이 귀에 들어오지 않는다. 전등을 끄고 싶다는 생각에 사로잡힌 신입은 인사치레로 고맙다는 말을 웅얼거리며 잠이 들기를 기다리지만 정신이 더욱 명료해진다. S는 반듯하게 누워 다시 출입문을 뚫어져라 노려보며 무엇인가를 중얼거린다. 그러다가 살그머니 일어나 출입문에 좁고 새카만 이마를 붙이고 골똘히 앉아있다. 꺼지지 않은 불빛을 원망스레 쳐다보던 신입의 눈꺼풀이 무겁게 내려가는가 싶더니 곧 닫힌다. 출입문에 이마를 붙이고 앉았던 S는 결심한 듯이 입을 꾹 다물고 다시 이불 속으로 들어간다. 멀리서 구치소 담벼락을 할퀴고 넘어오는 바람 부는 소리가 누군가 부르는 목소리처럼 간절하게 S의 귓속을 파고든다. S의 눈앞으로 밭에서 일하는 자신을 부르는 손이 흘낏 지나간다. 누구의 손인지 명확하지는 않았지만 손의 모습은 또렷하다. 눈앞에서 손이 사라지자 S의 새카만 얼굴의 굵은 주름 위로 눈물 한 방울이 구른다. 천천히 자리에서 일어나 뒤로 물러선 S는 그동안 뚫어져라 노려보았던 출입문을 향해 맹렬한 속도로 달려든다.

"쿵."

포탄이 떨어지는 것 같은 굉음에 놀란 방 식구들이 몸을 일으켰을 때는 머리가 터지고 목이 기역자로 꺾인 S가 신입의 풍만한 배 위에 피투성이가 되어 고꾸라져 있고, 기함할 듯이 놀란 신입은 밖으로 터져 나오지 못하고 목구멍에 걸린 비명을 입으로 벙긋거리는 중이었다. S가 구급차에 실려 사라지고 난 후 방안은 정적을 되찾았지만 금방 터질 것 같이 팽배한 공기 때문에 숨소리조차 내기 거북하다. 양 사장은 느닷없이 똥물을 뒤집어쓴 얼굴이고, 허 사장은 아직도 정신이 오락가락하는 신입을 달래느라 그 앞에 쪼그리고 앉아 오만상을 찌푸리고 있다. 방장은 골치 아프게 됐다는 말만 되풀이

하며 허공을 쳐다보며 자꾸 욕을 한다. 독실한 기독교 신자인 박 사장은 뒤로 물러나 앉아 S가 무사하기를 두 손 모아 기도하고 있다.

"회장님이 결국 나가기는 나갔네."

누군가 말했지만 누가 한 말인지 아무도 관심이 없다. 어느덧 새벽의 시퍼런 빛이 어둠을 밀어내며 이쪽으로 빠르게 다가오고 있다.

그렇게 S가 방에서 나가고 이틀이 흘렀다.

"심심하다."

기상 점호가 끝나고 아침 식사를 기다리며 우두커니 앉아 있던 허 사장이 한마디 한다.

"그 봐. 난 이럴 줄 알았다니까. 이럴 줄 알았어."

양 사장이 알 듯도 모를 듯도 할 이야기를 끄집어내고는 멋쩍게 웃는다.

"뭘 그럴 줄 알았어? 1577번이 제 발로 걸어서 못 나간다는 거?"

방장이 어쩐 일인지 눈을 치뜨고 양 사장을 노려본다.

"이렇게 심심해서야 원. 회장님이 빨리 왔으면 좋겠네."

허 사장의 말에 신입은 금방 사색이 되어 물에서 나온 고기처럼 입을 벙긋거리며 진저리를 친다. 항소 공판 날짜가 임

박한 박 사장이 거울 옆에 붙어 있는 방 식구들의 공판일이 적인 메모지를 뒤적거리다가 혼잣말처럼 중얼거린다.

"오늘이 회장님 첫 공판일이구만."

그 말에 방 식구들의 눈길이 약속이라도 한 듯 양 사장에게 쏠린다. S가 몇 년 형을 받게 될지 궁금해서 미치겠다는 듯이….

"왜들이래요? 내가 뭘 안다고, 난 몰라요. 아무것도 몰라요."

양 사장이 그답지 않게 두 손을 완강하게 내저으며 구석으로 물러난다. 그때 배식구가 열리며 지난번에 신청한 물품이라는 고함과 함께 빵을 비롯한 음식물과 생활용품이 안으로 쏟아진다. 물품을 접수한 방장이 확인한 후 관물대에 정리를 하고 나자 눈부시게 흰 팬티 한 장이 바닥에 남는다.

"이건 누구 거요?"

방장이 미간에 주름을 좁히며 방안을 둘러보지만 아무도 대답을 않는다. 팬티의 주인이 이틀 전에 방에서 나갔다는 것을 모두 알고 있다. 그걸 알면서도 방장은 누구 것이냐며 자꾸 방 식구들을 다그친다.

S가 입고 있던 누런 팬티가 아니라 눈같이 희고 깨끗한 새 팬티여서 그들은 더욱 불길하다.

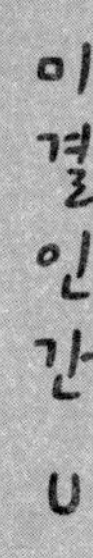
이결인간 U

배식구를 통해 방안으로 들어온 노랑참외를 본 미결수 U
는 자신의 눈을 의심했다. 구치소 감방 안에 참외가 들어오다
니. 참외 봉지를 받아든 Y가 깨끗하게 씻어 탁자 위에 올려놓
았다.

"어제 면회를 왔다 간 친구가 넣어준 것인데 노지 참외라
먹을 만하다고 하네요."

"출정 나간 사람들이 곧 돌아올 때가 되었으니 같이 먹읍
시다."

방장의 말에 Y가 식탁 앞에서 물러나는 것을 보면서도 U
는 노랑참외에서 눈을 떼지 못했다. 감방 안에서 노랑참외를
먹을 수 있는 게 믿기지 않았다. 깎아서 우적우적 씹어야만
실감이 날 것 같았다.

13방에 들어온 지 며칠이 지났지만 U는 구치소에 들어온 느낌이 나지 않았다. 40년이면 강산이 몇 번이나 바뀐다고는 하지만 구치소가 이렇게까지 바뀔 줄은 생각지도 못했다. 13방에 들어오던 날 U의 눈에 제일 먼저 들어온 것은 싱크대였다. 알루미늄으로 된 싱크대가 수도꼭지 밑에 반듯하게 자리 잡고 있었다. 감방에 싱크대라니. U는 너무 갑작스러워 어리둥절했다. 책상 및 밥상 겸용으로 사용하는 테이블이 두 개나 있었고, 관물대 가운데에 텔레비전이 자리 잡았다. 빵, 우유, 과자, 계란, 커피 같은 식료품이 관물대를 가득 채우고 있었다. 아니, 채우는 정도가 아니라 차고 넘쳤다. 그뿐 아니라 구치소와는 어울리지 않은 방안 사람들의 친절을 어떻게 받아들여야 할지도 몰랐다. 여기가 정말 구치소가 맞는가? 구치소가 이렇게까지 말랑말랑하고 바깥 자유의 기운이 흠씬 묻어나도 되나 싶기도 했다. 그러다보니 U는 여전히 감방의 분위기에 적응하지 못하고 혼자서만 바깥으로 돌고 있는 느낌이었다.

U가 이런저런 생각으로 노랑참외에서 시선을 떼지 못하자 Y가 플라스틱 칼을 들고 식탁 앞으로 다가앉았다.

"우선 하나 깎아 먹읍시다. U 씨가 먹고 싶은 모양입니다."

U는 자신의 이름이 들리자 얼른 고개를 가로저었다.

“먹고 싶어서 그런 게 아닙니다. 감방 안에 노랑참외가 있다는 게 놀라워서요.”

“징역살이를 해봤던 분이 어째 걸핏하면 놀랍니까? 감방이 다 같은 감방이지…”

방장이 잣바듬한 시선으로 U를 보면서 한마디 했다. 그는 U가 과거에 소년교도소과 교도소를 꽤나 들락거렸다는 말을 듣고서 대우를 어떻게 해야 하나 싶어 신경 쓰이는 눈치였다.

“감방이 다 같은 감방이라뇨? 아닙니다, 절대 아닙니다.”

U는 저도 모르게 버럭 목소리를 높이고 말았다. 그 바람에 놀란 방장이 노골적으로 짜증을 드러냈다.

“그게 아니면 뭡니까? 그럼 이왕 말 나온 김에 그때 감방 이야기나 좀 들어봅시다.”

U와 방장의 대화를 듣고 있던 Y가 플라스틱 칼을 슬그머니 내려놓으며 거들었다.

“그러시죠, 사람들 올 때까지 40년 전 감방 이야기나 한번 들어봅시다.”

U는 기억하기 싫었지만 방장의 기세와 Y의 궁금증에 떠밀려 어쩔 수 없이 감방 이야기를 해야 했고, 그러려면 우선 그 시절로 돌아가야 했다.

가난한 집에서 태어나 배고픔을 견디지 못하고 무작정 상경한 U가 도착한 곳은 서울 왕십리였다. 객지의 밤바람은 차고 황량했다. 무작정 일자리를 찾아 서울바닥을 헤매던 U는 동대문의 냄비공장에 들어갔다. 그곳에는 U 또래의 아이들 다섯과 숙련공이 둘이었고 주인아저씨가 공장장이었다. 월급이라는 게 아이들에게는 기술을 가르치며 재워주고 먹여주는 정도였지만, 길거리 잠을 면할 수 있는 것만 해도 감지덕지였다. 사방에서 바람이 사정없이 드나드는 공장 후미진 곳에 판자조각을 덧대어 만든 방이었지만 U는 고마웠다. 아침 일곱 시에 콩나물국에 김치뿐인 아침을 먹고 곧바로 공장에 들어가 일을 시작했다. 신입인 U는 주로 공장 청소를 하거나, 숙련공들이 찾는 공구를 가져다주는 것이 주된 일이었다. 공구라고는 망치, 뺀치, 드라이버 정도만 알던 U는 스패너, 몽키, 니빠 같은 공구는 구경한 적이 없었다. 숙련공들은 공구의 이름을 알려주지도 않고 U에게 대뜸 스패너를 가져오라고 고함을 질렀다. 어떤 게 스패너인줄 몰라 공구상자 앞에서 우물쭈물하면 망치가 날아오며 바로 욕이 뒤따랐다. 걸핏하면 욕설이었고 폭력이었지만 U는 저녁이면 고단한 등을 붙일 방이 있는 그곳을 떠나지 못했다. 묵묵히 참고 견디며 기술을 배우는 것만이 살길인 것을 알면서도 배고픔은 견디기 힘들었다. 공장 사장 부인이 세 끼 밥을 차려주긴 했지만 양이 워낙 적어서 돌아서면 배가 고팠다. 낮에는 공장 일을 하느라 그런대로 견딜만했지만 저녁을 먹고 방에 누우면 바로 배에서 꼬르륵꼬르륵 소리가 타고 올라와 입속을 할퀴고 다녔다. 또래 아이들 모두가 굶주린 배를 움켜잡고 춥고 긴 겨울밤을 보냈다.

허기에 지친 아이들이 하루는 밤이 꽤 이슥한 시간에 방을 나섰다. 뚜렷한 목적이 있어서가 아니었다. 나와서 걷다 보면 허기가 좀 사라지겠지 하는 막연한 기대감으로 이가 시린 찬물 한 바가지씩 들이키고 나선 걸음이었다. 겨울 밤거리는 휘황하고 곳곳에 음식과 술이 넘쳐났다. 빈대떡 굽는 냄새와 김이 송송 오르는 솥 안에서 족발이 익으며 풍기는 냄새에 U와 아이들의 입속에 쉴 새 없이 침이 고였다. U는 차라리 나오지 말았으면 보지 않았을 테고, 그러면 배고픔의 고통이 덜했을 것이라는 생각을 했지만 이미 늦은 후회였다. 굶주린 배는 다리를 자꾸 음식 앞으로 이끌었다. 눈이 조그맣고 키가 작은 아이가 침을 삼키듯이 훔쳐 먹자고 했다. 그 아이의 한마디는 구원이었다. 목표는 식당 앞에 큰 가마솥을 내걸고 돼지머리를 삶아서 국물과 함께 수육을 파는 곳이었다. 늦은 밤인데도 손님들로 가게 안이 붐볐다. 식당 쪽을 흘낏거리던 아이들은 할머니가 안에 들어간 틈을 타 잽싸게 뛰어가 솥뚜껑을 열고 부글부글 끓고 있는 돼지머리를 통째로 양은그릇에 담아서 무작정 뛰었다. 얼마만큼 달렸을까? 이쯤이면 안심이다 싶은 곳에서 뛰기를 멈춘 아이들은 그 자리에서 뼈만 남기고 돼지머리를 깨끗하게 먹어치웠다. U가 처음으로 한 도둑질이었다. 세상일은 뭐든지 시작이 어렵지, 일단 시작되면 되돌리기 힘든 법이었다. U는 굶주린 배를 채울 수 있는 욕망 때문에 '오늘 마지막으로 딱 한 번만'이라는 단서를 달면서 음식 도둑질을 계속했다. 그날은 공장일이 늦게 끝나 밤 11시가 넘어 거리로 나갔는데 대부분의 식당들이 문을 닫고 있었다. 초조해하던 일행의 눈에 식당 앞에 쌓여있는 두부상자가 들어왔다. 막 배달을 하고 간 모양인지 김이 모락모락 피어나는 두부가 여간 먹음직스럽지 않았다. 굶주림에 지친 일행은 각자 두부상자 하나씩을 들고 튀기로 했다. 너무 배가 고픈 나머지 평소와 다르게 과한 욕심을 부렸다. 두부상자를 들고 달리던 U는 앞길을 미처 벗어나기도 전에 주인에게 목덜미를 붙잡혔다. 두부상자는 무거웠고 굶주림과 야근으로 지친 다리는 그것을 들고 뛸 기운이 남아있지 않았다. 주인 아저씨의 억센 손에 뒤를 잡히는 순간 U는 뜻밖에도 이런 시간도 이젠 끝이라는 안도감 같은 게 희미하게 느껴졌다. 두부 한 조각 입속에 넣어보지도 못하고 붙잡힌 U는 가게 앞에 무릎을 꿇고 빌었지만 주인은 사회에서 도둑놈 싹을 일찍부터 잘라야 한다며 U를 동대문 경찰서에 넘겨버렸다. 담당 형사는 조서를 꾸미며 줄곧 U를 도둑놈 새끼라고 불렀다. 도둑놈 새끼가 된 U는 담당 형사의 말에 무조건 예, 예 대답을 해야 했다. 다른 말을 하려고 하면 대뜸 형사의 주먹이 날아왔다. U는 유치장 안에서도 배가 고팠다. 아침, 점심, 저녁을 챙겨주기는 했지만 시커먼 꽁보리밥의 양이 너무 적었다. 먹고 돌아앉아 방귀를 뀌고 나면 금방 배가 허전했다. 갇혀있는 고통보다 배고픔의 고통이 몇 갑절 컸다. 유치장 안에서 가만히 앉아 있는데도 배가 고팠다.

배고픔은 일주일 후 구치소로 옮겨가도 마찬가지였다. 누런 죄수복 차림으로 들어선 감방에는 무지막지한 신입식이 기다렸다. U가 감방 문지방을 넘어서 인사를 하는 순간 주먹이 날아와 왼쪽 가슴에 꽂혔다. 그것을 신호로 서너 개의 주먹이 번갈아 U의 몸뚱이에 통증을 남겼다. 통증은 정신을 혼미하게 만들어 서있기가 힘들 정도였다. 혹독한 신고식을 끝낸 방장은 뜻밖에도 U에게 건빵 한 봉지를 던져주며 물을 마시지 말고 모두 먹어치우라고 했다. 그것 역시 신고식의 일부분이었다. 건빵 봉지를 보는 순간 U는 거짓말처럼 고통이 사라지고 오직 그것만 커다랗게 눈에 들어왔다. U는 건빵 봉지를 와락 움켜잡았다. 그것을 본 사람들이 와르르 웃었다. U는 두 눈을 크게 뜨고 앉아 건빵을 우적우적 씹었다. 건빵 다섯 개를 채 씹기도 전에 목이 막혔다. 물은 마실 수 없었다. 사막 모레를 씹은 듯이 목이 메었지만 아랑곳없이 건빵을 입속으로 밀어 넣었다. 메마른 목구멍이 간절히 물을 원했지만 건빵을 포기할 수는 없었다. 건빵을 자꾸 입안으로 밀어 넣던 U는 갑자기 숨이 꽉 막히며 눈이 허옇게 돌아갔다. 그 순간 산전수전 다 겪은 방장이 재빨리 U의 입을 벌리고 물을 들이부었다. 숨 끝을 향해 옥죄던 목이 순식간에 뚫리며 U는 간신히 숨을 쉴 수가 있었다. U는 그때까지도 건빵 봉지를 손에서 놓지 않고 있었다. 결국 U는 건빵 한 봉지를 모두 먹어치웠지만 그날 밤 감방 구석에 웅크리고 누워서 집을 나온 뒤 처음으로 울었다. 숨죽여 울기가 물 없이 건빵 먹는 것만큼이나 힘들었다. 검사실에서 검찰 조사를 받는데 때마침 배달온 갈비탕 냄새에 U는 온통 정신을 뺏겨 어떻게 조서에 지장을 찍었는지 모를 정도였다. 배고픔이 일상화되었지만 참아내는 것은 여간 고통이 아니었다. 갈비탕을 맛있게 먹은 검사는 U를 소년교도소으로 보냈다. 그때 U는 열여섯 살이었다. 집을 나온 지 일 년이 넘었고, 일 년 동안 배가 고팠다.

　U의 배고픔은 소년교도소에서도 계속되었다. 소년교도소의 하루 배식은 터무니없이 적었다. 국화빵처럼 틀 속에 찍어 나눠주는 밥이라 늘 정해진 양이었다. 몸은 하루가 다르게 성장했지만 먹는 양은 불변이었다. 견디다 못한 U는 힘들다고 모두 기피하는 취사장 일을 자원했다. 일이 생각보다 많이 고달팠지만 배불리 먹을 수 있다는 희망으로 버티면서 밥솥 앞까지 가는데 삼 개월이 걸렸다. 그동안 U는 취사장 여기저기 흘러다니는 밥찌꺼기를 주워 먹으며 주린 배를 채웠다. 눈을 부릅뜨고 찾으면 시궁창에서 꽤 먹을만한 고깃덩어리도 건질 수 있었다. U는 삼 개월이 지나 밥 냄새를 실컷 맡을 수 있는 자리에 서자 세상을 다 얻은 기분이었다. 동료들이 먹을 밥과 국, 반찬을 모두 올려 보내고 밥 앞에 앉으면 그곳이 소년교도소 취사장이라는 생각이 들지 않았다. 목구멍을 타고 뱃속으로 흘러들어가는 밥알의 단맛과 깍두기의 쌉싸름한 맛이 지금도 U의 입안을 따라다녔다. 그렇게 그럭저럭 배고픔을 해결했지만 U는 폭력 앞에서는 자유롭지 못했다. 또래의 아이들은 경쟁하듯이 주먹을 휘둘러 동료들을 괴롭혔다. 기분 나쁘면 말보다 주먹을 앞세웠다. 교사로 불리는 교도관들의 구타도 상당했다. 특히 머리에 빨간 모자를 쓴 지도들은 공포의 대상이었다. U는 소년교도소에서 나올 때까지 많이 맞았

다.

소년교도소에서 출소하자 U는 열일곱 살이 되어 있었다. 냄비공장에 돌아가지 않고 출소한 아이들과 함께 뒷골목을 떠돌았다. 이상하게 일을 하기가 싫었다. 일을 하지 않으면 배고프다는 것을 알았지만, 일을 해도 여전히 배고픈 것이 억울하다는 생각이 들었다. 힘들게 일하지 않아도 얼마든지 배를 채울 수 있는 방법을 소년교도소 안에서 배웠다. U는 망설이지 않고 남의 주머니에 손을 넣었고 담을 넘었다. 패싸움에서도 누구보다도 용감해 몸을 사리지 않았다. 그것이 굶주림을 모면하는 방법이었다. 서울역에서 소매치기를 하다가 잡혀 소년교도소에서 10개월 만에 출소했다. 이렇게 소년교도소를 들락거리는 사이 U는 스무 살이 되었다.

스무 살이 되던 해 겨울 U는 모처럼 진지하게 직업을 가질 생각으로 프레스공장에 취직해서 만족스럽지는 않지만 매달 나오는 월급으로 배고픔을 해결했다. U는 월급날이면 더 이상 뒷골목을 전전하지 않겠다고 다짐했지만 인생은 호락호락하지 않았다.

그날은 자정까지 잔업을 하고 자취방으로 돌아와 씻지도 않고 누웠는데 누군가가 부엌문을 세차게 두드렸다. U는 귀찮은 생각에 가만히 누워있었다. 누군지 모르지만 몇 차례 두드리다 가겠지 싶었지만 좀처럼 그치지 않았다. 몇 번을 망설이던 U는 결국 노곤한 몸을 억지로 일으켜 부엌문을 열었다. 순간 방으로 뛰어든 건장한 사내 둘이 U의 양팔과 목덜미를 잡은 채 밖으로 끌고 가서 대기하고 있던 차에 밀어 넣었다. 너무 갑작스럽게 일어난 일이라 U는 자신에게 무슨 일이 일어난 것인지 짐작할 수조차 없었지만 누군가에게 강압적으로 끌려가고 있는 것은 분명했다.

U가 다섯 시간 후에 도착한 곳은 새벽빛이 어슴푸레 밝아오는 어느 산골이었다. 머리를 빡빡 밀고 상반신에 아무것도 걸치지 않은 수백 명의 사람들이 빨간 모자를 쓴 교관들의 구호에 따라 긴 통나무를 왼쪽 어깨에서 오른쪽 어깨로, 다시 오른쪽에서 왼쪽으로 옮겨 놓기를 반복하며 구령을 내지르고 있었다. 차에서 내리자마자 바리깡으로 머리카락을 밀린 U가 떠밀려 들어간 곳은 삼청교육대였다. 프레스공장 반장이 몇 푼의 보상금 때문에 U를 전과자라고 신고한 것이었다. 자취방을 소개해 준 반장이 고마워 소주 한잔 대접하는 자리에서 U가 술김에 과거를 털어놓은 것이 화근이었다. 당시 전과자라는 이유만으로도 마구 잡혀가는 시절이었다. U는 그런 영문도 모른 채 악명 높은 삼청교육대 교육생이 되었다. 변명 한마디 할 기회도 없이 잡혀와 한 달 동안 훈련을 받으면서 U

176

가 먹은 것이라고는 멀건 강냉이죽이 대부분이었다. 그나마 그것도 쉬어 있거나 턱없이 양이 부족했다. 훈련의 강도는 나날이 높아졌지만 하루 배식량은 눈에 띄게 줄었다. 훈련 도중에 쓰러진 사람이 속출하고, 간혹 쓰러져 영영 일어나지 못하는 사람도 생겼다. U는 몇 번이나 탈출을 꿈꾸었지만 지치고 탈진한 육신으로 엄두가 나지 않았다. 도망치다가 붙들려온 탈주병은 훈련생 모두가 보는 앞에서 실신할 때까지 몽둥이로 두드려 팬 다음 나무기둥에 묶어두고 밤이슬을 맞으며 정신이 들게 만들었다.

한 달 후에야 U는 정신과 몸이 건전하게 갱생되어 다시는 죄를 저지르지 않고 법과 질서를 존중하여 정의사회 구현에 일조할 수 있는 기회를 달라는 각서를 쓴 다음 삼청교육대에서 나왔지만 어쩐 일인지 경찰서에 가서 다시 조사를 받았다. 담당 형사는 U에게 과거의 여죄를 털어놓으면 보내주겠다며 순순히 자백하라고 했다. 과거의 전과 때문에 삼청교육대에 잡혀갔다 오기는 했지만 U는 그동안 살아오면서 여죄가 될 만한 일을 저지르지 않았다. 자백할 게 없는데 형사는 자꾸 종용했다. U는 가슴에서 피가 들끓었다. 마음대로 사람을 끌고 가서 패고 굶기더니 이젠 없는 죄까지 만들어 내놓으라는 것이었다. 분노를 억누르고 있던 U는 갑자기 형사의 뺨을 냅

다 갈겼다. 털어 놓을 죄가 없는데 자꾸 자백하라니 억울하면
서도, 그렇게 원한다면 이렇게라도 죄를 만들겠다는 오기 같
은 게 작동했다. 한 번 더 형사의 뺨을 후려친 U는 책상 위에
놓인 심문조서를 찢어버렸다. 순식간에 일어난 일이었다. U
는 결국 특수공무방해와 공문서훼손죄로 기소되어 서대문구
치소에 수감되었다.

감정과 사실이 뒤엉킨 말을 늘어놓던 U는 잠시 입을 다물
었다. 뒤늦게나마 자신에게 난처한 고백을 늘어놓은 것은 아
닌지 하는 생각이 들었기 때문이었다.

"백주 대낮에 어떻게 그런 일이 있을 수 있어요?"

Y가 답답하다는 듯이 버럭 소리를 질렀다. 바지사장이라
는 Y는 야비할 것까지는 없어도 교활한 구석이 조금 있어 보
였는데 그것을 처세의 무기로 삼았다. 지금도 그런 단면이 흘
낏 엿보이는 순간이었다.

"형씨도 참 우둔합니다. 그렇다고 그렇게 질질 끌려다닙니
까? 저항하고 대들어야지."

방장도 가만히 있지 못하고 거들었는데 그것은 U를 힐난
하는 말에 가까웠다. 다단계 사업을 하다가 잘못되어 들어왔
다는 그는 상대를 은근히 비난하면서도 자신의 감정을 자제

하는 것이 능했다. U는 말을 하면서도 너무 많이 하지 않으려고 애썼고, 아는 사실을 다 말하지도 않았는데도 둘은 제멋대로 흥분했다. U는 그동안 13방 사람들이 이것저것 물으면 그렇다 아니다 짧게 대답을 했다. 이처럼 속을 까뒤집어 보이다가 자칫 일이 엉뚱한 방향으로 흘러가는 수도 있었다. 살면서 한두 번 그런 경험을 한 게 아니었다. 이쯤에서 입을 다물까 했는데 방장의 말이 심장을 쿡 찌르고 들었다. U도 심장이 뛰는 사람이었다.

"저항하고 대들어요? 그때가 지금 같은 줄 알아요. 지금처럼 이렇게 말랑말랑하고 하품 나는 감방인 것 같습니까? 당신들은 겪어보지 않아서 모릅니다. 모른다니까요?"

U는 자신이 지나치게 흥분하고 있다는 것을 깨달았지만 이미 할 말을 다해버렸고, 그런 사실조차 마음에 들지 않았다. 그런 U의 모습을 조용히 지켜보던 방장이 말했다.

"그러니까 우리가 모르는 감방 이야기를 계속해보세요."

Y가 방장의 말이 옳다는 듯이 고개를 끄덕였다. U는 이미 되돌리기에 늦었다는 것을 알고 이야기를 이어갔다.

서대문구치소에서 징역 2년을 선고를 받은 U는 항소를 포기하고 원주교도소로 이감을 갔다. 원주교도소는 추웠다. 강

원도의 매서운 겨울바람은 마룻바닥에 얼음을 깐 것 같았다. 관용모포를 깔았지만 추위를 막기에는 턱없이 부족했다. 새벽 기상 소리에 잠을 깨면 봄에는 희미한 온기마저 남아있지 않았다. 그런 추위보다 두려운 것이 8방 방장이었다. 폭력전과 5범인 방장은 다섯 번이나 도끼로 사람의 이마를 깔 만큼 주먹세계에 이력이 나 있었다. 그는 무슨 일이든 말보다 주먹이 앞섰다. 걸핏하면 주먹을 휘두르고 틈만 나면 발길이 허공을 갈랐다. 맞지 않고 하루를 넘기면 괜히 불안했다. U는 매일 아침 눈을 밟으며 출역을 나가면서 어서 봄이 오기를 빌었다. U가 출역을 나가는 곳은 텔레비전 안테나를 만드는 공장이었다. 컬러 텔레비전이 막 공급되기 시작할 무렵이었다. 작업장 가운데에 있는 난로가 공장의 유일한 온방장치였다. 난로 곁에 바싹 붙어 서서 불을 쬐려면 3개월 정도는 정신없이 일하고 선참자들 수발을 잘 들어야 했다. 손가락을 제대로 펴지 못하는 추위 속에서도 안테나는 꼬박꼬박 만들어져 트럭에 실려 나갔다. U는 항소를 해도 마찬가지라는 자포자기가 되어 교도소로 날아왔기에 춥지 않고 배고프지 않으면 그럭저럭 견디리라 마음먹었지만 일찍이 경험해보지 못한 추위와 집을 나온 이후 지긋지긋하도록 그를 따라다니는 배고픔은 여전했다. 그 무엇도 달라지지 않았다. U는 점점 세상이 싫어졌다. 두 다리에 힘을 주고 대지에 서있을 이유를 알지 못했다.

그런 생각이 온몸을 지배하면서 U는 벽에 머리를 찧기 시작했다. 틈만 나면 벽에 머리를 찧었다. 장난인 줄 알았던 동료들은 U의 이상한 행동이 계속되자 온갖 방법을 동원해 말렸지만 소용이 없었다. 방장의 주먹도 그의 행동을 제지하지 못했다. 결국 U는 의식을 잃을 정도로 얻어맞고 징벌방에 던져졌다. 징벌독방에서 수갑을 차고 개처럼 엎드려 밥을 먹으면서도 U는 벽에 머리 찧기를 멈추지 않았다. 머리에는 상처가 마를 틈이 없었고 이마에는 핏자국이 흥건했다. 교도관이 자해를 멈추면 원하는 것을 들어주겠다고 회유했지만 이미 죽기를 각오한 U는 원하는 것이 없었다. 무엇을 원해서 머리를 찧는 게 아니었다. 개처럼 굴러다니며 제 의사와는 상관없는 인생을 살다가 이렇게 망가진 자신이 싫었다. 벽에 머리를 찧어 정신이 돌던가 죽어버리든가 둘 중 하나였다. 계속 이렇게 살려면 하루라도 일찍 존재의 흔적을 없애버리는 것이 좋을 것 같았다. 추위와 배고픔에 끌려다니는 삶이 구질구질했다. 일주일 넘게 계속되는 U의 머리 찧기는 교도소 안에서 여간 골칫거리가 아니었다. 때려도 굶겨도 그 짓을 멈추지 않은 U는 그들이 보기에 영락없는 정신병자였다. 그렇지만 죄수

가 잘못되면 교도소에서 책임을 져야하므로 한편으로는 곤혹
스러운 것도 사실이었다. U는 몇 번이나 혼절하면서도 그 짓
을 멈추지 않았다. 결국 U는 사지가 결박당한 채 독방에 수용
되었다. 죽으려고 몇 번이나 혓바닥을 깨물었지만 이빨에 힘
이 들어가지 않아 미수로 그쳤다. 하루는 독방 문이 열리면서
죄수복을 입은 사내가 들어왔다. 평범한 인상의, 흔하게 볼
수 있는 얼굴에 안경을 쓴 낯선 사내는 선 채로 U를 한참 동
안 내려다보았다. U는 신경이 곤두섰지만 잠자코 있었다. 잠
시 후 사내가 먼저 입을 열었다.

"난 18년을 선고 받고 현재 5년 째 수감 중인 죄수라오."

올망졸망한 외모와는 달리 굵직한 저음의 목소리를 가진
사내는 벽에 등을 기대고 앉아 다리를 뻗었다.

"이봐요 젊은 친구, 2년은 금방입니다. 나 같은 사람도 살
겠다고 매일매일 운동 열심히 하고, 바깥 날씨와 실내 기온을
챙기고 꿈자리가 뒤숭숭하면 하루 종일 무슨 일이 생길까 긴
장하고 있어요."

사내는 살인자였는데 1심에서 20년 형을 선고받고 항소심
에서 2년이 깎여 18년이 확정된 장기수였다. 그는 U의 독방
에서 오래 머무르지 않았다. 5분 남짓 머물렀고 들려준 이야
기도 비교적 짧았다. 하지만 그 5분만으로도 U의 자해소동에

종지부를 찍기에 충분했다. 열흘의 독방생활을 청산하고 다시 동료들 곁으로 돌아온 U는 그때부터 눈에 띄게 달라졌다. 무엇인가에 잔뜩 눌린 듯하면서도, 다른 한편으로는 그것으로부터 벗어나기 위해 부단히 노력했다.

취사장에 자원해서 삼 개월 동안 식수를 담당하던 U는 밥주걱을 잡았다. 당시에는 밥을 틀 속에 넣고 찍어내는 일명 '가다밥'이었다. 교도소에 수감 중인 죄수들은 처지에 따라 1등 밥과 4등 밥까지 나누어져 양이 상당히 차이가 났다. 1등 밥은 가다의 80% 정도 채우고 2등 밥은 70% 정도 하는 식으로 4등 밥까지 양을 줄여 배식을 했다. 1등 밥을 먹을 수 있는 자격은 미장공들이었다. 2등 밥은 내, 외청 소지 근무자들이고, 3등 밥은 일반 공장에 출역을 나가는 죄수들의 몫이었다. 4등 밥은 미결수들에게 배식하는데 양이 가장 적었다. U는 막상 밥주걱을 잡기는 했지만 소년교도소처럼 먹을 게 흔하지 않았다. 취사장에서 한동안 구정물 속 버린 밥덩이를 건져먹었다. 주변사람 눈치 따위는 아랑곳하지 않았다. 새벽 3시 30분에 일어나 하루 일을 시작하는 취사장에서 1년을 넘게 보내고 나니 2년이 흘렀다. 뼈가 에이게 추운 날 원주교도소에서 만기 출소하면서 U는 두 번 다시 이곳에 얼씬거리지 않겠다고 다짐을 했다. 프레스 공장에 취직한 U는 한눈 팔지 않고 일한 덕분에 남에게 손 내밀지 않을 정도의 기반을 만들었다.

여기까지 이야기하던 U는 그만 입을 다물었다. 이만하면 왜 이 감방이 예전의 그 감방이 아닌가 하는 것쯤은 이해했지 싶었고 자신도 어느 정도 후련해진 느낌이었다. 이쯤에서 눈앞에 있는 노랑참외 한 조각을 으석으석 씹으면서 달콤한 향기를 느끼고 싶었다. 그렇지만 방장과 Y는 뭔가 아쉬운 모양이었다. 그런 모습을 보며 U는 별안간 으스스 추운 느낌이 들며 어떤 쓸쓸함이 몸을 감싸기 시작했다. U는 애써 눈길을 돌렸지만 무엇인가 바라는 그들의 눈빛은 눈앞에서 쉽게 사라지지 않았다. 그들은 기어이 U의 밑바닥을 훑어야 직성이 풀리는 모양이었다. 방장이 기어코 입을 열었다.

"그렇게 기반을 잡았으면 잘 살아야지 어쩌다 이런 곳에 또…"

방장은 말끝을 흐리기는 했지만 U에 대한 힐난이 명백했다. 당신 말처럼 지금의 감방과는 비교가 안 되는 시절의 감방을 뼈저리게 겪었으면 다시 오지 않도록 매사에 조심하고 살았어야지 어떻게 살았기에 그 나이에 또 들어왔느냐는 힐난이었다.

"그러게 말입니다. 몇 번이나 물어도 공소이유를 말하지도 않고 말입니다."

Y가 특유의 어투로 슬쩍 U의 감정을 건드렸다. 이때 멀리서 복도의 철문 열리는 소리가 들렸다. 그 소리는 오늘따라 유난히 크게 들려왔다. U는 그들이 왜 이렇게 끈질기게 이야기를 들으려고 하는 것일까 싶어 곤혹스러웠다. 새삼스럽게 그들의 목표가 된 것 같아 말문을 열고 싶지 않았다. 그다음 이야기를 입 밖으로 끄집어내기에는 아직도 자신의 감정이 정리되어 있지 않았다. U는 그 이야기를 끄집어내는 것이 두려웠다. 하지만 경험으로 추측하건데 그들은 계속 U를 압박할 것이 분명했다. 감방 안의 죄수는 스스로가 누구보다도 한 단계 위라는 우월성을 지니고 있다고 믿기 때문이었다.

"하던 이야기를 계속하세요. 어쩐지 찜찜해서 말입니다."
방장은 중요한 무엇인가를 놓친 것처럼 이마를 찌푸렸다. U는 자신이 저지른 과실은 자신이 괴로워하면 그걸로 충분하다고 중얼거리면서도 이야기를 계속할 수밖에 다른 도리가 없었다.

근무하던 프레스공장을 인수한 U는 두 명에 불과했던 종업원을 스무 명이 넘는 회사로 키우는 동안 일요일도 없이 일을 했다. 공장 옆에 방을 만들어 공장사원들의 숙소로 사용했다. 누구보다도 배고픔의 고통을 잘 알고 있기에 직원들이 배를 곯지 않도록 세심하게 배려했다. 세상에서 춥고 배고픈 서러움보다 큰 게 없다고 생각한 U는 그것만으로도 사원들의 복지를 대단하게 챙긴다고 은근히 자부심을 가졌다. 하지만 직원들은 U의 그런 배려를 그다지 고마워하지 않는 것 같았다. 신입사원은 밥을 배불리 먹을 수 있게 해준다고 해도 시큰둥했다. 한동안 사회 곳곳에 노동자들이 세상의 중심이라는 노동운동의 격랑이 회오리바람을 일으켰다. U는 그런 일들이 대기업이나 공공기관 등에서 벌어지는 것이려니 했지만 놀랍게도 직원 스무 명 남짓한 U의 공장에도 그 바람의 여파가 몰려왔다. 평소 아우, 동생 하던 공장장이 사람이 밥만 먹자고 일을 하는 게 아니라 사람다운 삶을 살기 위한 것이라고 언성을 높이더니 노조 결성을 해서 상여금, 퇴직금, 근무 외 수당, 4대 보험가입 등을 비롯한 각종 복지조항을 실행하라고 U를 압박했다. 30년 동안 쉬지 않고 근면 성실하게 일해 벌어들인 돈으로 세금을 꼬박꼬박 납부하면서 키워온 회사였다. 그동안 한솥밥을 먹은 사람들이 갑자기 노, 사 편을 갈라 각종 요구를 내세우자 U는 받아들이지 않으면서도 한편으로는 공장장이었던 노조위원장과의 친분을 앞세워 노조를 와해

하는데 성공했다. 신념보다는 분위기에 편승해 노조를 급조한 공장장은 U가 쥐여준 몇 푼의 돈에 금방 허물어졌지만 젊은 직원들은 호락호락하지 않았다. 공장장이 만든 노조를 어용이라고 비판하면서 젊은 직원들을 주축으로 새로운 노조를 만들었다. 직원 스무 명 남짓한 회사에 노조가 둘이나 만들어졌지만 U는 젊은 직원들이 만든 노조의 요구사항을 한마디로 일축하며 되묻고는 했다.

"이봐, 자네들 배고파 봤어?"

"사장님. 지금이 어떤 시대인데 배고픔 따위를 말씀하세요?"

U는 젊은 직원들의 배고픔은 아무것도 아니라는 말이 너무 서운하고 괘씸했다. 배고픔 따위라니…. U는 배고픔을 허투루 아는 젊은 녀석들의 건방진 모습이 당최 보기 싫었다. 입만 살아서 나불거리는 녀석들의 요구를 결코 들어줄 수 없었다. 근로감독관의 거듭된 권유에도 불구하고 직원들의 근무 외 수당이나 퇴직금 등을 제대로 챙기지 않았다. 그러자 일부 직원들이 고발을 해서 몇 차례 근로감독관 앞에 불려 다닌 U는 아예 회사 문을 닫기로 마음을 굳혔다. U는 배고픔에 관심이 없는 그들을 위해 회사를 운영하고 싶은 마음이 추호도 없었다. 아내와 자식들이 세상이 바뀌었으니 생각을 바꾸

라고 간청했지만 U의 눈에는 그들도 역시 같은 무리였다. 자식들은 U가 너희들이 배고파 봤냐고 하자 배고픔을 겪은 적이 없는데 그런 경험을 자꾸 강요하는 것도 어른스럽지 못하다는 말을 천연덕스럽게 뱉었다. 아내는 U의 입에서 나오는 배고파 봤냐는 소리가 이제는 지긋지긋해서 정말 못살겠다고 했다. U는 배신감에 몸을 떨며 남몰래 공장을 넘기고 세무서에 폐업 신청을 하고 집도 팔고 이사를 해버렸다. 근무하는 직원들의 월급과 퇴직금은 모두 정상 지급했지만 노조를 결성해 U를 괴롭히던 젊은 직원 두엇은 일부러 처리하지 않았다. 그렇게 일방적으로 공장을 처리한 U는 택시 운전을 하는 친구에게 부탁해 운전대를 잡았다. 택시 운전에 재미를 붙여가던 어느 날 밤에 주택가 골목에서 손님을 내려주고 막 큰길로 접어드는 순간인데 승용차가 택시의 뒤를 받았고 운전자는 취중이었다. 경찰서에서 조사를 시작하면서 주소와 생년월일과 같은 인적 사항을 묻던 형사가 갑자기 U를 두어 번 아래위로 훑어보더니 입술을 슬쩍 비틀며 물었다.

"아저씨, 기소중지가 되어 수배중이네요. 알고 계셔요?"

"수배요? 그게 무슨 말이요. 내가 무슨 잘못을 했는데 수배를 내려요?"

형사 입에서 나온 뜻밖의 말에 U는 화들짝 놀랐다.

"안산경찰서에서 수배를 띄웠는데, 보니까 아저씨 직원 월급을 주지 않았어요? 요즘 어떤 세상인데 직원들 월급을 떼먹어요."

그제야 U는 안산공장을 팔아치우면서 괘씸하게 생각한 직원 둘의 월급과 퇴직금을 정산하지 않은 기억이 났다.

"수차례 회사나 댁으로 연락을 해도 되지 않으니 담당 형사가 기소중지를 내리고 수배를 띄운 겁니다. 연락을 했으니 잠시 후에 안산경찰서에서 담당 형사가 와서 데려갈 겁니다. 그때까지 기다리고 계세요."

점심시간이 지나서 나타나 U를 인계받은 안산경찰서 형사는 U의 손목에 수갑을 채웠다.

"얼마나 찾았는지 아세요? 이렇게 된 거 이왕 받아놓은 밥상 받고 맙시다."

"그러시죠."

U는 승용차 뒷좌석에 올라타며 담담하게 대꾸했다. 점심 무렵부터 어둡던 하늘에서 빗방울이 흩뿌리기 시작했다. 수갑을 차고 빗길을 달리는 U의 눈앞으로 불현듯 어떤 장면이 영사기처럼 돌아가기 시작했다.

소년교도소의 식당이었고 점심시간이었다. 밥을 먹기 위해 수백 명의 소년원들이 줄을 지어 속속 식당 안으로 들어와 배식을 받았다. 식사시간은 무척 짧았다. 정해진 식사시간이 끝나는 호루라기 소리가 들리면 무조건 자리에서 일어나 다음 사람들에게 자리를 내주기 위해 씹고 있던 것을 얼른 삼켜야 했다. 그날은 U가 밥을 딱 세 숟가락 째 입속에 넣었을 때 호루라기 소리가 들렸다. U는 총알처럼 빠르게 자리에서 일어났다. 주위에는 언제 날아올지 모를 교사들의 몽둥이가 호시탐탐 노리고 있었다. U는 입속에 넣은 밥을 뱉을 수 없어 우물우물 씹으며 식당을 빠져나가는데 빨간 모자를 쓴 교사가 불러세웠다. 식탁에서 일어나 음식을 씹는 것이 금지되어 있었다.

"야, 인마. 너 입안에 뭐야?"

"아무 것도 아닙다."

U가 얼른 입안의 음식을 씹으면서 대답을 했지만 발음이 시원찮았다.

"이 새끼 봐라. 너 입속의 것 당장 뱉어."

교사는 몽둥이로 볼을 쿡쿡 찔렀지만 밥은 이미 U의 목구멍을 넘어가고 있었다. 교사의 손에 들린 몽둥이가 비호같이 U의 어깨를 후려쳤다. 흠칫 놀라면서도 U는 꽉 다문 입을 벌리지 않았다. 거친 욕지거리와 함께 허공을 가른 몽둥이가 닥치는 대로 U의 몸을 가격했다. U는 두 손으로 머리를 움켜쥔 채 몸을 잔뜩 움츠리고 있으면서도 입속에 남아있던 밥알 몇 알을 재빨리 삼키면서 정신을 잃었다. 깨어보니 밤이었다. 방안이었고 동료들은 모두 잠들어 있었다. 바깥으로 난 창으로 별이 보였고 적막이 흘렀다. 순간 외로움이 U의 몸을 섬광처럼 둘러쌌다. U는 밤새도록 울었다.

40년 만에 다시 수갑을 차고 앉아있는 U는 그때 느꼈던 배고픔과 외로움이 오롯이 떠올랐다. 그것은 세상에서 혼자 견뎌야 하는 배고픔과 외로움이었다. 그 배고픔과 외로움이 몸을 옥죄고 뚜렷이 표현할 수 없지만 무엇인가가 자꾸 억울했다. 조서를 꾸미는 형사가 지금이라도 밀린 월급과 퇴직금을 해결하고 합의를 하라고 했지만 억울한 감정에 사로잡힌 U는 움쩍도 하지 않았다. 배고픔을 대수롭지 않게 여기는 녀석들에게는 십 원 한 푼 주기가 싫었다. 도주 우려가 있다며 구속영장이 떨어져 구치소로 넘어오면서도 U는 배고픔의 생각에서 한 치도 벗어나지 못하고 있었다.

말을 마친 U가 무엇이 홀가분한지 숨을 길게 내쉬었지만 방장과 Y는 곤혹스러운 얼굴로 서로를 흘끔거렸다. 그들은 U의 이야기에 가슴이 짠하면서도 한편으로는 이빨 사이에 이물질이 낀 것처럼 개운치 않았다. 고작 그따위 이유로 감방으로 들어오다니 하는 경멸 같은 것이 둘의 시선을 살짝 비껴가는 것을 U는 놓치지 않았다. U는 노랑참외에 시선을 둔 채 배고픔에 대한 자신의 집착이 이제는 깨끗이 지워버려 할 재앙인가 하면서도 어떤 불안으로 마음이 무거워졌다. 무거운 침묵이 이어지자 방장이 무슨 말인가를 해야겠다는 의무감 같은 것을 느끼면서 입을 열었다.

"출정 나간 사람들이 늦을 모양입니다. 우리끼리라도 우선 참외를 한 조각씩 먹읍시다."

방장의 말에 Y가 플라스틱 칼로 참외를 깎아 접시에 담으며 채근했다.

"어서 드세요. 제철의 노지 참외라 달고 맛있을 겁니다."

U는 Y가 깎아 놓은 노랑참외 한 조각을 깨물었다. 입속으로 참외 특유의 달콤한 향내가 스며들었다. U는 참외를 씹으면서 그동안 구치소가 이렇게 바뀌었는데 자신은 구치소에서 감당한 배고픔의 굴레에서 한 치도 벗어나지 못하고 있었다는 사실을 깨달으면서 천천히 고개를 숙였다.

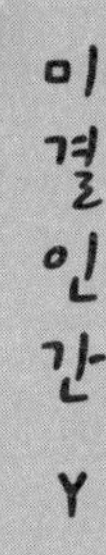
미
결
인
간
Y

등 뒤로 철커덩 쇠문 닫히는 소리가 무겁고도 날카롭게 들린다. 그 소리에 Y는 정신이 아득하고 숨이 턱밑까지 차오른다. 심장이 마구 뛰고 시야는 흐릿하며 몸에 힘이 없어 금방이라도 고꾸라질 것만 같다. 지쳐버린 Y는 무감각한 상태로 빠져든다. 그가 할 수 있는 일이라고는 숨을 쉬는 게 전부이다. Y는 구치소 입소가 처음도 아닌데, 처음이 아니라 더 두렵다. 몇 개의 복도를 더 지나야 13방에 도착한다. 다섯 시간 전 그곳을 나와 법정으로 갈 때 다시 이곳을 지나 13방으로 돌아갈 줄은 생각지도 못했지만 쇠창살이 촘촘하게 박힌 창문이 길게 뻗은 눈앞의 복도는 틀림없는 현실이다.

지난 밤 매섭게 몰아치던 비바람은 그쳤지만 하늘은 여전히 어둡다. 쇠문 앞에서 이곳에 들어가는 수많은 사람들이 구속이라는 것을 구체적으로 어떻게 실감했을까 생각하던 Y는 막상 복도로 들어서자 창밖으로 보이는 희미한 빛은 물론이고 이 세상의 어떤 빛이나 풍경도 머릿속에서 지워져 버린 느낌이다. 이제부터는 오직 판사의 처분만 기다려야 하는데 조금 전에 보았던 판사의 얼굴이 전혀 기억나지 않고 오래된 법정 건물의 지하통로에서 나던 퀴퀴한 냄새와 무작정 재판을 기다려야 하는 견딜 수 없는 지겨움만 몸에 잔뜩 달라붙어 있다. 법정에서 그를 구원해줄 것이 있으면 무엇이든 붙잡고 매달릴 정도로 절박했던 Y는 정적이 감도는 복도를 보며 당혹감에 빠지며 심한 굴욕을 강요당한 것만 같다. Y는 무력감과 공포를 동시에 느끼며 복도를 걸어 13방으로 돌아간다.

어젯밤 살을 에이게 하는 겨울바람 소리를 들으며 Y는 마음속으로 간절히 기도했다. 형편없이 헝클어진 인생을 재정돈하고 싶으니 꼭 기회를 달라고. 기도를 하면서도 누구에게 매달렸는지 자신도 알지 못했다. 천주교재단 학교에 다닌 덕택에 알게 된 예수님인지, 아니면 외할머니가 그토록 간절히 섬기던 부처님인지 모르지만 Y는 간절한 마음으로 새벽까지 기도하며 뒤척이다가 여느 때처럼 기상시간에 맞추어 일어났다.

출정 나가는 사람은 방안에서 일을 면제해주는 관례에 따라 Y는 멀뚱멀뚱 앉아서 동료들이 차려 주는 점심까지 먹고 법정으로 나갔다. 방 식구들은 Y가 당연히 석방될 것이라고 믿었다. Y는 입방한 지 열흘 만에 나가는 바람에 괜스레 방 식구들 마음만 흔들어 놓았다는 미안함에 그들의 손을 굳게 잡았다. 그들은 진심으로 Y가 험한 인생의 진창에서 벗어나 잘 살아가기를 빌었다.

지하통로를 통해 법정으로 들어가는 가는 길은 어둡고 축축했다. 심리를 위해 기초적인 Y의 인적 사항을 물어보던 갸름하고 핏기 없는 얼굴의 판사가 훈계하듯 질문을 시작했다.

"피고인. 피고인은 보호관찰을 기피하는 게 어떤 일인지, 또 어떤 결과를 가져오는지를 알고 있겠죠? 그런 것을 지각할 수 있는 지능은 되겠지요?"

Y가 그렇다고 짧게 대답하자 판사가 잇대어 물었다.

"피고인은 피고인이 보낸 답변서를 통해 하고 싶은 말은 모두 했지요?"

"예."

대답을 하는 Y의 목소리가 가늘게 떨렸다. 판사는 Y가 보호관찰의 의무를 이행치 않은 정황을 구체적으로 언급하더니 덤덤한 목소리로 내용을 면밀히 검토한 후 다시 통보할 테니 그때까지 돌아가 있으라며 심리를 마쳤다. Y는 죄수복을 계속 입어야 한다는 소름이 추운 겨울에 찾아오는 살얼음처럼 온몸을 차갑게 덮었다. 다시 포승줄을 묶고 수갑을 찬 몸으로 구치소로 돌아오는 버스 안에서 Y는 내 인생이 어디에서 잘못 엮였나 싶은 무력감에 가슴이 그들먹해졌다. 자신도 모르게 수갑이 채워진 손목 위에 얼굴을 묻고 한참 울었지만 흐느낌 한 자락 묻어나지 않는 마른 속울음이었다. Y는 문득 자신의 주변에 아무도 남아 있지 않다는 것을 깨달았다.

Y는 오랫동안 교육자로 학생들을 가르친 어머니의 막내아들로 태어나 천주교재단이 운영하는 중, 고등학교를 졸업하고 비록 지방의 시시한 곳이기는 하지만 전문대학까지 졸업했다. 특별한 점도 없지만 지나치게 힘겨운 어린 시절을 보낸 것도 아니었다. 다만 한 가지 아버지에 대한 기억은 지우고 싶었다. 아버지는 한평생 살면서 변변한 직업을 가진 적 없이 백수로 살다가 돌아가신 분이었는데 걸핏하면 Y를 비롯한 삼형제에게 손찌검을 했다. Y는 커서도 가끔 아버지의 주먹을 받아들여야 했다.

약혼자 영주가 갑작스런 교통사고로 죽던 날도 Y는 아버지에게 두들겨 맞았다. Y는 영문을 몰랐지만 아버지의 주먹을 피하지 않았다. 영주는 젊은이들 기호에 맞는 티셔츠를 직접 만들었고, Y는 매장에서 영주가 만든 티셔츠를 팔았다. 매장은 호황이었고 보름 후면 둘의 결혼식이었다. 결혼식을 앞두고 모처럼 고등학교 동창 모임에 나갔던 Y는 영주가 교통사고를 당해 응급실에 있다는 연락을 받고 급히 달려갔지만 이미 숨을 거둔 후였다. 영주를 잃은 슬픔과 고통의 시간이 지속되면서 Y는 지독한 우울증에 시달렸다.

힘겨운 그 시간을 어찌어찌 간신히 극복하려는데 또 하나의 죽음이 Y를 기다리고 있었다. 작은형의 죽음이었다. 그 소식에 어머니는 정신을 잃었고, 아버지는 다짜고짜 쓰러진 어머니를 발로 짓밟았다. 어머니 때문에 멀쩡하던 작은형이 죽었다는 이유였다. 아버지는 매사에 그랬다. 당신은 이 세상에서 책임질 일이 없는 완전무결한 인간이었다. 군 생활에 적응하지 못한 동료가 아무렇게나 내갈긴 총알을 맞고 그 자리에서 즉사한 형의 장례비로 국가에서 이십팔만 원이 지급되었다. 가족들은 갑자기 보훈 가족이 되었고, 작은형의 목숨과 바꾼 연금이 매달 통장에 입금되었다. 자식 목숨 값으로 지급하는 연금을 받을 수 없다며 통장을 던져버리던 어머니는 세월이 지나면서 어쩌다 연금이 하루라도 늦게 들어오면 불같이 화를 냈다.

대학원 공부를 하느라 남들보다 훨씬 늦은 나이에 군대에

가야할 처지였던 큰형은 작은형의 죽음으로 병역 면제 혜택을 받았다. 군대에서 사고로 자식을 잃으면 그 집에서 한 사람은 군 입대를 면제시켜 주는 관례에 따른 것이었다. 입대 때문에 예민해져 툭하면 병역특혜 봐줄 인맥 하나 없는 무능한 부모라고 신경질을 부리던 큰형은 작은형의 덕을 톡톡히 보았다.

작은형은 군대에 가지 않아도 되었지만 지원을 했다. 작은형이 부대에서 첫 휴가를 나왔을 때 오랜만에 Y는 자주 가던 술집에서 마주 앉았다. 작은형은 조금 피곤한 얼굴로 천천히 술잔을 비우며 특유의 느릿느릿한 말투로 아무렇지도 않게 말했다.

"Y야. 사실 아버지가 있는 집이 너무 싫었다. 빈둥거리는 아버지, 때리는 아버지의 모습이 싫고 자존심이 상해서 군대에 가버렸다."

작은형은 입영통지서를 받을 무렵 몸무게가 백 킬로를 훨씬 넘었다. 신체검사장에서 담당의사가 집에 보내줄 테니 가라고 했지만 작은형은 한사코 군대에 가겠다고 고집을 부렸다. 이튿날 귀대하는 작은형을 배웅하고 혼자 돌아오면서 Y는 그가 말한 자존심에 관해 생각해보았다. Y는 작은형만큼은 아니지만 역시 비만의 몸을 가졌다. 어려서부터 큰형과는 달리 비만이었던 Y와 작은형은 밖에서 친구들에게 놀림을 당하고 집에서는 아버지가 돼지새끼들이라고 빈정거려도 어머니가 맛있게 차려주는 밥상에 앉아 배가 부르도록 밥을 먹었다. 작은형은 아버지에게 맞으면서도 스무 살이 넘도록 포기하지 않았던 집밥을 포기하고 군대 밥을 선택했지만 싸늘한 시신이 되어 돌아왔다.

Y는 작은형과 각별했다. 한 살 터울의 작은형은 공부밖에 모르는 큰형과 달리 다정다감했다. 큰형은 아버지를 닮아서 차갑고 냉정했다. 무엇을 하든지 항상 자신을 먼저 내세웠다. 그는 아버지의 횡포를 벗어나는 유일한 길은 서울 명문대학에 진학하는 것이라 설정하고 공부에 매달려 결국 그 목표를 이루어 무법자 아버지를 떠났다. 하지만 그런저런 자각도 없이 때가 되면 어머니가 차려주는 밥상 앞에만 매달린 Y와 작은형은 고향 청주에 있는 전문대를 다니면서 아버지 앞에서 전전긍긍했다. 전문대조차도 재수로 들어간 작은형이 선택한 나름의 피난처가 군대였다.

Y는 잇단 죽음이 가져온 심한 우울증을 견디지 못하고 결국 세 번이나 자살을 시도했지만 소심하고 야무지지 못한 성격 탓에 모두 미수로 끝나고 말았다. Y는 스물네 살 때부터 자서전을 쓸 생각을 했다. 살면서 겪지 않은 게 없는 인생이

라 스스로 판단했기 때문이다. 그렇지만 스물네 살의 자서전은커녕 약혼녀와 작은형의 죽음 앞에서 대책 없이 웅크리고 앉아 있다 보니 어느새 서른이 넘어 있었다. Y는 마냥 이렇게 있을 수가 없다는 자각이 몸을 흔들었지만 세상에서의 취직은 결코 쉽지 않았다. 그런 막내아들을 딱하게 여긴 어머니가 약간의 사업자금을 만들어주었다.

Y는 그 돈으로 친구 두 명과 함께 고추장 장사를 시작했다. 순창에서 대를 이어 고추장을 담가온 할머니를 간판으로 내세워 시작한 사업은 고추장을 팔아보기도 전에 고춧가루에 쇳가루가 들어있다는 고춧가루 파동으로 투자비를 고스란히 날리고 접었다. 좌절에 빠져 낙심하고 있는데 친구로부터 사업을 같이 하자는 제안이 왔다. 오래전부터 청주에서 가짜 휘발유를 만들어 공급하는 친구였다. 이상하게도 그 사업이 가진 불법성이 오히려 매력으로 다가온 Y는 별 고민 없이 친구와 동업을 시작했다.

수중의 돈을 모두 긁어모아 가짜 휘발유 공급 사업에 투자했다. 원유를 구입해 물을 섞은 후 일정한 크기의 통에 담아 차에 싣고 가서 소매상들에게 넘기는 사업이었다. 원유는 정유회사에서 합법적으로 구입하고 제조방법은 의외로 쉬웠다. 치솟는 국제유가 덕분에 장사는 호황을 누려 하루에 십여 대 분량의 물이 팔려나갔다. 업자들은 가짜 휘발유를 물로 불렀다. 물장사는 성황이었지만 좀처럼 돈이 모이지 않았다. 매달 직원들 봉급과 월세를 내고 나면 수중에 남는 게 거의 없었다. 동업인데다가 수입의 30% 이상이 만약을 대비해 여기저기 찔러 넣어주는 보험금으로 들어갔다. 물장사가 불법이라 위험을 감수해야 하는데 치밀하게 보험을 들어 관리하는 쪽과, 어차피 불법인데 이판사판이다 하는 쪽으로 업자들 대응방식이 나뉘었다. Y와 친구는 보험을 드는 쪽으로 가닥을 잡았지만 30%씩이나 보험금을 감당하기에는 매출의 규모가 너무 작았다. 그렇다고 배짱 좋게 밀고 나가기에는 Y의 깜냥이 턱없이 부족해 매번 매출의 상당액으로 엉뚱한 놈들 좋은 일만 시키는 놀음의 연속이었다.

엎친 데 덮친 격으로 동업을 하던 친구가 받아온 어음이 부도가 나고 말았다. 어음을 돌린 친구는 이미 종적을 감추었고 Y가 중간에서 1억 8천을 고스란히 물리며 사업을 접었다. 은행과 채권자들이 매일 Y를 압박했다. Y는 막막했지만 비겁하게 도피할 생각은 없었다. 학교에서 퇴직을 하고 가진 재산을 큰형에게 모두 넘긴 어머니는 이미 늙은 노인일 뿐이었다. Y가 믿을 곳은 큰형뿐이었다. 신문사 정치부 기자인 큰형은 당시 대통령의 막내아들과 같은 대학출신의 막역한 관계를 이용해 정치권에 들어갈 생각을 하고 있었다. 오랜만에 Y의 전화를 받은 큰형의 목소리는 예전보다 더 냉정했다.

"네가 일으킨 문제 네가 해결해라. 누가 불법으로 일을 하라고 했느냐? 넌 평생 교육자로 산 어머니의 얼굴에 먹칠을 했다. 병신 같은 놈."

사실 큰 기대를 하지 않았지만 생판 모르는 남보다 못한 이야기를 듣고 보니 Y는 화가 치밀었다. 곁에 있으면 당장 뺨이라도 후려치고 싶을 정도였다. 그동안 숱한 핍박 속에서도 큰형을 미워하지 않으려고 노력했지만 이제는 그러고 싶지 않았다. Y는 어머니가 자신 앞으로 남겨준 아파트를 팔아 채무를 정리하는 방법밖에 없었다. 아파트를 팔고 나면 당장 갈 곳이 없지만 그나마 팔 수 있는 것이라도 있어서 다행이었다. 어머니께 이런 사정을 말씀드렸더니 가만히 듣고 계시다가 안타까운 듯 눈물을 보였다.

큰형이 아버지와 함께 득달같이 달려온 것은 Y가 어머니를 만나고 아파트로 막 돌아왔을 때였다. 가쁜 숨을 몰아쉬는 형은 허옇게 뒤집힌 눈으로 Y를 노려보았다.

"넌, 어떻게 된 놈이야? 아파트를 팔아 빚잔치를 하겠다니 제 정신이야. 그럴 수 없다. 오면서 아버지와 의논했는데 아파트 명의를 빨리 형 앞으로 넘기고 잠깐 교도소 갔다 와라.

그렇게라도 아파트를 지켜야 한다. 돌아오면 아파트는 다시 네 명의로 해줄 테니 형을 믿고 잠깐만 고생해라.”

흥분한 큰형의 얼굴은 흐르는 붙에 비치는 것처럼 일그러졌고, 가늘고 증오에 찬 목소리는 갈팡질팡 제각기 놀았다. 형이 표면상으로 내세운 이유는 얼핏 그럴싸했다. 집칸이라도 지니고 있어야 앞으로 결혼도 하고 재기할 수 있는 바탕이 된다는 것이었다. 하지만 제 발로 교도소를 가라는 말에 Y는 제 귀를 의심했다. 형은 단호했고 아버지는 무식했다. 아버지는 큰형의 말을 따르지 않으면 내 손에 죽을 것이라고 윽박질렀다. Y를 괴롭히던 채권자들보다도 더 험악하고 드셌다. 큰형과 아버지는 긴 겨울밤을 꼬박 새우며 협박하고 회유해 결국 Y로부터 그렇게 하겠다는 대답을 얻어냈다. 그제야 안도의 숨을 내쉰 큰형과 아버지는 흡족한 얼굴로 네 인생에서 가장 탁월한 선택을 했다며 양쪽에서 Y의 어깨를 두드려주었다. Y는 그들이 마치 괴물 같아서 침을 꿀꺽 삼키며 고개를 돌려버렸다.

Y는 큰형이 직접 운전하는 승용차를 타고 경찰서로 갔다. 경찰서 정문에 차를 세운 큰형은 Y가 경찰서 안으로 들어가는 것을 확인하고서야 자리를 떴다. 솔직히 Y는 경찰서 앞에서부터 발걸음이 떨어지지 않았다. 도망이라도 가고 싶었지

만 이미 약속을 한 터였다. 어머니는 아들 삼 형제를 키우며 다른 것은 몰라도 약속에 관해서는 엄격하게 교육을 시켰다. 그 영향으로 Y는 가급적 약속을 지키며 살려고 노력했다. Y는 피가 나도록 속볼을 힘껏 깨물며 경찰서 출입문을 열고 들어갔다.

처음 들어가기가 어려웠지만 들어가서는 일사천리였다. 부도수표를 회수하지 못했다고 제 발로 걸어 들어간 Y를 가뜩이나 바쁜데 이런 성가신 인간을 보았나 하는 얼굴로 한참 바라보던 사십 대 중반의 경찰관은 구속이 소원이라면 바로 들어주겠다는 듯이 속결로 일을 처리했다. 부수법 위반과 부도날 것을 알고 수표를 돌렸다는 사기죄로 엮어 바로 구속영장을 청구하자, 구속적부심 판사가 도주할 우려가 있다는 이유로 구속영장을 발부해 Y는 바로 구치소로 넘어갔다.

구치소에 들어갈 때 죄수복을 입기 위해 줄을 서서 기다리며 Y는 나체가 되었다. 죄수복은 평범한 초록색이었다. 그래도 죽음을 떠올리는 회색보다는 나았다. 죄수복을 입은 Y는 사진을 찍을 차례가 되자 어떤 표정을 지어야 할지 난감했다. 그래서 가능한 성공한 사람처럼 보이도록 활짝 웃었지만 곧 쇠창살이라는 현실이 잔인하게 웃음을 지워버렸다. 창밖으로 뚝뚝 떨어지는 빗소리가 들리던 그날은 종일 공기가 무거운 지긋지긋한 날이었다. 구치소의 우중충한 회색빛과 쇠창살 속에서 Y는 자주 꿈을 꾸었다. 주위에 아무도 없이 혼자서 회전목마를 타고 계속 돌고 있는 꿈이었다. Y는 그 후로도 계속 그 꿈을 반복해 꾸었다. 그래서 그런지 구치소 안에서 날이 갈수록 현실과 꿈의 경계를 분명히 의식할 수 없을 지경이었다.

Y는 1심에서 1년 6개월을 선고받았다. 단순히 부수법 위반이면 집행유예 아니면 6개월 정도의 형량을 받을 수도 있었지만 뻔히 부도날 것을 알면서도 수표를 돌린 사기죄가 엄중해서 다소 높은 형량을 줄 수밖에 없다는 판사의 1심 선고 때까지 걸린 시간이 5개월이었다. Y는 그동안 혼자 방치된 소외감은 낯설지 않았지만 감방 안에서는 낯선 언어로 꿈을 꾸었고 낯선 촉감과 냄새에 눈을 떴다. Y가 만지고 냄새 맡고 먹고 꿈꾸는 것들은 잔인할 정도로 낯설었다.

그동안 큰형은 한 번 면회를 와서 영치금 몇 푼 넣어주고 발길을 끊었다. 아버지는 아예 면회를 오지 않았고, 어머니는 Y가 아파트를 팔아 채무를 정리한 줄 알았지 설마 구치소에 와 있는 줄은 몰랐다. 미우나 고우나 기댈 곳은 큰형밖에 없었다. Y는 큰형의 면회를 거듭 요청했지만 끝내 나타나지 않고 변호사를 선임해주었다. 그 덕분에 그나마 항소심에서 6

개월이 깎여 1년 확정을 받아 재판이 끝났을 때는 미결 감방에서 6개월을 보낸 후였다. 남은 복역기간이 6개월이라 그냥 구치소에 형기를 마치려니 했는데 뜻밖에도 다른 교도소로 이감을 하게 되었다. 방장의 부탁으로 옆방에 담배 심부름을 하다가 걸리는 바람에 징벌방과 이감 중 선택을 하라고 해서 이감을 원한다고 했더니 원주교도소로 보냈다.

이감자들 무리에 섞여 얼떨결에 원주교도소에 도착해보니 수용자들의 대부분이 재범 이상이었다. 원주교도소는 주로 전과 많은 죄수들을 수용하는 교도소인데 그때 하필이면 교도소 분위기를 바꾸는 차원에 초범을 수용하기 시작했는데 Y가 선택되었던 것이다. 그러니 그들 눈에 Y 같은 초범은 죄수 축에도 끼지 못하는 형편없는 피라미였다. Y는 그렇다고 남은 복역기간을 무작정 감방 안에서만 있을 수 없어 출역신청을 하니 외청 청소를 시키면서 출역자들만 따로 모인 방으로 옮기라고 했다. 짐을 싸들고 들어갔더니 전국에서도 알아주는 조폭 배차장파의 넘버 쓰리가 방장이었다. 양목이라 불리는 그가 움직일 때마다 두 명의 똘마니 죄수들이 항상 따라다니며 수발을 들었다.

상상을 초월하는 방의 규율과 질서에 숨이 막힌 Y는 하루하루 견디기가 너무 힘들었다. 스무 명의 수용자가 함께 있는 방안은 비좁아 항상 옆으로 누워 칼잠을 자야했다. 그런데도 방장인 양목은 방의 절반을 차지하는 매트리스로 침대를 만들어 편안하게 누워 양옆에서 부채로 더위를 식혀주는 똘마니들의 시중을 받으며 잠들었다. 무던히도 더운 여름이었다. Y는 무더위가 너무 질색이었다. 동료들은 비대한 Y를 못마땅한 얼굴로 쏘아보며 투덜거렸다. Y는 나름대로 안간힘을 다해 칼처럼 몸을 곤두세우고 누워도 앞뒤로 누운 동료들의 숨결소리가 귓불을 간지럽게 했다.

Y는 이 방에서 계속 있다가는 갑자기 숨이 막혀 죽을 것 같았다. 살기 위해서는 반드시 방에서 나가야 했다. 외청 청소를 나간 Y가 교도관 앞에 엎드려 그 방에서 나가기만 해준다면 시키는 것은 뭐든지 하겠다며 울면서 매달렸다. 별의별 사연과 사람에 어지간히 이골이 난 교도관은 Y의 절규를 딱하게 여겨 출역 일을 바꾸어 주었다. 병사동에 혼자서 몸을 움직이기 힘든 죄수들이 있는데 돌아가면서 한 번씩 목욕시키는 일을 Y에게 맡겼다. Y는 사지가 늘어진 그들의 몸을 씻기며 태어나 그렇게 행복한 때가 없어 마치 다시 태어난 기분이었다. 성심성의껏 생면부지 남자들의 몸을 깨끗하게 닦아주면서 Y는 잔여 형기를 마치고 출소했다.

만기 출소하는 날 뜻밖에도 큰형이 교도소 정문에서 기다리고 있다가 승용차 문을 열어 주었다. 그사이 몰라보게 살이 찐 큰형은 작은형과 Y처럼 뚱뚱해져 비대를 넘어 거대해 보이기까지 했다.

"고생했다."

집으로 돌아오는 동안 큰형이 Y에게 뱉은 유일한 말이었다. Y를 본 아버지는 여전히 못마땅한 듯 얼굴을 잔뜩 찌푸렸고 어머니는 눈물만 흘렸다. 형수는 아이들 공부 봐주는 중이라며 얼굴을 비치지도 않았다. 큰형에게는 아들이 둘 있었는데 하나는 천재이고 하나는 천치였다. 형수는 그 둘을 돌보느라 정신없이 바빴다. 이튿날 Y는 자신의 아파트가 이미 남의 수중에 넘어가 돌아갈 곳이 없다는 사실을 알았다. 기어이 정치에 뛰어든 형은 국회의원 출마를 위해 Y의 아파트와 어머니의 집을 팔아 공천 신청을 했지만 탈락의 고배를 마셨다. 큰형은 곧 미국 특파원으로 나갈 것이라고 장담하면서 공천 탈락의 아픔을 스스로 위로했지만 Y의 아파트에 대해서는 한마디도 하지 않았다. 큰형은 아마도 교도소 앞에서 Y의 출소를 기다려 준 것으로 그것을 탕감했다고 생각하는 모양이었다. 큰형이라면 충분히 그럴 수 있는 사람이었다. 큰형은 도무지 만족을 몰랐다. 인간의 선량함은 가끔 보편성을 띠지만 큰형은 그런 보편성과는 거리가 먼 사람이었다. Y가 기억하는 큰형은 일관되게 그런 모습이었다. 억지를 부린다고 아파트가 돌아올 리가 없었다. Y는 초연했지만 1년이라는 시간이 허망했다. 큰형 집에 빌붙어 있기 싫었다.

Y는 마음을 다 잡지 못하고 이곳저곳 떠돌았다. 친구들의 숙소에서 며칠씩 기거하면서 취직자리를 찾았지만 마땅찮았고 사업은 더욱 엄두를 못 낼 형편이었다. Y의 앞날이 걱정된다며 친구들이 가끔 모여 앉았지만 희떠운 소리만 날리다가 술에 취해 건들건들 헤어졌다. 그들을 탓할 일이 아니었다. Y가 문제였다. 자신조차 제 인생이 어디론가 어떻게 흘러가는지 종잡을 수 없는데 하물며 친구들이랴 싶었다. 도무지 요령부득 인생이었다. 스물네 살 때 감히 자서전 쓸 생각을 할 만큼 사연이 많고 우연은 더 많은 기막힌 이야기가 질퍽하게 흘러넘치는 인생을 살아왔지만 Y는 자기 자신이 누구이며 어디에 있는지 전혀 생각나지 않았다. 그는 자기 자신에 대해 알 수 없었다.

그 무렵 Y의 유일한 버팀목이었던 어머니가 돌아가셨다. 이미 두 번이나 죽음의 상처를 겪은 Y에게 어머니의 죽음은 멀쩡하던 세상이 하루아침에 눈앞에서 사라져버린 것과 흡사했다. 어머니는 돌아가시면서도 Y의 이름으로 된 통장에 작은형의 목숨 값으로 나오는 연금과 자신의 용돈을 모은 이천만 원을 남겨놓았다. 큰형은 통장을 미처 발견하지 못한 것을 노골적으로 아쉬워했지만 통장 법적 소유자는 Y였다. 그래도 큰형은 통장을 가져가지 못해 계속 안달이었다. Y는 그런 큰형의 얼굴에 통장을 던져버리고 나오려 했는데 아버지가 앞을 막아서며 건방지게도 어머니의 뜻을 거스르지 말라고 했다. 아버지는 말로는 전통을 중시했지만 사실은 일관성 없이 그때그때 느끼는 기분에 따라 살았다.

Y에게 이천만 원을 빼앗겼다고 계속 불만을 터뜨리던 형은 결국 아버지를 수원에 있는 실버타운으로 강제 이주시켰다. 어머니가 돌아가신 후 전혀 딴 사람이 된 아버지는 순순히 큰형의 뜻대로 했다. 어머니는 돌아가시면서 실버타운의 조그마한 원룸 하나를 아버지 이름으로 분양해 놓았던 모양이었다. 어머니는 큰형에게 아무것도 남기지 않았다. 남길 게 없을 만큼 이미 많이 주었기 때문이었다. 무남독녀였던 어머니는 외할아버지로부터 꽤 많은 유산을 받았는데 애초부터 아버지는 그것을 목적으로 어머니와 결혼했다. 그 덕분에 아버지는 평생 일하지 않고도 먹고 살았지만 그 대가로 어머니의 돈은 한 푼도 가져갈 수 없었다. 그렇게 지킨 재산을 어머니가 대부분 물려주었지만 큰형은 늘 불만이었다. 어머니가 돌아가시자 큰형에게 아버지는 귀찮은 존재에 불과했다. 실

버타운에 들어가 6개월 정도 살던 아버지는 노환으로 주무시 듯이 밤사이에 돌아가셨다. 아버지가 돌아가시면 어머니와 함께 합장하기로 되어있었는데, 큰형은 Y와 상의도 없이 화장해 길바닥에 뿌리고 장례를 끝냈다.

큰형은 장례식을 마치고 기다렸다는 듯이 집안에 있던 아버지의 사진을 모두 찢었다. 그 이유를 묻는 Y에게 '자격이 없어서'라고 짧게 대답했다. 실버타운까지 처분하면서 집안에서 아버지의 흔적을 깨끗이 지운 큰형은 이제는 Y의 흔적을 지우려고 했다.

"너도 뭔가 해야지?"

큰형의 말이 끝나자 Y는 곧바로 집을 나왔다. 진즉에 나오지 않은 것이 후회되었다. 형은 말리는 시늉도 하지 않았고 형수는 이번에도 천재와 천치 두 아이의 공부 핑계로 얼굴조차 내밀지 않았다. 순식간에 작은형, 어머니, 아버지를 한꺼번에 잃은 Y는 그때부터 큰형도 죽은 사람으로 생각했다. 갑자기 Y를 둘러싸고 있던 가족의 세계가 사라져버렸다. 간헐적으로 옛 기억이 떠오를 뿐 가족들과 그를 둘러싼 애틋한 기억들이 서서히 사라져가고 있는 것을 느꼈다.

Y는 어머니가 마지막으로 물려준 이천만 원을 가지고 무엇을 할까 고민했다. 제일 처음 떠오른 것이 이상하게도 일본

이었다. 일본으로 가서 그냥 살아보고 싶은 마음이 들었다. 하지만 이천만 원은 일본에서 무엇을 시작하기에는 턱없이 부족한 돈이었다. 그렇다고 허투루 쓸 수 있는 돈도 아니었다. 급한 대로 고시원에 숙소를 마련한 Y는 이천만 원을 갖고 무엇을 할까 고민을 하며 이천만 원 가운데 일부를 허물어 쓰기 시작했다. 하고 싶은 것은 많았지만 가진 돈은 그 욕망을 해결하기에는 턱없이 초라했다. 어느 틈에 오백만 원이 이천만 원을 어떻게 쓸까 생각하는 경비로 들어갔다. Y는 초조해졌다. 포장마차부터 시장의 노점까지 제법 액수에 맞춤한 사업을 구체적으로 생각했지만 선뜻 행동으로 옮기기에는 추진력이 부족한 소심한 성격이 문제였다.

그렇게 지내던 Y는 어느 날 지하철 안에서 친구를 만났다. Y는 좌석에 앉아 꾸벅꾸벅 졸고 있는 그를 한눈에 알아보았다. 친구는 고등학교 예배시간에 통성으로 자신의 죄를 자복하며 예수님의 용서를 갈구하는 한 마리의 가련한 어린양이었다. 3년 동안 친구의 통성기도는 그치지 않았다. 그 덕분에 Y는 친구의 모습을 금방 기억할 수 있었다. 다행히 친구도 Y를 기억했다. 아마도 유난히 큰 덩치 때문이었을 것이다. Y는 고등학교 때의 덩치를 그대로 유지하고 있었다.

Y는 친구로부터 뜻밖의 솔깃한 제안을 받았다. 자신이 일

본에서 사업을 하는데 현지에서 믿고 관리해 줄 사람이 급히 필요해서 그러니 일본에서 일할 생각이 없느냐는 것이었다. 친구의 말을 듣는 순간 Y는 자신에게 그런 능력이 있다는 강한 자신감이 생기면서 지금이 일생일대의 기회라 여겨 흔쾌히 제안을 받아들였다. 그 후로 친구는 Y의 일본 숙소 계약금과 생활에 필요한 물품을 구입하기 위한 돈을 몇 차례 요구해서 보내주었다. 그랬더니 일본 땅에 발을 닿기도 전에 통장의 잔액이 0이 되었다. 그 무렵부터 친구로부터 연락이 차츰 뜸해지더니 Y가 연락을 했을 때 그의 핸드폰은 이미 지상에서 존재하지 않았다.

그렇게 일천오백만 원을 잃었지만 Y는 어쩐 일인지 자신이 평안해지는 것을 느꼈다. 목을 옥죄던 압박에서 덜커덕 풀려난 것처럼 시원하기까지 했다. 사실 Y는 세상에서 무엇이라는 목적을 의식하지 않으려고 무심하게 살았다. 그렇게 낭비되는 무심한 시간이 그에게는 편했다. Y의 그런 행동이야말로 뭔가에 제약받고 갇혀있다는 표시에 다름없었다. 도리어 돈을 모두 잃은 후에야 뭔가를 의식하지 않을 수 있는 그것이야말로 Y에게 잔인할 정도로 결여되어 있던 어떤 감각이었다. Y는 그것이 무엇인지 알지 못했다. 하지만 고통의 감각은 아니었다. Y가 그 감각을 안다는 것은 삶의 전제를 위반하는 어리석은 행위였다.

그래서 Y는 고민할 필요도 없이 예전에 가짜 휘발유를 제조해 팔던 일행을 수소문했다. 그들은 장소를 옮겨 일산에서 물장사를 하고 있었다. 무일푼인 Y는 우선 현장에서 직접 배달하는 조직책으로 들어가 1년 동안 밑천을 만들어 직접 소매상에 뛰었다. Y는 가짜를 열심히 팔면서 죄책감은 없었다. 그것만이 인생의 자부심이 걸려있기라도 한 듯이 최선을 다했다. 돈 없는 서민들에게 도움을 주는 당당한 일이라는 자긍심을 가졌다. 철저히 대포폰 통화로만 이루어지는 영업은 비밀만 잘 지켜 암암리에 소문이 나면 하루 판매 분량이 만만치가 않았다. 수입이 과거 도매상보다도 나았다. Y는 2년 동안 물장사를 통해 3억 정도를 벌었다. 직원도 없고 사무실도 없으니 나갈 게 없어 고스란히 Y의 몫이었다.

Y는 결혼도 했다. 아홉 살 어린 아내는 Y의 고객이었다. 회사 경리였던 그녀는 월급만으로는 살아가기에 빠듯해서 가끔 회사 차에 가짜 휘발유를 채우면서 Y와 잠깐씩 얼굴을 보는 사이였는데 어쩌다가 일이 끝나고 몇 번 같이 밥을 먹고 영화를 보았다. 그러다가 키스를 하고 섹스도 했다. 모텔에서 만나는 횟수가 잦아지자 이럴 것 없이 함께 살자고 뜻을 모았다. 결혼식 대신에 바로 혼인신고를 하고 일산에 28평짜

리 빌라를 전세 얻어 살림을 차렸다.

Y나 아내는 아이를 기다리는 스타일은 아니지만 이상하게도 2년이 지나도록 아이가 생기지 않았다. 일부러 피임을 하는 것도 아니었다. Y는 아내와 함께 병원에서 검사를 했지만 둘 다 정상이었다. 아이가 없는 게 누구의 잘못도 아닌데 괜스레 서로 눈치를 살폈다. 특히 소심한 Y는 자꾸 주눅이 들어 아내를 피했다. 고객을 기다리며 담배를 피우다 불현듯 가짜 휘발유를 팔아서 내 정자도 가짜가 아닐까하는 요상한 생각을 하다가 저도 모르게 주위를 두리번거리곤 했다. 그때부터 이상하게도 사소한 일을 트집 잡고 자꾸 아내와 싸웠다. 다투는 횟수가 크게 늘어 매일 싸우다시피 하면서 주위를 게을리한 탓인지 Y는 가짜 휘발유를 팔던 현장에서 덜미를 잡히고 말았다. 늘 각오하고 있어서 그런지 Y는 소심한 성격과는 다르게 크게 놀라지는 않았다. 당분간 아내와 싸우지 않아 차라리 다행이다 위로하며 선선히 잡혀갔다. 구속되어 서울구치소에 3개월 있으면서 집행유예에 보호관찰 1년을 선고 받았지만 추징금이 1억 넘었다. 일전의 죄명이 다행히 부수법 위반이어서 가짜 휘발유 판매는 초범인데다가 서민 생계형으로 보아 형량을 너그럽게 봐준 것이었다.

집행유예 선고를 받던 날 Y는 법정에서 바로 나올 줄 알았는데 어쩐 일인지 호송차를 타고 구치소로 돌아왔다. 짐을 꾸리라고 그런가 싶어 있어도 그만 없어도 그만인 짐을 주섬주섬 챙기는데 교도관이 벌금 안 낸 것이 있어서 내면 당장 나가지만 그렇지 않으면 대전교도소로 이감되어 노역방에서 몸으로 때워야 한다고 통보했다. 교통사고 접촉사고로 벌금 200만 원이 떨어져 있었는데 몰랐느냐고 교도관은 애석한 얼굴로 되물었다. 이미 수중에 가진 것을 모두 추징금으로 털어 넣은 Y는 아내에게 부탁을 하기도 민망해 노역방에서 몸으로 벌금을 모두 갚고 나왔다.

대전교소에서 나와 보니 아내는 Y와 상의도 없이 전세금을 빼내 24시간 찜질방 매점을 계약하고 이사를 한 후였다. 아내는 Y가 이제 위험한 물장사를 그만두고 자신과 함께 매점을 하자고 했다. Y에게 가장 힘든 것이 더위인데 찜질방은 생각만 해도 숨이 막힐 것 같았다. 어려서부터 목욕탕에 가는 것을 죽기보다도 싫어했던 Y는 서른이 넘도록 찜찔방을 출입하지 않았다. Y가 차마 그런 말은 못하고 직장을 알아보겠다고 하자 아내는 지금 찬밥 더운밥 가릴 때냐고 하루 걸러 목소리를 높였고 이틀 걸러 돌아누웠다. 참다못한 아내가 이혼을 요구했고 Y는 순순히 아내의 뜻에 따랐고 빈 몸으로 집을 나왔다. 아이가 없어서 다행이었다. 지금 돌이켜보면 둘 사이에 아이가 하나라도 있었으면 그렇게 쉽게 헤어질 수 있었을까 싶기도 했다.

다시 혼자가 된 Y는 어디로 갈지 잠깐 막막했다. 새삼스럽게 큰형을 찾아가기는 싫었다. 경찰서에서 조사를 받을 때 아내 이외의 보호자를 한 명 더 지정하라고 해서 큰형 연락처를 가르쳐주었더니 확인전화를 한 담당 형사에게 가급적 Y가 보지 못하도록 큰형의 집 주소를 가려달라 부탁하더라고 했다. 하루아침에 노숙자가 된 Y는 그때부터 전국을 떠돌며 닥치는 대로 일을 하면서 살았다. 몸으로 할 수 있는 일은 뭐든지 피하지 않았지만 건설현장의 노가다는 비대한 몸 때문에 현장 사람들이 손사래를 치며 받아주지 않아서 할 수 없었다.

그렇게 다니다가 결국은 해남 땅끝까지 흘러가 배를 탔다. 고동을 잡는 멍텅구리배였다. 선주네 집에서 숙식을 하며 배를 탔는데 처음 사나흘은 재미가 있었지만 곧 뱃멀미에 일이 너무 힘들었다. 그렇다고 사내자식이 시켜만 주면 열심히 하겠다고 한 말에 침이 마르기도 전에 거둬들이는 것도 못할 짓이었다. 힘에 부치는 것을 억지로 참으며 간신히 한 달을 버텼다. 선주는 월급을 정산해주기로 한 날짜가 되자 고동잡이가 영 신통치 않으니 한 달 더 일하고 계산을 하자고 했다. 월급을 계산하고 바로 떠날 작정이었던 Y는 실망이 컸다. 저녁을 먹는 둥 마는 둥 방에 돌아와 생각해보니 설사 선주의 말을 좇아 한 달 동안 일을 더 한다고 해도 돈을 받을 수 있다는 보장이 없었다. Y는 그 길로 선주에게 차비만 간신히 얻어 고향인 청주로 돌아왔다.

막상 오기는 했지만 고향이 자꾸 낯설었다. 다행히도 Y를 잊지 않고 달려온 고향 친구들은 여관방에서 이틀씩이나 함께 뒹굴며 부랄 두 쪽만 달랑 가지고 오랜만에 나타난 Y가 앞으로 무얼 하며 살까 머리를 맞대고 의논하다가 가끔 Y의 뒤통수를 철썩철썩 때렸지만 Y는 기분이 좋았다. 이틀 후 전자부품 납품 사업을 하는 후배를 불러낸 친구들은 무작정 Y를 그의 회사에 취직시키라고 강요했다. 모처럼 선배들을 만나 술이나 마시려고 나왔던 후배는 처음에는 당황하는 빛이 역력했지만 Y의 몰골을 본 후에 고개를 끄덕였다. 후배는 아마도 Y의 어머니를 생각해서 흔쾌히 동의했을 것이다. 후배는 어머니가 각별히 아끼던 제자였다. Y는 그런 방법으로 후배의 회사에서 일을 하는데도 창피하지 않았다.

회사 입사에 필요한 서류를 준비하던 Y는 그때야 자신이 1년 동안 보호관찰 대상자이고, 그 가운데 2개월은 보호관찰소에 가서 그동안의 행적을 글로 적어 보고했지만 나머지 4개월 동안은 나가지 않은 것을 깨달았다. 고민을 하던 Y는 새롭게 출발하는 마당에 그것이 걸림돌이 되어서는 안 된다는 결심을 하고 스스로 걸어가 자수를 했다. 보호관찰담당자는 그동안 수십 번 연락을 했다고 반색하면서 Y가 구속되어도 곧 나오도록 보호관찰소 담당의 의견을 잘 써줄 터이니 너무 걱정하지 말고 열흘 정도만 고생하라고 했다. 그 말을 믿고 Y는 후배에게 처리할 일이 있어 열흘 후에 출근하겠다는 양해를 구하고 검찰에서 조사를 받고 구속되었던 것이다.

천천히 복도를 걸어가는 Y는 쉽게 이곳을 나가기 어렵다는 것을 직감한다. 심장 저 밑바닥부터 올라오는 깊은 한숨이 복도를 향해 길고도 낮게 깔린다. 오늘이 구속된 지 열흘이 되는 날이다. 보호관찰소 담당자가 약속한 그 열흘의 마지막 날이지만 Y는 바깥세상이 아니라 구치소 복도를 걸어 감방으로 돌아가는 중이다. 판사는 Y의 주거가 불분명해 내보낼 수 없으니 일단 감방에 돌아가 있으면 면밀히 검토한 후 다시 부르겠다며 일방적으로 재판을 끝냈다. Y는 자신이 판사의 눈에 말 그대로 범죄자로 밖에 보이지 않는다는 것을 안다. 과거 Y가 겪었던 끔찍한 시련, 죽음의 공포, 패배도 현재의 한낱 범죄자를 넘어서는 무엇을 설명해주지 못하기 때문이다. 판사 눈에 Y는 회복 가능성이 없는 파렴치한 범죄자였다. 그러니까 Y 앞에서 잔인하지만 면밀하게 검토해보고 연락을 한다는 적절한 태도를 유지할 수 있었던 것이다. 검사의 기소가 기각되지 않고 받아들여지면 Y는 남은 집행유예 5개월을 구치소에서 살아야 한다.

Y는 앞으로 얼마나 더 긴장을 한 채 판사의 연락을 기다려야 할지 막막하며, 혹시 판사가 자신의 사건을 잊어버리면 어쩌지 하는 두려움에 휩싸여 13방에서 웅크리고 있어야 한다는 것을 안다. 그래서 두렵다. 그렇다고 방에 돌아가서 이런 감정과 두려움을 노골적으로 드러낼 수도 없다. 13방 여덟 명 식구들 중에는 벌써 징역 2년 6개월이 확정된 사람이 있고, 1심에서 5년을 받아 항소 중인 사람이 있으며, 2년이 되도록 구치소를 떠돌며 1심 재판을 하는 사람도 있다. 앞으로 교도소에서 살아갈 수많은 날을 짊어진 그들의 어깨 위에 Y의 사연까지 덧붙여 무겁게 할 수는 없다. 그들의 처지에서 보면 보호관찰 위반으로 들어온 Y와 같은 부류는 가볍게 웃고 넘길 아무것도 아닌 것에 불과하다. Y는 발걸음이 무겁기만 하다. 복도를 꺾어 돌자 멀리 13방이 보인다.

그때 성직자 차림을 한 것 같은 젊은이가 복도 끝에서 이쪽으로 걸어오는 게 보인다. 그에게서 청결한 냄새가 난다. 그가 다가오자 Y는 저도 모르게 닳고 닳은 복도 시멘트 바닥에 무릎을 꿇는다. 하지만 그는 Y를 본체만체 그냥 지나친다. 그제야 Y는 그가 젊은 성직자가 아니라 종교적인 신념으로 군 입대를 거부하고 구치소에 들어온 5사 담당 출역이라는 것을 알아차리지만 멋쩍기는커녕 그가 부럽다. 자신의 몸 어디에도 그런 신념이 존재하지 않는다. 신념은 고사하고 Y는 정신적으로나 육체적으로 가짜 휘발유 따위에 의존해 살아온 그저 그런 사람이었다. 그 순간에야 Y는 비로소 눈물이 난다. 그리고 그의 가족이 마음 한구석에 어렴풋이 떠오르다가 지워진다. Y는 앞으로 한없이 무엇인가를 기다리는 시간이 필요하다는 것을 알면서도, 어젯밤처럼 앞으로의 시간이나 자신의 무엇을 위해 기도하지 않을 작정이다. 만약 그래야 한다면 어쩐지 새로운 길의 시작으로 느껴지는 13방 식구들을 위해서만 기도할 생각이다. 그러려면 응당 자신이 있어야 할 장소로 갈 용기가 필요하다. 차가운 시멘트 바닥에서 일어난 Y는 머리를 높이 쳐들고 등을 꼿꼿이 세워 힘차게 걷는다. 정말 긴 하루였다.

미결인간

P

P는 구치소에서 집행유예로 출소한 지 한 달이 지나도록 여전히 미결수라는 느낌에서 헤어나지 못하고 있었다. 오늘 아침에도 역시 그런 기분으로 방안에 앉아 창문으로 보이는 흐린 하늘을 바라보았다. 누군가와 통화를 끝낸 아내가 P를 힐끗 돌아보며 말했다.

"어머니가 병원에 입원하셨대요."

"입원이라니?"

"어머니 담당 사회복지사인데 당신이 아직 그곳에 있는 줄 알던데…"

아내가 말한 그곳이라는 단어가 P의 가슴을 무지근하게 눌렀다.

"어디에 있는 병원이래?"

"이곳으로 전화부터 해봐요."

아내가 내민 쪽지를 받아 든 P는 책상 위에 놓인 전화기를 바라보면서도 선뜻 손이 가지 않았다. 어제 통화할 때만 해도 어머니는 별다른 말씀이 없으셨다. 팔순을 넘긴 나이라 자고 나면 어떻게 될지 모를 일이긴 했다. 출소 후 지금까지 어머니 얼굴을 보지 못하다가 오늘에야 겨우 치과에 모시고 가는 핑계를 만들었는데 이게 무슨 일인가 싶었다. 전화번호를 누르는 P의 손가락이 가늘게 떨렸다. 전화기 저편의 귀에 익은 목소리는 어머니를 보살펴주고 있다는 그 여자였다.

"저, 장희자 어르신 때문에…"

어떻게 말을 꺼낼까 고심하며 더듬거리는데 저쪽에서 금방 반색을 했다.

"아, 아드님이시군요. 근데 웬일이세요?"

"어머니께서 입원하셨다고 해서…"

"입원이라뇨? 방금 제가 집에서 뵙고 나왔는데요."

잠시 숨을 몰아쉬고 다시 빠르게 내뱉기 시작한 여자의 말에 따르면 음식을 먹고 체한 어머니가 약을 먹고 병원에 다녀도 차도가 없자 위내시경 검사를 할 작정이었는데 의사가 심장이 부어 있어 검사가 위험할 수 있으니 보호자 동의를 받으라고 했다는 것이었다. 어머니를 모시고 병원에 다니는 여자가 기초수급자인 어머니의 이런 사정을 동사무소에 알렸는데 사회복지사가 입원한 것으로 잘못 알고 아내에게 전화를 한 모양이라는 것이었다. 저간의 사정을 다소 장황하게 덜이놓은 여자가 갑자기 목소리를 낮추었다.

"그런데 혹시 며느님께서 아드님이 그곳에서 나오셨다고 하지는 않았겠죠?"

그곳이라는 말이 돌을 올려놓은 듯이 또 P의 가슴을 묵직하게 눌렀다.

"예, 그런 모양입니다."

"다행이네요. 지난번에도 말씀드렸듯이 혹시라도 아드님이 나오신 걸 알면 어머니 기초수급자 자격이 끊길 수도 있으니 당분간 비밀로 하셔야 합니다. 오늘 어머님 모시고 치과에 가시기로 했다면서요?"

"예."

"그런 일은 저랑 먼저 의논을 하시지 그러셨어요? 제가 모시고 가도 되는데…"

"아닙니다. 오늘은 제가 모시고 가겠습니다."

"알겠어요. 그렇지만 어머님 일은 제가 알아서 할 테니 아드님은 가급적 나서지 마세요."

P가 미처 대답할 사이도 없이 여자 쪽에서 일방적으로 전

화를 끊었다. 수화기를 내려놓는 P의 이마에 땀이 축축하게 맺혔다. P는 여자를 직접 만난 적이 없었다. 그동안 전화 통화 몇 번이 고작이었다. 구치소에서 나온 며칠 후 어머니께 연락을 했더니 때맞춰 곁에 있던 여자가 수화기를 바꿔들고 당분간 출소를 비밀로 하자는 것이었다. 다짜고짜 들이대는 말투가 마음에 들지 않았지만 순순히 응한 것은 어머니의 조 바심 때문이었다. 기초생활수급자 자격을 취득한 것이 여자 덕분이라고 믿고 있는 어머니는 여자의 말이라면 무조건 따 랐다. 여자가 동사무소를 비롯해 관공서 이곳저곳을 뛰어다 니며 애를 쓴 것은 사실이었다. 채권단에 쫓겨 다니는 틈틈 이 P는 여자가 요구하는 '부양의무자 세대조사표' '금융거래 정보 제공동의서' '부양의무 불이행 소명표' 같은 서류를 나 름대로 성심껏 만들어 보냈다. 은행 세 곳과 두 군데의 보험 회사, 제2금융권의 채무증명원을 비롯한 각종 채무증명서를 만질 때 무슨 차가운 물건을 만진 듯 섬뜩하던 기억이 지금도 생생했다. 부양할 가족이 있으면 자칫 기초수급 자격을 상실 할 수도 있다는 여자의 말에 놀란 어머니는 P가 집에 오는 것 을 극구 만류했다. 행여 실수라도 해서 P에게 짐이 되는 상황 을 만들어서는 안 된다는 어머니의 마음인 줄 뻔히 알면서도 출소 후 한 달이 지나도록 어머니 얼굴을 볼 수 없어 내심 답답할 따름이었다. 현실이 이렇다 보니 P는 여자가 어머니와 자신 사이를 막고 있는 장벽처럼 느껴졌다.

"어떻게 된 거예요?"

아내가 부엌문 틈으로 얼굴만 내밀고 물었다.

"입원하신 건 아닌가 봐."

아내는 금방 모습을 감추었다. P는 어머니께 전화를 할까 하다가 그만두었다. 가는귀가 먹은 그녀와의 전화 통화는 서로 고역이었다. 외출 때 들고 다니는 검정 가방을 꺼내 뽀얗게 쌓인 먼지를 털어내던 P는 저도 모르게 안도의 한숨이 흘러나왔다. 어머니께 별일이 없다는 것을 알고 몰려드는 안도감이려니 하고 범상히 넘기려는데 가슴 밑바닥에서 기어오르는 기운이 꼭 그것만은 아닌 듯싶었다. 고개를 갸웃거리던 P는 설핏 얼굴이 붉어졌다. 그때 아내가 국화차가 담긴 박스와 검은 봉지를 양손에 들고 나타났다. 아내는 어머니에게 가는 길에 일산 친구에게 국화차를 전해달라고 부탁했다. 일산이라는 지명에 P는 브레이크를 밟듯이 가슴이 덜컥했다.

"여기 주소 적어놨어요. 집에 사람이 없으면 국화차는 경비실에 맡기세요. 이건 주먹밥인데 가다가 전철에서 배고프면 드시고요."

아내가 주먹밥이 든 봉지를 P 앞에 내밀었다. 구치소에 나온 후 도통 아침을 먹지 못하는 P를 생각해서 만든 모양이었다. 국화차 박스는 생각보다 가벼웠다. P는 한때 채권단을 피해 가족을 데리고 산골 폐가에 잠깐 머무른 적이 있었다. 가을 무렵이었다. 아내는 아이들을 데리고 산과 들에 지천으로 핀 노란 들국화 꽃을 따 국화차를 만들었다. 가을 내내 제법 많은 분량의 차를 만들었다. 결혼 전에 생태환경 쪽 일을 한 아내는 꽃을 비롯한 온갖 식물에 관심이 많았다. 아내는 그때 만들어 두었던 국화차를 지인들에게 팔아 생활비를 보태는 모양이었다. 어머니 드리라며 국화차 한 박스를 가방에 따로 넣어준 아내는 이만 원을 P 손에 쥐어주었다.

출소 후 처음 하는 외출이었다. 아직 휴대폰도 없었다. P는 전철역으로 향하는 발걸음이 자꾸 흔들렸다. 때맞추어 들어오는 전철에 앉아서야 등줄기가 흥건하게 땀에 젖은 것을 알았다. 전철 가장자리에 앉았지만 좀처럼 눈을 감고 잠을 청할 수 없었다. 초겨울의 그날도 P는 지금처럼 서울로 가는 전철을 타고 있었다. 폐가에서 어린 아이들을 데리고 겨울을 날 수 없는 노릇이어서 서울 근교에 두 달 월세를 선불로 주고 어렵게 방 한 칸을 빌려 짐을 푼 P는 방 보증금을 구하기 위해 아침 일찍 전철을 탔다. 이틀 전에 느닷없이 내린 폭설로 세상은 온통 하얗게 빛나고 있었다. 전철이 출발하자 P는 곧 잠이 들었다. 채권단을 피해 다니면서 좀처럼 맛보지 못한 깊은 잠이었다. 최 사장 사무실이 있는 동대문까지 가는 동안 한번도 깨지 않았다. 동대문 지하역사를 빠져나오는데도 잠이 깨지 않아 입에서는 자꾸 하품이 나오고 눈앞이 뿌옇게 흐려 사물이 제대로 보이지 않았다. 보증금을 빌리려고 찾아가는 최 사장이 박카스를 좋아한다는 것을 기억하고 약국을 찾아 두리번거리는데 누군가 앞을 막아섰다. 고개를 들어보니 경찰관이 주민등록증을 요구했다. 그때야 P는 비로소 의식을 둘러싸고 있던 깊은 잠에서 빠져나오는 것 같았다. 수배 중인 사실이 드러나 곧장 동대문 경찰서로 연행되었다. 은빛 수갑을 찬 채로 수배를 내린 관할경찰서 담당 형사가 오기를 기다렸다. 밤이 되어서야 관할 경찰서로 넘겨져 유치장에서 밤을 보내고 다음 날 오전에 담당 형사가 꾸민 조서에 손도장을 찍었다. 새파랗게 젊은 형사는 측은한 눈빛으로 조심해서 다니지 그랬어요? 아저씨 같은 경우가 한두 건이 아니라서… 하면서 말끝을 흐렸다. 이튿날 형사가 구속영장을 신청했고 P는 영장실질검사에 참석하지 않았다. 비록 고의가 아니더라도 남의 돈을 갚지 못한 것은 사실이었고, 그들을 피해 다닌 것은 고의적인 도피였다. 검사는 영장에 P가 애초에 갚을 능력이나 의사가 없이 사업자금을 빌리거나 대출 받았다고 명

시해 사업상 부도가 난 P를 파렴치범으로 만들었다. 그렇기에 실형을 각오하고 있던 P에게 집행유예는 너무나도 뜻밖이었다.

그때의 일이 떠올라 P는 전철 안에서 좀처럼 눈을 붙이지 못했다. 급행전철이어서 그런지 생각보다 이른 시간 목적지에 닿았다. 어두운 하늘에서는 금방 굵은 빗줄기가 쏟아질 것 같았다. P는 어머니와 만나 치과에 먼저 들른 후 아내가 부탁한 국화차를 배달할 생각이었다. 어머니는 구청에서 실시하는 무료틀니사업 혜택으로 틀니를 새로 한 모양인데 6개월이 지난 지금까지도 제자리를 못 잡아 고생하고 있었다. 아내에게 그 사실을 전해들은 P가 치과에 모시고 가겠다고 수차례 전화를 했지만 한사코 혼자 가겠다고 고집이었다. 참다못한 P가 기초수급 자격이 아들보다 더 중하냐고 버럭 화를 냈다. 그제야 마지못해 응하면서도 어머니는 집으로 오지 말고 치과 앞에서 만나자고 신신당부였다.

P가 농협 건물 3층에 있는 치과 앞에 도착했을 때 우중충한 하늘에서 약한 빗방울이 떨어졌다. 약속시간이 되었는데도 어머니가 보이지 않아 공중전화로 집에 전화를 해도 받지 않았다. 30분이 지나서야 달려들 듯이 깜박이는 파란불에 쫓겨 허둥지둥 횡단보도를 건너온 어머니는 P를 보며 크게 한

숨을 내쉬었다. 차비를 아끼려고 전철을 이용한 모양인데 집에서 두정거장인 이곳까지 오는데 한 시간은 족히 걸린 듯했다. P는 조금만 걸어도 숨이 차 아무 곳에나 주저앉아 헐떡거리는 어머니의 모습이 눈앞에 어른거렸다.

"택시 타라고 말씀드렸잖아요."

P의 짜증은 아랑곳없이 주위를 조심스럽게 둘러보던 어머니가 은근한 목소리로 소곤거렸다.

"아범아. 제발 목소리 낮춰라."

말문이 막힌 P는 치과 입구 계단에 앉아 가쁜 숨을 몰아쉬는 어머니 곁에 우두커니 서있었다. 할 말이 많았지만 막상 어머니를 보자 그냥 막막했다. 평생을 무엇에 쫓기듯이 매사에 조심조심 살아온 어머니는 결코 변하지 않으리라는 것을 P는 알고 있었다. 그 누구도 어머니를 딴 사람으로 만들 수 없다는 생각을 하며 구둣발로 벽을 툭툭 차고 있던 P가 한숨 돌렸으면 그만 올라가자며 앞장섰다. 그때 어머니가 갑자기 P의 팔을 덥석 움켜잡았다. 억센 기운이 팔순의 나이가 믿기지 않을 정도였다.

"아범아. 치과에서 아범을 조카라고 하자. 안 그러면 난 그냥 돌아갈란다."

"치과에서까지 뭐 그럴 필요 있어요. 제게 맡겨두세요."

"아니라니까 그런다. 어미 말 들어라."

결국 P에게 약조를 받아낸 어머니가 앞장서 계단을 올랐다. 치과건물에는 승강기가 없었다. 치과 안은 손님들로 북적였고 예약시간을 지키지 못해 기다려야 했다. 어머니는 한동안 문턱이 닳도록 치과를 찾은 모양이었다. 그때마다 의사가 초기에는 누구나 그런 과정을 겪으니 꾸준히 다니면서 교정하라는 말만 되풀이하자 병원에 다니기도 힘에 부치던 터라 틀니 교정을 단념해 버린 것이었다. 통증 때문에 틀니를 빼놓고 밥을 먹으며 김치조각이라도 씹으려다 보니 먹은 게 자꾸 체해 결국 위내시경 검사까지 해야 할 지경이었다.

"심장이 부었다는데 그런 말씀을 왜 안 하셨어요?"

"뭐 좋은 일이라고 알려."

"아들이 남을 통해 어머니 몸 상태를 들어야…?"

갑자기 옆구리가 따끔해 P가 고개를 돌려보니 어머니가 눈을 동그랗게 뜨고 노려보고 있었다. P는 아차 싶었다. 저도 모르게 어머니를 어머니라고 부른 것을 깨달았다. 마치 독물이 든 물을 마신 것처럼 굳어버린 어머니의 얼굴은 쉽게 풀리지 않았다. P는 입속 가득 고이는 쓴침을 자꾸 삼켰다. 한참 후에야 키가 작고 역도 선수처럼 상체가 발달한 치과의사를 만날 수 있었다. 어머니는 의사에게 P를 가리키며 조카라고 두 번이나 말했지만 무덤덤한 얼굴의 그는 어머니 입안만 요리조리 살필 뿐이었다.

"조카님. 제가 어르신 잘 기억합니다. 고령이라 잇몸이 닳고 주저앉아 틀니를 맞추기가 많이 힘들었습니다. 어르신께서 불편을 감수하고 꾸준히 치과에 나오셔서 교정을 받으셔야 했는데 지금은 시간이 너무 많이 흘러 어쩔 도리가 없습니다."

의사의 입에서 자연스럽게 튀어나오는 조카라는 말이 표적을 향해 정확히 날아드는 표창처럼 P의 가슴에 꽂혔다. 고개를 뒤로 젖힌 채 입을 벌리고 있던 어머니는 의사 입에서 조카라는 말이 나올 때마다 입꼬리를 한껏 위로 끌어당겼다. 어머니의 틀니에 아무런 조치를 취하지도 않았으면서도 의사는 말간 물에 손을 여러 번 씻었다. 치료가 끝났다는 간호사의 말에 어머니는 맥없이 물을 한 모금 오물거리고는 치료대에서 내려왔다. P는 다음 손님을 부르는 간호사의 목소리를 등 뒤로 하면서 어머니와 치과를 나왔다. 밀린 숙제를 해치운 것처럼 시원한 얼굴로 치과 계단을 내려오던 어머니가 기어코 한 마디 던졌다.

"그 봐라. 와 봐야 아무 소용이 없다고 했잖아."

P는 대꾸 없이 가파른 계단을 내려왔다.

"점심 드시고 가세요."

“싫다. 아범이 무슨 돈이 있다고. 그만 갈란다. 볼일 어서
끝내고 집에 돌아가도록 해. 괜히 옷자락에 객지 바람 오래
묻혀 봤자 좋을 것 없다. 몸도 성치 않을 텐데.”

“어머니…”

무슨 말을 하려고 벙긋하던 P가 입을 다물었다. 그런 P의
얼굴을 어머니가 빤히 쳐다보았다. 그 바람에 P의 얼굴이 눈
에 띄게 붉어졌다. 하지만 P는 자신의 그런 모습이야말로 아
무런 의미가 없고 그래서 어떤 문제에 대한 뾰족한 해결방법
도 찾아낼 수 없다는 것을 잘 알고 있었다.

“택시.”

호기롭게 택시를 부른 어머니는 P의 얼굴을 자세히 들여
다 볼 여유도 없이 쫓기듯이 택시를 타고 사라졌다. 급하게
서두르는 어머니의 기세에 눌려 이런저런 이야기도 못한 P는
치과 앞을 한동안 떠날 수 없었다. 가슴속에서 뭔가가 죽어버
렸다는 느낌이 파문처럼 일었다. 빗물에 젖어있는 치과 간판
을 우두커니 쳐다보고 있던 P는 국화차가 들어 있는 쇼핑백
에 빗물이 흘러내리는 것을 보며 지하역사를 향해 걸었다.

전철은 좀처럼 오지 않았다. 평일 오후의 일산 방향 전철
은 운행 간격 시간이 뜸하다는 것을 모르는 것도 아닌데 자꾸
조급증이 일었다. 기다리는 것이 싫었다. 구치소 안에서는

늘 기다림의 연속이었다. 면회를 기다리고, 변호사를 기다리고, 검찰 조사를 기다리고, 재판을 기다리고, 식사 때를 기다리고, 운동 시간을 기다리고, 목욕날을 기다리고, 머리 깎는 날을 기다리고, 옥상에 빨래 말리는 시간을 기다렸다. 무엇하나 해결되는 것이 없어도 늘 무엇인가를 기다려야 했다. 손으로 만든 달력에 하루하루 가위표를 하면서 가끔 영문도 모르면서 무엇인가를 마냥 기다렸다. 전철이 들어오는 방향을 수시로 살피던 P는 도착한 전철에서 사람들이 미처 내리기도 전에 안으로 비집고 들어가 자리에 앉으면서 거칠게 숨을 몰아쉬는 자신의 모습에 잠시 아연했다. 부들부들 몸을 떨면서 어둡지만 종일 불빛이 사라지지 않는 구치소의 차디찬 방바닥으로 추락한 공포에 사로잡혀 있는데 귀에 익은 역 이름이 들려오기 시작했다.

일산에 살던 몇 년은 P에게 가장 바쁘고도 충만한 시간이었다. 결혼하고 그토록 원하던 아이들이 태어났다. 주말이면 아내와 아이를 승용차에 태우고 교외로 나가 바닷길을 드라이브하거나 낙조가 좋은 섬의 숙소에 짐을 풀고 맛좋은 먹을거리를 찾아다녔다. 퇴근 후 아이들이 잠든 늦은 밤에 이따금 아내와 손을 잡고 집 근처의 분위기 좋은 맥줏집에 들어가 흑맥주를 마시고, 아파트 동호회에서 만난 부부들과 함께 참치회를 먹으러 몰려다녔다. 가끔 공연장에도 가고 야구장을 찾았다. 새벽이면 안개가 미처 걷히지 않은 호수공원을 산책하며 하루를 시작했고 봄, 여름, 가을, 겨울 바뀌는 호수의 정경을 담담하게 지켜볼 수 있는 마음의 여유도 있었다. 하지만 막대한 자금을 들여 개발한 신제품이 시장에서 거듭 실패하면서 내리막을 걷던 회사는 결국 부도처리 되고 부채만 잔뜩 짊어진 P는 빈털터리로 일산을 떠나야 했다.

전철에서 내려 밖으로 나오니 가느다란 빗방울은 여전했고 바람이 불었다. 국화차를 배달할 곳이 어디인지 갈피가 잡히지 않았다. 아내에게 주소를 받아들었을 때는 익숙한 지명이었는데 막상 와보니 난감할 따름이었다. 몇 명의 사람들에게 묻고서야 겨우 이정표를 찾을 수 있었다. 이정표를 따라 뿌옇게 보이는 아파트 단지를 향해 걸었다. 바람이 점점 사나와지고 있었다. 바람의 사나움만큼 바람 끝의 냉기도 만만찮았다. 국화차를 배달할 곳은 아파트 출입구 경비실에서 가까운 곳에 있었다. 사람이 없어 경비실에 국화차를 맡기고 돌아 나오는데 어쩐지 거리가 눈에 익었다. 주거래은행이 있어서 하루에도 서너 번씩 들렀던 곳이었다. 은행은 그사이 이름이 바뀌었다. 회사가 최종부도 나던 날도 오늘처럼 바람이 불고 비가 내렸다. P는 그날 많이 외로웠다. 밤의 가장 어두운 곳으로 던져진 것과 같은 외로움이었다. 그때의 외로움을 생각하면 차라리 구치소가 고마웠다. 구치소에서는 싫든 좋든 항상 누군가가 곁에 있었다. 상념에 잠겨 쫓기듯이 걷던 P는 갑자기 맹렬한 허기를 느꼈다. 아내가 만들어준 주먹밥은 싸늘했다. 편의점에서 따뜻한 컵라면 국물과 함께 주먹밥을 먹으며 P는 아내의 편지를 생각했다. 그동안 수십 번도 더 펼쳐 본 아내의 편지는 새카맣게 손때가 묻어 있었다.

P가 아내의 편지를 받은 것은 집행유예 판결 사흘 전이었다. 구치소에서 처음 받아 본 아내의 편지는 부피가 무척 얇았다. 내용 역시 아주 짧았다. 아내는 고단했던 지난 몇 년의 삶을 담담하게 술회하며 아이들과 함께 떠나겠다고 했다. P가 출소해도 집에 아무도 없을 것이라고 말한 아내의 편지는 '당신은 이제 혼자입니다'라는 말로 끝을 맺었다. 편지를 받고 사흘 후 재판이 있었지만 아내는 재판정에 오지 않았다. 실형을 각오했던 P는 지속적으로 채무를 변재할 의지를 보였다는 점을 인정한 재판부의 선처 덕분에 집행유예를 선고받았다.

구치소에서 나왔지만 P는 선뜻 집으로 갈 수 없었다. 아내의 편지가 집으로 향하는 발목을 자꾸 붙들었다. 마지막으로 붙들고 있던 몇 푼마저 채권단에게 내주라는 P의 말에 잠깐 이마를 찡그릴 뿐 선선히 통장을 내어준 아내를 볼 면목이 없었다. 찜질방에서 이틀을 지내던 P는 혹시나 싶어 집으로 갔다. 아이들과 집에 있던 아내는 눈앞에 나타난 P를 보며 무척 놀라는 표정을 지었지만 금방 담담한 얼굴로 돌아갔다. P가 집행유예로 풀려난 사실을 몰랐던 아내는 잠깐 나갔다오더니 두부 한 모와 맥주 한 병이 놓인 상을 차려왔다. 아내는 두부가 담긴 접시를 손끝으로 살짝 밀며 젓가락을 P 앞에 내밀었다. 무거운 쇠젓가락을 받아든 순간 P는 이제야 정상적인 생활로 돌아왔구나 싶어 콧속이 매콤했다. 구속되던 날부터 사용한 플라스틱 숟가락과 젓가락의 가벼움은 먹은 음식을 가볍게 만들뿐만 아니라 자신조차도 수수깡으로 만든 것 같은 가벼움의 착각을 불러일으키게 했다. P는 두부 한 모와 맥주 한 병을 말끔히 먹어치웠다. 지난 2년 간 P는 도망자였다. 빚 독촉에 시달리고 사채업자가 보낸 조폭들에게 시달리고 고소에 시달리고 형사 취조에 시달리다가 결국 구치소까지 갔다 온 것이었다. 출소 한 달이 지나도록 아내는 편지 내용을 일절 언급하지 않았다. P도 마찬가지였다. 각자 자신의 방문 뒤에서 똑같은 곤란에 처해 있는 사람들처럼 서있을 따름이었다. 아내는 아이들을 유치원에 보내지 않고 하루 종일 P의 곁에 머물게 하면서 이따금 음식을 만들어 P와 아이들 앞에 내밀었다. 이따금 국화차 박스 꾸러미를 들고 외출을 하거나 책을 읽으며 마치 무엇인가를 간절히 기다리는 사람처럼 문 앞에서 종일 서성이기도 했다. 그러던 아내가 오늘은 아침부터 아이들을 다시 유치원에 보내고 P에게 심부름을 시켰다. P는 그런 아내의 속내를 알 수 없었다. 혹 안다고 하더라도 구치소에 받은 아내의 편지 때문에 사실상 마지막 남은 삶의 동인 動因까지 모두 잃어버린 터에 과연 무엇을 할 수 있을지 의문이었다.

편의점을 나온 P는 호수공원을 향해 걸었다. 크고 작은 자동차로 빼곡하던 공원의 주차장은 비었고, 호수를 둘러싼 나무들이 사나운 바람에 잎이 찢긴 얼굴을 하고 있었다. 발길에 걸리는 나뭇잎이 가시처럼 정강이를 찔렀다. 파산을 한 P는 채권자들을 피해 집을 나섰지만 막상 갈 곳이 없어 늘 호수를 배회했다. 호수를 찾는 수많은 사람들의 익명성 속에 몸을 숨길 수 있어 좋았다. 초겨울의 호수는 인적이 드물었고 주위 광경이 앙상했지만 물은 그때와 같이 한결 같은 빛으로 여전했다.

생태보존 지역으로 꾸며진 호수 상류로 발길을 옮기던 P는 갑자기 걸음을 멈추었다. 억새풀 사이로 서너 개의 큼직한 돌이 놓여 있는 곳이었다. 그날 코트 주머니 가득 들어있는 수면제를 만지작거리며 어둠속에서 먼동이 트는 것을 지켜보고 있던 P는 더 밝아지기 전에 끝내고 싶었다. 수면제를 한 주먹 움켜잡고 입에 막 털어 넣으려던 순간이었다. 갑자기 집 안 곳곳에 붙어 있던 빨간 차압딱지가 붉고 흉측한 벌레로 변해 P의 얼굴과 몸에 달려들었다. 순식간에 달려든 흉측한 붉은 벌레들은 P의 몸을 갉아먹기 시작했다. 그 순간 하늘이 환하게 밝아졌다가 푸른색으로 변했다가 거대한 어둠의 장막처럼 검어졌다. 순간 격심한 두려움과 부끄러움이 차가운 밤의 성에처럼 몸속으로 차갑게 내려앉으면서 P는 심하게 몸을 떨기 시작했다. 그 바람에 들고 있던 수면제가 마치 볶은 콩처럼 사방으로 튀었지만 주울 엄두를 내지 못하고 P는 집을 향해 무작정 달리기 시작했다. 흉측한 붉은 벌레가 금방이라도 아내와 아이들을 잔인하게 물어뜯을 것만 같았다. 그 후로 우여곡절을 겪으면서도 P는 여전히 살아있지만 그 흉측한 붉은 벌레로부터 해방되기는커녕 그때의 문제가 고스란히 현실로 남은 채 아무것도 해결하지 못하고, 해결할 수도 없는, 무력한 인간으로 살고 있었다.

호수공원의 풍경은 예전의 모습 그대로 돌아간 듯이 보였다. P는 최소한 그렇게 믿으려 애썼다. 하지만 의지란 아무것도 아닐 수가 있었다. P는 호수공원을 뒤로하고 걷기 시작했다. 얼마를 걸었는지 몰랐다. 풀리지 않은 매듭이 자꾸 걷게 만들었고, 실상 그가 할 수 있는 일이라는 게 그것이 고작이었다. P는 무작정 걸었다. 구치소에 있을 때 매일 화장실에서 뛰었다. 다람쥐 쳇바퀴 돌듯이 제자리에서 심장이 터질듯이 뛰었지만 단 1미터도 앞으로 나아갈 수 없었다. 하지만 지금은 달랐다.

전철을 타고 내리면서 얼마나 걸었을까? P는 걸음을 멈추고 주위를 살폈다. 어머니와 함께 왔던 치과 앞이었다. 그사이 어둠이 깔린 거리에는 간판에서 흘러내린 불빛이 얼룽덜룽 비추고 있었다. 3층 치과 창문에서 불빛이 환하게 새어나왔다. 계단을 성큼성큼 올라간 P가 출입문을 힘껏 밀었다. 카운터 앞에 모여 앉아 잡담을 나누던 간호사들이 일제히 P를 쳐다보았다.

"의사 선생님 계십니까?"

"무슨 일이시죠? 진료시간이 끝났습니다."

간호사가 미처 말을 끝내기도 전에 P는 치과의사가 있는 진찰실 문을 열고 들어갔다. 흰 가운을 벗고 양복 윗도리를 입고 있던 의사가 놀란 얼굴로 P를 바라보았다. 의사 앞에 버티고 선 P가 가방에서 국화차 봉지를 꺼내 앞으로 내밀었다. P가 내민 국화차 봉지를 슬쩍 바라본 의사는 양복 윗도리에 남은 팔을 마저 밀어 넣으며 별다른 말이 없었다. 의사의 그런 태도를 보며 P는 버럭 고함지르듯이 그러나 사실은 지극히 작은 목소리로 애원하듯이 말했다.

"선생님 사실은 제가 그분의 조카가 아니라 아들입니다."

뚱한 얼굴로 P를 쳐다보던 의사가 신고 있던 슬리퍼를 구두로 갈아 신으며 마지못한 얼굴로 입을 열었다.

"그렇습니까? 뭐 조카니 아들이니 하는 것은 제게 별로 중요한 것은 아닙니다. 그것보다 어머님의 틀니가 더 중요하지 않겠습니까? 하지만 전 지금 퇴근해야 합니다. 용무가 있으시면 예약을 하고 내일 다시 병원에 나오시죠."

매몰차게 돌아서는 치과의사의 단단한 등을 향해 P는 조그맣게 내뱉었다. 너무 작아서 들리지 않을 정도였다.

"다른 무엇보다도 그것이 제게는 중요한 일입니다."

P는 무슨 작정이 있어 의사를 다시 찾아간 것은 아니었다. 그냥 무엇이든 한 가지는 해결하고 싶었다. 현재 자신이 할 수 있는 것은 사실을 사실대로 말해주는 것이었다. P는 시원하면서도 한편으로는 허전한 기분으로 치과를 나와 어머니의 집이 있는 곳으로 걷기 시작했다.

어머니는 단독주택이 밀집해 있는 주택가 좁은 골목길에 있는 3층집 반지하에 살고 있었다. P는 페인트가 군데군데

벗겨진 철대문 앞에 서서 저 안에 뭔가 마음이 놓이는 것이 있을까 잠깐 생각했다. 그사이 비는 그쳤지만 바람은 여전했다. 인적이 없는 저녁 골목길에는 이곳저곳 나뒹굴던 나뭇잎이 바람에 걸려 바스락바스락 소리를 내고 있었다. 어디선가 마른기침소리와 함께 녹슨 대문을 여닫는 소리가 들리는가 싶더니 골목길은 곧 정적에 잠겼다. 완강하게 버티고 있던 철대문은 생각보다 기운 없이 열렸다. 어머니가 출입문 앞에 걸린 흐릿한 전등 불빛 아래에서 보행기로 밀고 다니는 유모차를 벽에 붙이고 있었다. 불쑥 들어선 P를 보고 깜짝 놀라 주위를 두리번거리는 어머니의 몸에서 면도날 같은 긴장감이 묻어났다.

"아직도 안 내려가고 무슨 일이고?"

방에 들어온 P가 미처 앉기도 전에 어머니가 다그치듯이 물었다.

"일을 다 봐야 내려가죠."

"올 때 꼭 전화부터 하라고 그렇게 신신당부했건만 이렇게 불쑥 오면 정말 큰일이다. 우리 집에 오는 늙은이들 중에 스파이 할머니가 있다."

"스파이 할머니?"

"그래. 무슨 일만 있으면 동사무소에 쪼르르 달려가 일러

바치는 늙은이인데 다행히 오늘은 출타 중이다. 그 늙은이가 널 봤으면 분명히 동사무소에 쫓아가 알렸을 게 뻔하다.”

“어머니, 그렇게 걱정되면 내가 구치소로 돌아갈까요?”

“야가 무슨 그런 험한 소리야? 매사에 조심하자는 어미 말이 고깝게 들리나?”

어머니는 언성을 높이면서도 불안한 표정을 감추지 못했다. P는 답답했다. 막대한 채무에 신용불량자가 된 아들의 신변을 이제는 애써 숨기지 않아도 기초수급자 자격은 걱정 없다는 것을 어머니에게 굳이 설명할 수도 없는 노릇이었다. 그것 역시 어머니의 마음을 멍들게 할 것이었다.

“알았어요. 그래도 오늘은 여기서 자고 내일 아침 일찍 갈게요.”

“알았다. 집에는 연락했고? 그나저나 반찬이 없는데…”

어머니는 그제야 조금 안심이 된 얼굴로 저녁 찬거리를 걱정하며 부엌으로 사라졌다. P는 벽에 등을 붙이고 앉아 다리를 뻗으며 전화 수화기를 들었다. 아내는 한참 후에야 전화를 받았다.

“나야. 어머니 집에서 자고 내일 갈게.”

“알았어요. 국화차는 잘 전달했죠?”

“응. 집에 사람이 없어 경비실에 맡겨두었어.”

P는 무슨 말인가를 더 하고 싶었지만 그냥 수화기를 내려 놓았다. 아내 역시 머뭇거리다가 그냥 전화를 끊었다. P는 무엇인가 매듭 없이 흘러가는 시간이 마치 구치소의 미결시간처럼 더없이 막막했다. 그냥 집으로 돌아가기에는 모든 게 개운치 않았다. 어머니, 아내, 어머니를 보살피는 여자, 치과의사 그 어디에도 P가 발을 붙일 곳이 없었다. 하루 종일 길이 아닌 길만 골라 다닌 듯이 피곤하고 위태위태했다. P는 어머니를 살뜰히 보살펴 준다는 여자 생각에 마음이 무거웠다. 집을 나올 때는 어떻게든 여자를 만나볼 작정이었지만 정작 그럴 용기가 나지 않았다. 사실 마음 저 밑바닥에서는 아첨이라도 하고 싶은 심정이면서도 여자의 저의 따위를 들먹이는 자신의 속내가 저열하고 뻔뻔스럽다는 생각에 사로잡힌 채 P는 주방에서 느릿느릿 움직이는 어머니의 실루엣을 오랫동안 바라보았다. 급하게 밥상을 차린 어머니는 P가 밥그릇을 다 비울 동안 곁에 앉아 있었다. P는 밥을 먹으며 어머니가 규칙적으로 들이쉬고 내쉬는 숨소리를 듣고 있었다. 붓기가 있는 어머니의 얼굴이 전깃불 때문에 더욱 노랗게 보였다. 잡혀 올라온 생선 눈처럼 공허한 어머니의 두 눈 위로 주름 잡힌 눈꺼풀이 느리게 껌뻑였다. 하지만 그런 어머니의 두 눈에서 수수께끼 같은 광채가 흘렀다. P는 그 광채가 무엇인가를 가르치

고 있는 것 같이 느껴졌다.

"어머니 보살펴 주신다는 분 뵙고 인사라도 드려야 도리인데…"

"나중에 천천히 해도 된다. 우선 아범 몸과 마음부터 추스르고 보자."

P는 지붕과 창문을 두드리며 다시 시작 되는 빗소리를 들으며 잠이 들었다.

두런거리는 소리에 눈을 뜨니 창밖은 푸르스름하게 밝았지만 간헐적으로 들리는 빗소리는 여전했다.

"할머니 잘 주무셨어요. 어디 불편한 데는 없으시고요?"

약간 쉰 듯하면서도 카랑카랑한 귀에 익은 여자의 목소리였다.

"어젯밤에 우리 아들이 왔어."

"예에, 저랑 오늘 위내시경 검사하러 가시는 날이에요."

"우리 아들 시원한 명탯국 한 그릇 끓여 먹이려고."

"어제 저녁부터 아무것도 드시지 않으셨죠? 아침에도 드시면 안 돼요."

"지금 나가서 물 좋은 명태를 만나야 할 텐데."

"할머니 밤사이 추워졌어요. 옷 따뜻하게 입으세요."

"비가 오락가락 해서… 명태가 싱싱해야 하는데…"

"할머니 저 갔다가 아홉시 삼십분까지 올게요."

"같이 나가. 우리 아들 먹을 명태 사러 가려던 참이야."

사뭇 엇갈리면서도 이상하게 말귀가 통하는 것 같은 묘한 대화가 끊어지고 고요가 찾아들었다. 대문이 한차례 여닫이는 소리가 들린 후 방안은 깊은 정적에 잠겼다. 어머니가 빠져 나간 자리가 마치 동그란 무덤 같았다. P는 그 속으로 몸을 밀어 넣었다. 온기가 남아 있어 따뜻했다. 오랜만에 느끼는 안온함 속으로 P는 자꾸 몸을 밀어 넣으면서도 내심 미결수로 살아가는 기분을 떨칠 수 없었다. 출소는 했지만 막상 현실은 구치소에 수감되기 전과 달라진 게 아무것도 없었다. 모든 게 여전히 해결되지 않았고 P는 그 속에 속수무책으로 서있는 미결인간이었다. P는 구치소 안에서 쇠창살 너머의 햇살을 그리워할 때처럼 빗방울 속에서도 푸르스름하게 밝아오는 창밖을 간절한 눈빛으로 올려다보았다.

춥고 투명한 겨울 아침이었다. 마당 가장자리에는 며칠 전에 내린 눈이 소복이 쌓여 있었고, 굴뚝에서 피어오르는 흰 연기가 눈부시게 투명한 아침 대기 속으로 스며들고 있었다. 방 가운데에 밥상을 두고 P는 아버지와 마주 앉아 있었다. 겨울 바다에서 막 돌아온 아버지의 몸은 짜고 푸른 바닷물이 뚝

뚝 떨어지는 것처럼 축축했다. 방으로 통하는 부엌문이 열리며 뜨거운 김이 올라오는 냄비를 든 어머니의 모습이 보였다. 어머니가 밥상 위에 내려놓은 냄비 뚜껑을 열자 뿌연 김이 한꺼번에 쏟아져 눈앞이 아득하게 흐려졌다. 어머니는 아버지 앞에 놓인 그릇에 펄펄 끓는 명탯국을 가득 담았다. P 앞에도, 어머니 앞에도 명탯국이 놓였다. 후루룩후루룩 소리 내어 명탯국을 퍼먹는 아버지의 얼굴과 목덜미에 굵은 땀이 흘렀다. 수건으로 아버지의 얼굴에 매달린 땀을 닦아주던 어머니는 땀 한 방울 없는 P 얼굴에도 맥없이 수건을 갖다 대곤 했다. 아버지는 뜨거운 명탯국을 입속에 넣으며 마치 성스러운 제례의식의 주문처럼 '아, 이제 살 것 같다'는 말만 자꾸 뱉었다. 아침을 먹는 동안 그 소리 밖에 하지 않았다. P와 어머니는 아무 말도 하지 않았다. 어머니는 바다에서 무사히 돌아온 아버지를 보며 안도하는 얼굴이었고, 아버지는 오늘도 식구들과 둘러앉아 시원한 명탯국을 먹을 수 있어 안심하는 얼굴이었다. P에게는 모처럼 아버지와 어머니가 함께 곁에 있어 좋은 아침이었다.

P는 어머니가 끓여주는 명탯국을 먹으며 그런 아침을 다시 맞고 싶었다. 여전히 미결인간인 P에게 명탯국 한 그릇이 간절한 아침이었다.

미결정 존재자의 어둑한 실존에 대한 증언
―김성달 연작소설 『미결인간』

유성호(문학평론가·한양대학교 교수)

1. 화농과 비명의 세월에 대한 기억

김성달의 『미결인간』(도화, 2026)은 이른바 미결수들을 주인공으로 하여 엮어낸 일종의 연작소설이다. '미결수未決囚'란 선고를 받기 전 구치소 등에서 생활하는 이들을 말하는데, 여기 나오는 인물들은 그러한 상황은 동일하지만 각자 겪어온 삶은 저마다의 구체성을 가지면서 인생의 파노라마를 만화경처럼 펼쳐내는 입체적 기능을 수행하고 있다. 장편소설과 달리 연작소설은, 이문구의 『우리 동네』나 윤흥길의 『아홉 켤레의 구두로 남은 사내』처럼, 여러 개별 서사가 하나의 계열체로 묶이면서 총체성을 유추하게끔 해주는 양식이다. 그 점에서 김성달의 연작은 '미결수'라는 상황적 동일성으로 묶인 인물들을 통해 우리 시대의 한 축도縮圖를 총체적으로 그려낸 성과인 셈이다. 작가는 '미결수'라는 정체성을 통해 우리 삶이 최종 결정되기 이전의 어떤 과정적 존재라는 것을 강하게 암시하면서, 그들이 미결수가 되기까지의 삶의 과정에 깊이 주목한다. 이때 작가가 공들인 법률적 세부의 섭렵 과정은 그야말로 '작가 김성달'의 치밀함과 성실성을 보여주기에 족한 것이 아닐 수 없다.

어쨌든 김성달이 엮어내고 있는 한 편 한 편의 이야기는 항구적 미결 상태인 우리의 삶을 은유하면서 다가오는데, 한결같이 영문 이니셜로 새겨져 있는 그들의 이름이 이러한 익명의 상황과 함께 인간이 결국 어디론가 갈 수 있고 어디로도 갈 수 없는 존재자임을 암시하는 데 기여한다. 상식적으로 볼 때 '미결수'라는 정체성을 작품 전면에 내세운 것은 내면성 영도零度의 속물들을 통해 어떤 사회적 공공성을 계몽하는 쪽으로 경사될 가능성을 안고 있다고 생각될 여지도 있지만, 김성달은 말할 수 없는 그러나 자신이 말할 수밖에 없는 진실이 그들의 가슴속에 있음을 대변하려 한다는 점에서 매우 중요한 소설적 증언의 무대에 서게 된다. 소설의 주인공들은 가혹하고 신산한 곳에서 스스로 힘겹게 이어온 목숨을 보여주는 인물들인데, 시대의 유령처럼, 낭인처럼, 주변인처럼, 육신과 영혼의 저 밑바닥까지 내려간 충격적 경험을 들려주는 동시에 그 화농과 비명의 세월에 대한 소중한 기억을 들려주는 시대의 증인이자 스스로의 변호인으로 등장하고 있다. 우리도 이 소설을 읽는 과정에서 그 바닥까지 내려가 그들의 존재론적 기원(origin)을 만나볼 수 있을 것이다. 그 세계 안으로 한 걸음씩 들어가 보도록 하자.

2. 규율권력에 의한 감시와 처벌 양상

가장 먼저 실린 「미결인간 K」는 중편 분량을 갖춘 작품으로서 이 연작소설의 대표 격이다. 작품의 주인공 K는 어느 추운 날 아침 구치소를 떠나 선고공판을 향한다. 그는 그 과정에서 수없는 감시카메라를 의식하는 자신을 발견한다. 그 카메라는 법정에 나타나 자신을 감시할 '양아버지'의 시선을 부르는 예고편이었다. 감시와 처벌의 공간인 구치소는 이 소설의 의도를 이렇게 함축적으로 상징한다. 그곳은 인간 경험이 구체적으로 이루어지는 현실 공간이기도 하지만 그것이 작품 안에 형상화될 때에는 어떤 의식이나 지향의 정치적 등가물로 작동하기도 하는 것이다. 데리다가 말했듯이 '보존 폭력'이 노골화하는 것을 진정한 법치인 것처럼 가장하는 규율권력이 그 안에 온존하고 있다. 그러한 보존 폭력이 일상을 규율하는 우의적寓意的 장소가 말하자면 구치소인 셈이다. 일견 병리적이고 일견 그로테스크한 감각들이 그 공간에서 강렬한 유물론적 현상으로 부각되면서 이 작품은 인간 이성이나 지각 체계에 포섭되지 않는 환멸과 광기를 하나하나 묘사하게 된다. 저마다 고유성을 가지면서도 규율권력에 의한 감시와 처벌에서는 동일선상에 놓인 이들을 은유하는 데 이러한 시선의 설정은 퍽 맞춤한 것이다. 다음 장면을 보자.

　　K는 어둠이 단단하게 박혀있는 구치소의 벽모서리마다 떠돌던 원형의 새카만 눈알이 기억났다. 그것이 구치소 곳곳에 거미줄처럼 얽혀 있는 감시카메라의 깊고 검은 눈인지 명확하지는 않지만 한순간도 K의 머리를 떠나지 않았다. K는 포승줄에 묶인 아침이면 복도에서 매번 그 형상을 만났다. 납빛의 유령처럼 동그란 눈알이 좀처럼 곁을 벗어나지 않았다.

　　그 눈알은 오늘도 여전히 포승줄에 묶인 K를 노려보고 있었다. 고개를 돌리거나 눈을 감아도 사라지지 않았다. 미결수들이 내뱉은 단순한 말이나 짧은 한숨 사이를 배회하며 소름끼치도록 짙고 까만 눈알을 굴리고 다녔다. 그 속에서 불현듯 푸르른 빛을 발견한 K는 그 빛을 쫓다가 소스라치게 놀라서 깨어났다. 아주 짧은 순간이었다. 허공에서 덜렁거리던 교도관의 손이 어느새 묵직한 실체감으로 K의 어깨를 누르고 있었다.

구치소 벽은 저마다 어둠을 단단하게 품고 있다. 그 안에서 언제나 그를 감시하던 원형의 새카만 눈알은 비록 그것이 감시카메라인지는 분명치 않지만 그로 하여금 한순간도 납빛 유령 같은 감시의 시선을 잊지 못하게끔 해준다. 소름 끼치도록 푸른 빛을 발산하는 그 존재를 쫓다가 주인공은 아주 짧은 순간 소스라치게 놀라기도 하였다. 그는 1년 4개월 동안 구치소에 있으면서 기다렸던 선고 날을 맞았는데, 이때 그는 미결수의 시간이 바로 '기다림의 시간'임을 생각한다. 그의 죄목은 양아버지가 세운 인애원에서 원생들을 불법 감시하고 감금하여 인권을 유린했다는 것이었다. 인애원은 교도관이었던 양아버지가 불명예 퇴진을 하고 나서 세운 위탁기관이었는데, 공학도인 K는 양아버지의 요구대로 원생 감시 프로그램을 만들게 되었다. 그것이 사생활 침해와 인권 유린, 불법 기술 이전, 업무상 횡령 등으로 해석되면서 K는 구속되었고 오늘 검찰의 구형 그대로 10년 형을 선고 받은 것이다.

이제 미결수에서 기결수가 된 K는 지난날을 회상해본다. 작가는 양아버지의 요구에 따라 그가 만든 감시 시스템에 대하여 소상하게 소개하면서 K가 양아버지의 음모에 의해 희생당한 존재임을 부각한다. 그렇다면 그 감시 시스템은 어떻게 설계되었을까?

　　원생들이 있는 곳은 불을 환하게 밝혀두어 늘 밝게 유지했다. 반면 중앙 감시시스템본부의 내부는 항상 어두워 감시인을 볼 수 있기는커녕 원생들은 자신을 감시하고 있다는 사실조차 알지 못했다. 원생들은 감시인을 볼 수 없이 항상 보이기만 할 뿐이었고, 감시인은 드러내지 않고 원생을 감시할 수 있었다. 이 시선의 비대칭성이 인애원의 핵심 구조였다. 수용된 원생들은 보이지 않은 곳에서 항상 자신을 감시하고 있을 감시의 시선 때문에 규율에서 벗어나는 행동을 못하다가 점차 이 규율 권력을 내면화하여 스스로 자신을 감시하게 만드는 원리였다.

익히 알려진 '파놉티콘(panoptiCon)'의 원리 그대로다. 파놉티콘이란 영국 사상가 벤담이 설계한 원형감옥을 말한다. 얼마 안 되는 숫자의 감시인이 수많은 죄수들을 감시할 수 있도록 구상된 것으로서, 최소 비용으로 최대 효과를 낼 수 있는 감시와 통제 방법을 갖춘 시스템이다. 이 개념은 나중에 푸코에 의해 근대국가의 권력 수행 방식을 은유하는 용어로 채택되었다. 양아버지는 원생들이 있는 곳은 밝게 유지했고 감시 시스템 내부는 어두워 감시인이 보이지 않게 했다. 원생들은 감시인을 볼 수 없었고 심지어 자신이 감시당하는 줄도 모르고 지냈다. 푸코는 이러한 "시선의 비대칭성"이 근대 규율권력의 핵심이라고 강조한 바 있는데, 그것이 바로 인애원의 구조였던 것이다. 말하자면 원생들은 "점차 이 규율권력을 내면화하여 스스로 자신을 감시하게 만드는 원리"로 받아들이게 된다. 그런데 이러한 원리가 발각되고 결국 인권 유린이라는 비난이 거세지자 양아버지는 K에게 잠시 감방에 다녀오라고 권한다. 변호사도 원장님 배려로 여기까지 온 게 아니냐고 설득하면서 K로 하여금 자발적 구속을 청하도록 한다. K는 결국 구속되었고 미결수로 있다가 오늘 10년 언도를 받았다. 여기서 작가는 K를 비롯한 많은 미결수들이 "밥 한 끼를 위해 때로 그것이 불법인지 합법인지도 모른 채 열심히 살다가 구치소에 들어온 사람들"이라고 적시한다. 어느 날 K는 우연히 책을 한 권 발견하면서 심경의 변화를 맞는데, 그것은 양아버지를 교도소에서 불명예 퇴진하게 했던 탈옥수가 쓴 기록이었다. 이때부터 그는 책 속 탈옥수로 몸을 바꾸어 탈옥하는 꿈을 꾸었다. 나날이 느끼던 공포와 환멸은 이제 새로운 꿈으로 바뀌어 그의 본성을 변화시키는 듯했다.

K는 일련의 일을 겪으며 이게 사람 사는 세상이구나, 구치소 안에도 사람이 살고 있구나 절감했다. 매 끼니마다 누군가의 그릇에 무 한 토막이라도 더 들어가면 불공평하다고 소동이 벌어지고, 일주일에 한 번씩 들어오는 물품이나 사식을 신청할 때 누군가 닭다리 훈제라도 주문하면 갑자기 그에게 과도한 선의가 집중되는 유치한 일이 흔하지만 사람 사는 게 그런가 싶었다. 따뜻한 물을 한 컵이라도 더 차지하려고 눈을 부라리고, 잠 잘 공간을 한 뼘이라도 더 차지하려고 몸싸움을 하는 모습들이야말로 자연스러운 생존의 모습이었다. K가 살아보지 못한 인간의 시간이었다.

이러한 일련의 일을 겪으면서 그는 "사람 사는 세상"을 상상해본다. 어쩌면 사람 사는 게 그런가 싶은 것은 구치소 안에서의 생활이 가르쳐준 것인지도 모른다. 자연스러운 생존을 통해 K는 자신이 "살아보지 못한 인간의 시간"을 느끼게 된 것이다. 결국 K는 탈옥을 위해 피 한 방울 흘리는 것과 구치소에 갇혀 생각이 하나씩 꺼져가는 것이 한 치 차이라는 점을 절감하면서 잠 속으로 빠져든다. "긴 하루였다."라는 결구結句는 그렇게 그가 정신적으로 한 뼘 깊어가는 성장 서사를 압축한 표현이었을 것이다.

두루 알려져 있듯이 푸코는 『감옥의 탄생』에서 감옥, 병원, 군대 같은 장치가 서로 다른 기능을 수행하면서도 사실은 권력에 자발적으로 복종하는 주체를 생산하는 제도라고 비판한 바 있다. 그러한 권력을 집행하는 '감옥'은 학교나 병원으로서의 기능도 수행하는데 그 안에서는 규율권력의 대리인이 등장하여 치밀하게 편제된 권력 장치를 통해 누군가를 배제하거나 억압하게 된다는 것이다. 작가는 이러한 삶을 재현하고 증언하면서 그러한 기억들과 고통스럽게 마주한다. 외면하기 쉬운 잔혹하고 폭력적인 장면을 통해 "폭력과 허무 곧 인간성의 말살이야말로 현대 예술이 가장 자유롭고 가장 순수한 계기들을 통해 우리에게 가져다주는 메시지"(멈포드,

『예술과 기술』)라는 전언을 상기시킨다. 이렇게 규율권력에 의한 감시와 처벌의 양상을 증언한 것은 김성달 소설의 선명한 리얼리즘이요 한 시대의 또렷한 함축적 반영이 아닐 수 없을 것이다.

3. 한 시대의 에토스를 비판하는 따듯한 시선

이제 단편 분량의 연작 여섯 편을 차례로 살펴보도록 하자. 먼저 「미결인간 O」이다. 이 작품의 주인공은 어렸을 때 집을 나와 건설 현장에서 일도 하고 조직의 지시로 징역을 살기도 하는 간난신고의 삶을 살았다. 그러다가 마음을 잡고 아내와 아이들을 위해 다세대주택을 사들이는 등 안전장치를 만들어간다. 그러나 아내에게 외도 현장을 들켜 빈손으로 집을 나오게 된 그는 건설사 동업자에게 횡령으로 고소를 당하여 지금 구치소에 와 있다. 오늘 오전 면회를 온 아내는 O에게 "당신은 가족을 몰라."라는 말을 던지고 사라졌다. 자신은 아내 가족에게 유난히 잘 했고 지금도 아내를 변함없이 사랑하는데 아내가 이런 말을 한 것이 이해가 되지 않았다. 그러다가 이러한 깨달음에 도달하는 것이 소설의 줄거리라고 할 수 있다.

O는 '가족'이 던져준 여러 가지 생각을 거추장스럽게 매
달고 교도관이 열어준 철문을 나와 13방을 향해 걸었다. 문
안의 문을 열고 복도로 들어선 O는 그제야 아무것도 하지
못하고 무용지물로 붙어있던 손에 무엇인가 달라붙어 있는
느낌이 들었다. 방문 앞에 서서 양쪽 손바닥을 유심히 들여
다보았다. 손바닥에서 꼼지락거리며 형체를 잡고 있는 것은
그동안 망각 속에 봉인하고 살아온 자신의 가족이었다. 가
족들이 허연 반죽 덩어리 같은 유기물이 되어 손바닥에 잡히
며 서서히 형상으로 부풀어 오르는 것이었다.

무용지물처럼 보이던 손에 붙어 있는 그 무언가는 바로
"그동안 망각 속에 봉인하고 살아온 자신의 가족"이었다. 그
렇게 부정하고 떠나오고 별 것 아닌 듯이 살아온 자신에게도
가족은 소중하게 남아 "허연 반죽 덩어리 같은 유기물"이 되
어 있었던 것이다. 그것이 지금은 손바닥에 잡히며 부풀어 오
르는 형상을 하고 있었다. 그러한 깨달음으로 O는 "누가 왔
소?" 하는 질문에 '가족'이라고 답하게 된다. 아내의 면회가
가족이라는 동행자들을 떠올리게 해준 삽화가 이 단편이었던
셈이다.

「미결인간 Y」에서 주인공 Y의 가족은 부모님과 3형제였
다. 아버지는 백수였지만 그에게 가혹했고 어머니는 언제나

Y 편이었다. 큰형은 자기중심적 출세 지향의 캐릭터이고 작은형은 군대에 갔다가 사고로 죽었다. Y는 작은형의 죽음 이후 약혼자마저 사고로 죽자 우울증에 빠진다. 그때부터 그는 '자서전'을 써도 좋을 것 같다고 스스로 생각한다. 그 후 사업도 해보고 직장도 거쳤으나 번번이 실패하다가 아파트를 팔아 그것을 해결하려는 그에게 아버지와 형이 잠시 교도소에 갔다 오면 알아서 해결할 것이라고 하여 그는 감방 생활을 시작하게 된다. 결국 어머니가 돌아가실 때 남긴 돈도 사기로 날리고, 우연히 만나 결혼한 아내와도 헤어져, 배도 타보고 고향에서 뒤늦은 취직도 했지만, 그는 이렇게 구치소에 들어와 이제는 바깥으로 나가기 어렵다는 것을 깨닫는다. 이래저래 '가족'의 의미를 또 한 번 생각하게 하는 소설이다.

　그 순간에야 Y는 비로소 눈물이 난다. 그리고 그의 가족이 마음 한구석에 어렴풋이 떠오르다가 지워진다. Y는 앞으로 한없이 무엇인가를 기다리는 시간이 필요하다는 것을 알면서도, 어젯밤처럼 앞으로의 시간이나 자신의 무엇을 위해 기도하지 않을 작정이다. 만약 그래야 한다면 어쩐지 새로운 길의 시작으로 느껴지는 13방 식구들을 위해서만 기도할 생각이다. 그러려면 응당 자신이 있어야 할 장소로 갈 용기가 필요하다. 차가운 시멘트 바닥에서 일어난 Y는 머리를 높이 쳐들고 등을 꼿꼿이 세워 힘차게 걷는다. 정말 긴 하루였다.

그런 뒤늦은 눈물의 깨달음 속에서 Y는 가족이 마음 한구석에 어렴풋이 떠오르다가 지워지는 순간을 발견한다. 앞으로 이어져갈 "한없이 무엇인가를 기다리는 시간"을 받아들이고 "자신이 있어야 할 장소로 갈 용기"를 갈망하면서 머리를 높이 쳐들고 힘차게 걸어간다. "정말 긴 하루"를 통해 얻은 삶의 가혹함과 그로 인한 자유로운 넉넉함이 한꺼번에 밀려온다. 비록 삶으로서는 '미결'이지만 어떤 깨달음의 깊이에서는 '기결'의 차원을 얻는 역설을 작가는 둔중하게 던지고 있는 것이다.

다음으로 「미결인간 S」는 이번 연작 가운데 가장 유머러스한 상황과 문장이 돋보이는 작품이다. 최근 '웃프다'라는 말이 있거니와, 그 안에는 마음 아픈 웃음이 동반되어 있다. 곧 보석으로 나갈 거라며 감방 식구들에게 이야기하던 S는 방에서 회장님 예우를 받고 있는데 그러한 그의 장담은 끝내 이루어지지 않는다. 사연인즉, 부동산개발사업을 하던 그가 그동안 몇 번 감방에 왔지만 그때마다 쌍둥이 형이 보석으로 풀어주었던 것이다. 그런데 이번에는 감감무소식이다.

얇은 관용 담요 속에서 몸을 잔뜩 웅크리고 있던 S가 조심스럽게 손을 뻗어 이 사장이 덮고 있는 담요를 살그머니 잡아당긴다. 오늘 아침만 해도 자신의 것이었던 담요는 펼치면 세 사람도 너끈히 잘 수 있는 크기이다. 이 사장 혼자 칭칭 감고 있는 담요는 미동도 않는다. S는 거친 숨을 속으로 몰아쉬며 담요 한 자락을 덮어볼 요량으로 안간힘을 다했지만 소용없다. 이 사장의 몸에 갑옷처럼 단단하게 둘러붙은 이불은 좀처럼 벗겨지지 않는다. 한참 실랑이를 하다가 맥이 풀려 담요에서 손을 놓은 S의 이마에 굵은 땀이 맺혔지만 이 사장은 미미한 반응조차 보이지 않는다. S는 잠을 이루지 못하고 뒤척인다. 다른 사람들도 너무 웃어서 그런지 쉽게 잠들지 못한다.

이러한 해학적 장면은 구치소 역시 사람 사는 공간임을 알려준다. S는 조심스럽게 손을 뻗어 다른 담요를 슬그머니 잡아당기지만 이미 약효가 떨어진 그가 당기는 힘은 미약하기만 하다. 담요가 미동도 않자 S는 한 자락이라도 덮어볼 요량으로 안간힘을 썼지만 소용없는 일이었다. 결국 S는 잠을 이루지 못하며 뒤척이고 다른 사람들도 너무 웃어서 쉽게 잠들지 못한다. S는 자신의 보석은 무산되고 다른 사람들은 줄줄이 보석으로 나가는 상황이 벌어지자 공황에 빠진다. 쌍둥이 형이 면회를 와서 다시 한 번 희망을 가졌지만 끝내 보석은 이루어지지 않고 S는 마치 돈키호테처럼 출입문을 스스로 들이받으면서 부상을 입고 실려 나간다. 작품을 시종 관통하던 웃음의 미학은 결국 존재의 비극성을 돋을새김하는 역설의 장치로 기능한 것이다.

문자 그대로 '미결수'는 일종의 미결정성未決定性과 관련되는 존재자들이다. 그들은 아직 죄수가 아니고 선고를 기다리고 있는 이들이다. 그 기다림의 과정 속에서 그들의 사연이 드러나고 독자들은 그들에게 연민과 공감을 가지게 된다. 그들을 이곳에 몰아넣은 원인의 대부분은 이미 이 시대의 에토스가 되어버린 돈에 있었다. 우리 사회는 급박한 발전의 요청 앞에서 합리성을 극단적으로 도구화하였고 결국 모든 것을 금전으로 환산하는 계산적 합리성을 극대화하게 되었다. 근대 자본주의 윤리의 최고 가치는 돈이기 때문에 다른 가치는 철저하게 이러한 원리에 복속하게 되었다. 이 미결수들은 이러한 흐름을 비판적으로 증언하는 이들로 등장한다. 독자들은 그들을 꾸짖거나 배제하지 않고 오히려 그들을 그러한 상황으로 몰아넣은 사회의 비인간화를 더 깊이 마음에 새기게 된다. 김성달 소설의 지극한 미덕이자 한 시대의 에토스를 비판하는 따듯한 시선이 그 안에 출렁이고 있다.

4. 상처 없는 영혼이 어디 있으랴

다음으로 「미결인간 N」을 살펴보자. 60중반 나이의 N은 한 달째 구치소에서 그릇을 닦고 있다. 차츰 구치소 생활에 적응해가던 중 그는 '묘선'이 보낸 편지를 거듭 읽으면서 반가움과 감동을 번갈아가며 느끼고 있다. N은 아내와 자녀들에게 마음이 멀어지던 중 조선족 여성 '묘선'을 만나 세상에서 처음 경험하는 사랑의 마음을 가지게 되었다. "자신의 마음에서 이렇게 강력한 감정이 번개 만들어지듯 순식간에 일어날 수 있는지 이해가 되지" 않았지만 그 감정에 충실하고자 노력한 그는 묘선과 인연을 이어오던 중 세금 추징과 아내의 병고가 겹치는 난경難境을 맞게 된다. 잘 알고 지내던 이가 이 틈을 타서 어이없는 고소를 하였고 그는 재판에서 법정 구속되었다. 그 과정에서 N은 자신의 삶을 천천히 관조하기 시작한다.

N은 잠을 자다가도 놀라서 벌떡 일어난 것이 한두 번 아니다. N은 영원한 미결인간이 되어 온 우주를 떠돌았다. 확정된 것이 하나 없고 결정된 것은 전혀 없는, 되는 것도 안 되는 것도 없는 그런 상태로 무중력의 우주를 빙빙 떠돌았

다. N 주위에는 13방 동료들이 같이 떠돌았다. 그들 역시 아무것도 해결된 것이 없는 상태로 무중력의 허공을 이리저리 떠돌았다. 줄곧 답답하고 고요한 무중력 공간을 헤매다가 놀라 눈을 뜨면 새벽이었고, 방 식구들은 모두 곤한 잠 속에 빠져 있었다. N은 그때마다 씁쓰레한 입안을 찬물로 헹구고 자리에 눕지만 떠나버린 잠은 다시 돌아오지 않았다.

"확정된 것이 하나 없고 결정된 것은 전혀 없는" 미결인간으로 스스로를 여기게 된 N은 가정과 현실이 마치 음과 양처럼 항상 붙어 다닌다는 것을 깨닫게 된다. 그렇기에 N에게 묘선은 꿈이고 이상이고 현실이었다. 이제 N은 구속 초기처럼 분노하거나 좌절하거나 외로워하지 않고 자신에게 한결같은 믿음을 보내준 묘선을 생각하면서 하루 하루를 견딘다. 순간, 묘선과 함께 도망이라도 치는 것 같은 짜릿함이 느껴진다. 깨끗하게 닦은 그릇의 물기를 털어내는 N의 머릿속에 묘선의 편지 한 구절이 다시 떠오른다.

당신이 매일 찬물로 닦고 있다는 그릇을 생각합니다. 그 그릇은 내일이면 다시 밥과 반찬을 담아 나오겠지요. 이런 게 인생이 아닐까 싶습니다. 매일 당신 손에서 깨끗하게 씻겨 다시 온갖 음식을 담아내는 그릇 같은 우리 인생에 감사하며 당신의 건강을 빌어봅니다. 그립습니다. 당신이. 많이.

　그리움과 기억을 담은 그녀의 편지는 그에게 생의 경전처럼 '인생'을 가르쳐준다. 이는 구치소에서 살아가는 미결수가 한낱 자격 미달의 국외자들이 아니라 가장 진솔한 감동을 간직한 생의 주인공들임을 알게끔 해주는 장면이 아닐 수 없다.

　다음은 「미결인간 U」다. 그의 생을 관통하는 화두는 추위와 배고픔이라는 일차적 욕구를 충족하지 못했던 시간이었다. 구치소 방장이 요청하여 자신의 지난날을 들려주는 형식으로 쓰인 이 작품은 U가 겪어온 소년교도소와 구치소 생활들로 엮여져 있다. 가난한 집에서 태어나 배고픔을 견디지 못하고 무작정 상경하여 절도를 하게 된 그는 그때부터 경찰서 유치장으로부터 구치소나 소년교도소의 생을 살게 된다. 소년교도소 출소 후 공장에 취직하여 생활할 때는 악명 높은 삼청교육대로 끌려가기도 하였고, 이어 경찰서, 구치소, 교도소로 옮겨지는 생이 끝없이 이어졌다. 그 과정에서도 그를 따라다닌 고통은 추위와 배고픔이었다. 인권이나 존엄성 같은 추상적 어휘보다 훨씬 더 구체적인 고통이 그의 일용할 양식이었던 것이다. 출소 후 이제는 스스로 공장을 차리고 내실 있는 경영까지 하다가 굶주림의 세월을 이해하지 못하는 직원들에게 월급과 퇴직금을 지급하지 않은 이유로 그는 다시 구치소에 들어왔다. 그렇게 그는 평생 '배고픔'이라는 경험적 구체성에서 벗어나지 못했다.

40년 만에 다시 수갑을 차고 앉아있는 U는 그때 느꼈던 배고픔과 외로움이 오롯이 떠올랐다. 그것은 세상에서 혼자 견뎌야 하는 배고픔과 외로움이었다. 그 배고픔과 외로움이 몸을 옥죄고 뚜렷이 표현할 수 없지만 무엇인가가 자꾸 억울했다. 조서를 꾸미는 형사가 지금이라도 밀린 월급과 퇴직금을 해결하고 합의를 하라고 했지만 억울한 감정에 사로잡힌 U는 움쩍도 하지 않았다. 배고픔을 대수롭지 않게 여기는 녀석들에게는 십 원 한 푼 주기가 싫었다. 도주 우려가 있다며 구속영장이 떨어져 구치소로 넘어오면서도 U는 배고픔의 생각에서 한 치도 벗어나지 못하고 있었다.

다시 그의 뇌리에 혼자 견뎌야만 하는 배고픔과 외로움이 떠오른다. 형사가 합의를 종용했지만 그는 억울한 감정에 구속영장이 떨어지는 순간까지 타협할 줄 몰랐다. 그리고 구치소에서 감당한 배고픔의 굴레에서 자신이 한 치도 벗어나지 못하고 있었다는 사실을 깨닫는다. 바닥의 체험을 이해하지 못하는 사람들에 대한 원망과 아쉬움이 섞이면서 세상을 여려 겹으로 살펴보게끔 해주는 소설이다.

마지막으로 「미결인간 P」다. 그는 사업 실패로 회사가 부도가 나서 검거되어 구치소에 있다가 집행유예 판결로 출소하였디. 출소한 지 한 달이 지났지만 여전히 '미결수'라는 느낌에서 헤어나지 못한다. 구치소에 있을 때 아내가 보낸 편지에는 아이들을 데리고 떠나겠다는 말과 함께 적힌 "당신은 이제 혼자입니다."라는 말이 씌어 있었다. 그 편지는 그에게서 사실상 마지막 남은 삶의 동인까지도 빼앗아갔다. 그는 어머니가 기초수급을 받기 위해 구치소에서 나온 것을 비밀로 하자고 하거나 치과에 들러 자신을 조카라고 하자고 할 때 깊은 쓸쓸함을 느낀다. 어느 날 아내가 일산으로 심부름을 부탁하자 P는 예전에 그곳에 살면서 겪은 일들을 떠올린다. 결혼 직후 행복했던 시간과 실패와 도주의 시절도 모두 떠올라왔다. 그는 다시 치과에 들러 자신이 어머니의 아들임을 의사에게 알리면서 "다른 무엇보다도 그것이 제게는 중요한 일입니다."라고 외친다. 어머니 집으로 발길을 돌린 그는 어머니, 아내, 어머니를 돌보는 여자, 치과의사 누구에게도 발붙일 수 없음을 깨닫는다. 어머니가 집을 나가자 그에게 여러 상념이 떠오른다. 모든 게 여전히 해결되지 않은 "속수무책으로 서 있는 미결인간"이었지만 P는 구치소 안에서 쇠창살 너머 햇살을 그리워할 때처럼 빗방울 속에서 푸르게 밝아오는 창밖을 간절한 눈빛으로 올려다보았다. 그리고 아버지와 어머니의 단란했던 가족의 순간을 떠올린다.

춥고 투명한 겨울 아침이었다. 마당 가장자리에는 며칠
전에 내린 눈이 소복이 쌓여 있었고, 굴뚝에서 피어오르는
흰 연기가 눈부시게 투명한 아침 대기 속으로 스며들고 있
었다. 방 가운데에 밥상을 두고 P는 아버지와 마주 앉아 있
었다. 겨울 바다에서 막 돌아온 아버지의 몸은 짜고 푸른 바
닷물이 뚝뚝 떨어지는 것처럼 축축했다. (…) 아버지는 뜨거
운 명탯국을 입속에 넣으며 마치 성스러운 제례의식의 주문
처럼 '아, 이제 살 것 같다'는 말만 자꾸 뱉었다. 아침을 먹는
동안 그 소리 밖에 하지 않았다. P와 어머니는 아무 말도 하
지 않았다. 어머니는 바다에서 무사히 돌아온 아버지를 보
며 안도하는 얼굴이었고, 아버지는 오늘도 식구들과 둘러앉
아 시원한 명탯국을 먹을 수 있어 안심하는 얼굴이었다. P에
게는 모처럼 아버지와 어머니가 함께 곁에 있어 좋은 아침이
었다.
P는 어머니가 끓여주는 명탯국을 먹으며 그런 아침을 다
시 맞고 싶었다. 여전히 미결인간인 P에게 명탯국 한 그릇이
간절한 아침이었다.

겨울 바다에서 돌아온 아버지와 안도와 감사 속에서 명탯
국을 먹고 있는 어머니와 그는 이렇게 가장 행복한 원초적 순
간을 마음속에 두고 살아온 셈이다. 어머니가 끓여주는 명탯

국을 먹으며 그런 아침을 다시 맞고 싶었던 '미결인간' P에게 찾아온 것은 결국 기족이 단란하게 명탯국 한 그릇 놓고 마주했던 그 "간절한 아침"이었다. 그렇게 그에게 가장 원초적인 그리움이 물밀 듯 찾아온다.

프랑스 시인 랭보가 노래한 "상처 없는 영혼이 어디 있으랴"라는 유명한 전언은 우리 삶이 근원적으로 고통과 상처를 받아가는 과정임을 증언한다. 그의 말대로 우리는 고통이 선명하게 서린 삶을 살아간다. 그리고 그 고통을 만들어낸 모순들과 힘겹게 대결하면서 여전히 상처와 불모의 삶을 이어간다. 하지만 이 호환 불가능한 상처야말로 한 사람의 영혼 안에 새로운 예술적 가능성을 적극적으로 부여하는 창의적 원천이 된다. 그 가운데서도 소설은 삶의 상처에 대한 몸의 기억을 서술함으로써 그 안에 상처와 예술이 맺는 필연적이고도 유추적인 연관성을 보여주는 언어 양식이 된다. 미결인간들에게 그러한 트라우마(traUma)는 예술적 원천이 되고도 남음이 있는 것이다.

5. '미결인간'의 소설 시학

우리의 삶은 우연한 계기의 연속으로 구성된다. 물론 예측

가능한 절차에 합리적으로 대처하고 반응하는 일도 삶의 중요한 속성을 이루지만, 이러한 이성적 해석과 판단을 무색하게 하는 삶의 예외적 순간들은 우리로 하여금 합리성의 덧없음과 한계를 절감하게끔 한다. 이처럼 실제 삶에서 이성과 탈脫이성의 힘은 늘 어긋나고 비껴가면서 삶의 어둑한 양면성을 형성한다. 그래서 우리는 합리적 계측으로 역사와 현실을 논하기도 하지만 그와 동시에 비합리적인 일상이나 욕망에 대해서도 관심의 끈을 놓지 않는다. 어디 그뿐인가. 아폴론적 질서와 디오니소스적 열정의 상호 작용과 얽힘도 우리 삶을 신비롭고 불가해하게 만드는 중요한 측면이라고 할 수 있다.

특별히 합리적이고 점진적인 이해력보다는 심미적 순간성에서 자기 본령을 획득하는 예술의 경우, 그러한 얽힘은 더욱 심화된다. 모든 예술은 인간의 심미적 이성과 그것으로는 포착하기 어려운 일상이나 욕망을 동시에 사유하고 표현하게 마련인 것이다. 그런데 합리성으로는 착안할 수 없는 욕망을 그려갈 때 소설이 우선적으로 포착하는 것은 역설적이게도 가장 친숙하고 예측 가능한 일상성의 결이다. 어떻게 생각하면 일상성은 비상한 인지적 충격을 주기에는 다소 적절치 못할 수도 있는데, 작가는 그것을 통해 때로는 환멸과 결핍으로 때로는 절망과 광기와 병리적 이미지로 삶의 중요한 본질을 은유한다. 따라서 일견 무의미한 관성의 집적으로 보일 뿐인 일상성은 어떤 제도적 형식보다도 한 시대를 예리하게 알 수 있게 해준다고 할 수 있다. 이처럼 작가는 고도로 조직화된 제도의 힘에 의해 분배되는 시간의 균질성을 중요한 속성으로 삼으면서 한 사회의 욕망을 선명하게 간취해가는 것이다.

　김성달의 연작소설 『미결인간』은 구치소나 교도소 등에서 일어나는 일상적인 시간을 통해 그곳이 인간 경험이 구체적으로 이루어지는 현실이기도 하지만 작품 속에서는 어떤 상징성을 띠고 있음을 각인해간다. 이때 그들의 공간은 실제성을 넘어서 새로운 의미를 창조하거나 삶의 본질에 대한 새로운 인식에 기여할 수 있게 되며, 인간이 세계와 맺고 있는 이러한 새로운 공간 창조는 김성달 문학의 대표적 성취로 이어져가게 된다. '미결인간'은 미해결의 인간이기도 하고, 미결정의 인간이기도 하고, 항구적으로 우리가 해석해가야 할 미답未踏의 인간이기도 한 것이다. 그 점에서 '미결인간'의 소설 시학은 우리 삶을 다양하고 심도 있게 음각陰刻한 사실적 도록圖錄이자, 가장 아름다운 삶이란 어떤 것인가를 끝없이 질문하는 심리적 법정이기도 하다. 이러한 미결정 존재자의 어두운 실존에 대한 증언을 충실하게 갖춘 『미결인간』의 출간을 축하드리면서, 앞으로도 한국 소설의 중요한 축을 구성해 갈 '작가 김성달'의 오롯한 성취가 이어져가기를 마음 깊이 소망해본다.

미결인간

초판 1쇄인쇄 2026년 3월 20일
초판 1쇄발행 2026년 3월 23일

저 자 김성달
발행인 박지연
발행처 도서출판 도화
등 록 2013년 11월 19일 제2013 - 000124호
주 소 서울시 송파구 중대로34길 9-3
전 화 02) 3012 - 1030
팩 스 02) 3012 - 1031
전자우편 dohwa1030@daUm.net
인 쇄 (주)유진보라

ISBN | 979-11-24052-07-5 *03810
정가 15,000원

도화道化, fool는

고정적인 질서에 대한 익살맞은 비판자,
고정화된 사고의 틀을 해체한다는 뜻입니다.